뷰파인더 위의 경성

박태원과 고현학(考現學)

지은이 류수연(柳受延, Ryu Su-yun)은 1977년 서울에서 태어났다. 인하대학교 국어국문학과를 졸업했고, 동대학원에서 석·박사학위를 받았다. 서남포럼 실행팀원, 인천월미포럼 간사, 인천문화재단 문화예술교육 강사로 활동했고, 가천대·인하대·한영신대 등에서 강의를 했다. 현재는 인하대학교 강의교수로 재직하고 있다. 주요 논문으로는 「박태원 소설의 창작기법 연구」, 「영채전, 계몽적 열정과 봉인된 육체」 등이 있고, 공저로 『박태원 문학 연구의 재인식』과 『박태원과 모더니즘』 등과 평론으로 「그녀들의 서사, 몸짓으로 화한 언어 : 소설가 박정애론」 등이 있으며, 공역서로 『민주적 공공성』이 있다.

뷰파인더 위의 경성 박태원과 고현학(考現學)

초판인쇄 2013년 3월 4일 **초판발행** 2013년 3월 14일

지은이 류수연 **펴낸이** 박성모 **펴낸곳** 소명출판 **출판등록** 제13-522호

주소 서울시 서초구 서초동 1621-18 란빌딩 1층

전화 02-585-7840 **팩스** 02-585-7848 **전자우편** somyong@korea.com **홈페이지** www.somyong.co.kr

값 18,000원

ⓒ 류수연, 2013

ISBN 978-89-5626-820-0 93810

뷰파인더 위의 경성

박태원과 고현학 考現學

류수연

소명출판

이 책은 박사논문 「박태원 소설의 창작기법 연구」를 재구성한 것이다. 조금 더 나은 논의를 추가하고 싶다는 욕심과 부족한 필력 사이에서 고민하다, 아쉬움과 부끄러움을 그대로 긍정하자고 스스로 타이르고 나서야 비로소 출판을 결정할 수 있었다.

사실 이 책은 1930년대로부터 1930년대 이후까지의 박태원 소설을 하나의 정신사적 궤도 위에서 해명하기 위한 기초 작업에 불과하다. 더구나 이 논의를 통해 나는 1930년대 문학에 대한 내 나름의 지형도를 이제 막 그려나가기 시작했을 뿐이다. 일반적으로 1930년대 문학은 카프 해체를 기점으로 전반기와 후반기를 구분하고는 한다. 그중에서도 1930년대 후반기는 카프 해체로부터 『문장』의 폐간에 이르는 시기를 가리키는데, 이는 리얼리즘 문학에서 모더니즘 문학으로 변모한다는 데 주목한 시대구분이다. 그러나 실제로 1930년대 후반기 문학양상을 주도했던 것은 소설의 통속화였다. 이는 이념 중심 문학의 퇴조, 매체의 상업화라는 한국문화 전반에 걸친 다양한 변화 속에서 야기되었지만, 보다 본질적인 요인은 폭넓은 독자층을 확보하지 못한 근대문학의 위기라는 내적인 측면에 있었다.

이러한 1930년대 지형 안에서 박태원이 특히 흥미로웠던 이유는, 다양한 통속적 코드를 취향의 문제가 아닌 창작기법의 문제로까지 격상시킨 작가였기 때문이다. 박태원은 기법에 많은 관심을 기울인 작가였다. 그에게 있어서 기법은 단지 내용을 담는 형식이 아니라, 그 자체로 내용이었다. 따라서 박태원 소설의 기법은 그의 문학관을 대변하는 것이며 그의 철학이었다고 감히 말할 수 있을 것 같다. 그런 그가 내세운 창작기법이 바로 고현학(考現學)이었고, 그것은 이 책의 가장 분명한 출발점이 된다. 이 고현학이라는 자장 아래서 진행된 그의 능동적인 실험에는 한계가 없었다. 카메라의 시선, 질병, 유-모아, 수다, 범죄, 탐정, 기차와 근대도시에 이르기까지 그 모든 근대의 산물들이 고현학을 통해 거침없이 서사 안으로 편입될 수 있었던 것이다.

그 누구보다 기법 실험에 능동적이었던 작가 박태원, 그래서 그는 스스로 카메라가 되기를 자처했다. 이러한 그의 실험을 통해 식민지 근대도시 경성은 그대로 박태원이라는 뷰파인더 위에 놓인 피사체가 될 수 있었다. 잘 알려진 대로, 고현학이란 고고학(考古學)에서 유래된 일본식 조어로, 눈앞에 펼쳐진 현재의 삶을 관찰 대상으로 한다. 즉 고현학은 관찰을 그 메커니즘으로 하는 방법론인 것이다. 그것은 눈앞의 현실을 숨김없이 기록하고자 하는 태도이다. 그런데 박태원의 고현학은 바로 이 '관찰'을 억압하는 식민지 파시즘의 통제 아래서 시작되었다. 객관적인 현실의 반영이고자 했던 박태원의 고현학이 '고독'이라는 인간의 내면에 대한 탐색으로부터 시작될 수밖에 없었던 원인이 바로 여기에 있다. 그러나 이러한 절망적인 현실감각이야말로 '공공적 글쓰기'로서의 소설에 대한 박태원의 인식이 보다 확장될 수 있었던 계기가 된다. 소설의 중심 서사가 고현학을 통해 풍경에 대한 외면 관찰을 수행하는 사이, 작가 박태원은 그러한 주인공의 내면을 면밀하게 관찰하는 것이다. 카메라로서의 '구보'는 그의 소설을 꿰뚫는 핵심적인 인물이자 그의 분신이면서, 그가 하나의 작품 안에서 이러한 이중의 관찰을 수행할 수 있었던 가장 드라마틱한 기법이 된다.

이 생생한 현장감으로 1930년대 경성과 그 본질로서의 고독을 마주할 수 있었던 것은 박태원을 연구했기에 얻을 수 있었던 가장 큰 기쁨이었다. 그리고 박태원에 대한 작은 연구가 끝난 이 순간, 1930년대의 경성은 오롯이 다시 분석되어야 할 텍스트로 내게 남겨져 있다. 그 때문에 나는 '박태원과 고현학'이라는 두 개의 키워드를 부제로 밀어둘 수밖에 없었다. 나는 아직 박태원의 진정한 텍스트였던 경성을 완전하게 읽어내지 못했기 때문이다. 그래서 이 책의 제목은 『뷰파인더 위의 경성』이 되었다. 그것은 박태원의 고현학이 추구했던 진정한 텍스트이면서, 그로부터 도출된 나의 새로운 과제이기도 하기 때문이다.

부족한 제자에게 늘 따뜻한 격려와 가르침을 주신 최원식 선생님, 매섭고도 애정 어린 조언을 아끼지 않으셨던 홍정선·김명인 선생님께 깊이 감사드린다. 그리고 박사논문의 출판을 흔쾌히 수락해 준 소명출판의 박성모 선생님께도 깊이 감사드린다. 항상 든든한 지원자였던 인하대의 여러 선생님들과 선후배들에게도 이 자리를 빌려 감사의 마음을 전하고 싶다. 묵묵히 지원해준 사랑하는 남편, 가끔은 엄마보다 어른스러운 예쁜 아현이와 건강한 것만으로도 엄마를 행복하게 해주는 귀염둥이 시현이, 그리고 공부하는 딸을 뒷바라지 하느라 고생하신 부모님께 이 책이 작은 기쁨이 될 수 있기를 바란다. 이 모든 과정을 함께 해주신 하나님께 감사드린다.

2013년 류수연

차례

제1장 서설

뷰파인더 위의 경성

1. 박태원과 고현학

박태원(朴泰遠, 1910~1986)[1]의 서사에서 가장 인상적인 등장인물은 다름 아닌 '구보(仇甫)'이다. 그는 작가 박태원의 소설적 분신이며 그 자체로 박태원의 1930년대 서사를 가로지르는 창작방법론으로서 '고현학'이 인격화된 존재라는 점에서 흥미로운 인물이 아닐 수 없다. 박태원은 잘 알려져 있다시피 1930년대 대표적인 모더니스트이다. 모더니스트에게 도시는 그대로 하나의 텍스트이다. 구보는 한 손에는 단장을, 다른 한 손에는 공책을 들고 경성 거리를 활보한다. 이렇게 구보가(혹은 박태원이) 거리를 산책하는 이유는 이 도시라는 텍스트를 읽기 위함이다. '고현학(考現學, Modernology)'은 이러한 도시를 읽는 구보의 독

---

[1] 박태원 : 1910년 1월 6일 서울 출생. 본관은 密城(호적등본에는 密陽)으로 부 朴容桓 모 南陽 洪氏 사이에서 4남 2녀 중 차남으로 태어났다. 월북 후 1986년 7월 10일 타계한 것으로 알려져 있다. 이상 정현숙, 『박태원문학연구』, 국학자료원, 1993 참조.

법이며 곧 작가 박태원의 독법이기도 하다. 문제는 여기서 시작된다. 왜 구보는 아니, 박태원은 '고현학'을 통해 경성이라는 도시를 독해하고자 한 것일까?

먼저 고현학을 탐색해보자. 고현학은 '考'라는 글자에서 짐작할 수 있듯이 고고학과 일정한 연관관계를 가진다. 이러한 고현학은 과거의 유적을 세밀하게 천착하는 고고학과 대비되는 개념으로 현대의 도시를 천착하고자 하는 의식이 반영된 조어로, 눈앞에 펼쳐진 현재의 삶을 그 관찰 대상으로 한다.[2] 일본의 건축학자이자 민속학자인 곤 와지로[今和次郞]와 요시다 겐키치[吉田謙吉]에 의해 제창되어, 1927년(쇼와 2) 전람회에서 처음으로 공식적으로 사용되었는데, 고고학과 마찬가지로 방법의 학문이며 그 연구 대상은 바로 우리가 살고 있는 현재이다.[3]

곤 와지로에 따르면 고현학은 관동대지진(1923)으로 파괴된 도시의 폐허로부터 시작되었다. 이것은 상당히 아이러니컬하다. 앞서 언급한 대로 고현학은 인류의 현재를 탐구하는 학문이다. 그런데 그 시작은 바로 지진으로 인해 그 현재가 파괴된 현장인 것이다. 그러나 고현학의 기원이 애초에 고고학이라는 사실을 환기한다면 그리 모순된 것도 아니다. 고고학이 사라져 버린 과거의 삶을 복원하는 것이라면, 고현학은 파괴되었지만 또다시 생성되고 있는 현재를 그 대상으로 한다. 그러나 그것은 이전과 동일하지 않은 현재라는 점에서 모순적이다. 고현학으로 현재를 복원하는 동안, 그 현재는 다른 무엇인가로 대체되고 있기 때문이다. 따라서 고현학은 바로 눈앞에서 하나하나 형성되는 근대도시라는 매혹에 대한 기록이 된다.

---

2 곤 와지로, 「고현학이란 무엇인가」, 한국문학연구학회, 『한국 근대문학과 일본문학』, 국학자료원, 2001, 262쪽 참조.
3 위의 글.

이처럼 고현학은 도시를 기록하기 위해, 그 도시에서 탄생한 방법론이다. 그것이 소설에서 실천된다는 것은 그 작품이 '도시의 서사'를 표방하고 있음을 의미한다. 그렇다면 박태원이 고현학에 관심을 가지게 된 계기는 의외로 손쉽게 발견될 수 있다. 박태원이야말로 도시에서 태어나 도시의 문화를 향유하고 도시의 생성을 목도한 '도시세대'이기 때문이다.

정현숙[4]은 박태원의 출생 배경을 언급하면서 그의 작품세계에 지대한 영향을 미친 몇 가지 요소를 제시한다. 첫째는 그가 조부 이전부터 청계천 주변(천변)에서 살아온 서울 토박이라는 것이다. 둘째는 그의 집안이 중인 계층이라는 것이며, 셋째는 그가 식민지화와 더불어 급격한 도시화가 진행된 서울에서 성장한 일명 도시세대라는 사실이다. 이는 선진 문예사조를 그 누구보다도 적극적으로 수용하고 문학적으로 반영했던 박태원의 작품세계의 바탕을 이루었음을 미루어 짐작할 수 있다. 이러한 계층적 조건을 생각한다면 박태원이 신문학과 서구사조에 경사된 열렬한 모더니스트가 된 것은 어쩌면 필연적이다. 도시는 그에게 고향이었고 안식처였으며 끝없이 생성되는 매혹의 공간이었던 것이다. 이 점에서 본다면 고현학은 태생부터 도시세대였던 그에게 가장 잘 어울리는 사색 방법이 아니었을까?

그럼에도 불구하고 모더니스트였던 박태원이 고현학을 받아들인 과정에는 여전히 의문이 남는다. 본래 고현학이라는 학문은 문학 방법론으로서 제기된 것이 아니라 박람회의 제목으로 창안된 것이었다.[5]

---

4   정현숙, 『박태원문학연구』, 국학자료원, 1993.
5   "우선 '고현학'이라는 명사에 대해 설명하자면, 그것은 1927년(쇼와2) 가을에 신주쿠의 키이국의 서점에서 그 가게 주인 타나베 모이치[田辺茂一] 씨의 권고에 의해서 우리들 동지가 그때까지 계속된 소위 조사 전람회를 하게 된 때로 거슬러 간다. 다만 '조사 전람회'라는 것만으로는 그즈음엔 재미가 없는 듯해서 뭔가 적절한 명칭이 없을까 하고 말하므로, 상의 결과

그것은 민속학자들에 의해 제기된 민가(民家) 연구 방법론이었고, 따라서 모더니즘과는 상당한 거리가 있다. 물론 고현학이 도시를 기록하고 도시를 사유하는 방식이라는 점에서는 모더니즘과 상통하는 지점이 있다. 그러나 그 도시에서 무엇을 발견하고자 하느냐 하는 것에는 상당한 차이가 있음을 염두에 둘 필요가 있다.

고현학은 도시의 '현재'를 관찰하지만, 그것은 '민가'처럼 장차 도시적 삶에서 소멸될 것들이다. 즉 고현학의 가장 중요한 목표는 언젠가 사라질, 혹은 사라지고 있는 그 '현재'를 충실하게 기록하는 것이다. 또한 고현학은 우리 주변의 모든 사물과 현상을 객관적이고 구체적으로 기록하지만, 그러한 기록에 대해 어떤 의미를 부여하지는 않는다. 그것은 철저하게 객관적일 것을 요구하는 학문 태도이기 때문이다. 반면에 모더니즘은 도시에 대한 '매혹과 환멸'이라는 양가적 감정으로 설명될 수 있다. 그것은 끝없이 도시의 중심을 맴돌면서 도시의 모든 것들에 걷잡을 수 없이 빠져드는 감수성이다. 그러면서도 그 도시를 만들어가는 '자본'이라는 속물성에는 참을 수 없는 환멸을 느낀다. 그러나 여전히 모더니즘은 도시라는 공간 안에서 생산되어 가는 것들에 관심을 갖는다. 이처럼 고현학과 모더니즘은 모두 근대도시를 토대로 등장했지만, 도시를 사유하는 방식에서는 근본적으로 상반된다.

"박태원의 동경 유학 시절은 다양한 서구 현대예술에 대한 관심과 수용의 시기"[6]이었다고 평가할 수 있는데, 이 시기 박태원은 주로 모더니즘 계열인 신감각파[7]의 소설에 빠져 있었다고 한다. 박태원이 동경

(그때 멤버는 나와 요시다 겐키치 씨와 아라이 이즈미난[新井泉男] 씨 그리고 코이케 후쿠타로[小池福太郎] 씨였다) '고현학 전람회'가 좋다고 말하므로 그렇게 결정했다. 그것은 그때까지 해왔던 생각에 대해서 말한 명칭이지만, 일반적으로 공표한 것은 그때가 처음이었다." 곤 와지로, 「考現學總論」, 『考現學入門』, 築摩書房, 1987, 371~372쪽.

6 정현숙, 『박태원문학연구』, 국학자료원, 1993, 43쪽.

으로 유학 갔던 시기는 이미 신감각파도 고현학도 모두 일정하게 성숙한 단계에 접어들었다고 볼 수 있는 1930년 무렵이어서, 박태원이 고현학을 모더니즘 운동의 일환으로 혼동했을 가능성은 적을 것 같다. 그렇다면 박태원은 고현학이 가진 특수성을 분명히 인식한 상태에서 수용했을 가능성이 매우 높다고 판단된다.

박태원이 실제로 고현학을 언제 접하게 되었는지는 정확하게 알 수는 없지만, 그가 고현학을 자신의 창작기법으로 완전히 받아들이게 된 과정에는 아무래도 이상(李箱, 1910~1937)의 영향이 있었을 것으로 예상된다. 이상은 경성고등공업학교 건축과를 졸업하고 총독부 건축과 기수로 일했다. 그런데 고현학의 창시자인 곤 와지로[今和次郎]는 이미 1922·1923·1924년 3회에 걸쳐 조선총독부의 초청으로 조선을 방문한 경험이 있다.[8] 비록 이상이 총독부에서 근무했던 기간(1929~1933)과는 겹치지 않지만 그가 조선의 민가를 연구한 곤 와지로에 대해서 알고 있었을 가능성은 상당히 높다. 특히 곤 와지로는 일본의 식민시 지배 정책에 나름대로 비판적 의식을 가지고 있었던 학자였다는 점에서

---

7 "신감각파의 문학 활동은 1921년(다이쇼 10) 무렵 기존의 소설 양식에 반항하는 것으로 시작되었다. 당시는 제1차 세계대전 직후로 세계적인 변혁기였다. 전쟁 후에는 서유럽의 정신적 위기를 반영하는 다다이즘, 미래파, 표현주의 등의 파괴적인 사고와 표현이 있었고, 다른 한편으로는 러시아 혁명을 반영으로서 마르크스주의의 급진적인 정치주의 문학이 있었다. 신감각파는 주로 전자의 영향을 받아 문체혁명을 시도했고, 프롤레타리아문학은 후자를 취해서 문학을 사회혁명과 연결시켰다. (…중략…) 일반적으로 신감각파 작가들에게 직접적인 영향을 주었다고 생각되는 것은 폴 모랑(Paul Morand)의 소설 『밤이 열리다』나 독일의 표현주의 영화 『칼리가리 박사의 밀실』, 게오르크 카이저의 『칼레의 시민들』 등 이 시기에 많이 출판된 미래파나 표현파의 희곡의 번역서였다. 1923년(다이쇼 12) 1월에 키쿠치 캔[菊池寬]이 창간한 『문예춘추』는 당시의 동인잡지 수준의 뛰어난 신인을 모았다. 1924년(다이쇼 13) 10월, 그 신인들의 대부분이 중심이 되어 금성당(金星堂)에서 소설 중심의 동인잡지 「문예시대」를 창간하면서 신감각파는 본격적으로 활동을 시작하였다." 『新潮日本文學辭書』, 新潮社, 1988, 672쪽.

8 토미이 마사노리[富井正憲], 지훈상 역, 「곤 와지로의 한반도 여행」, 『대한건축학회지』 338호, 대한건축학회, 2007 참조.

식민지 지식인들에게 상당한 호감을 샀을 것임에 틀림없다.

곤 와지로의 두 번째 조선방문은 그 다음해의 1923년이다. 이때는 조사여행이 아니고 조선건축회의 좌담회에 초대받은 것이었는데 그는 이 자리에서 "총독부 신청사는 너무 노골적이다"라는 대담한 발언을 하고 있다. "오늘 경성에 와서 호텔(조선호텔)에 머물면서 가장 놀란 것은 호텔 중정에 만들어진 조선의 건물(팔각정)입니다. 작년엔 신경도 쓰지 않았습니다만, 이것은 호텔 계획으로서는 너무나 노골적이며 피정복자를 놀리고 있는 것과 같은 일종의 슬픔을 느낍니다. 이것과 유사한 것을 작년에 느낀 적이 있습니다. 최근의 총독부의 생각도 바뀌었다고 할 수 없지만, 총독부청사의 첫 번째 계획이 언제든지 조선민족에게 어떤 나쁜 감정을 전하고자 하는 것이 아닌가라는 생각에 대단히 안타깝게 생각합니다. 다시 말해서 총독부청사로서 그 장소의 선택이 잘못되어 있으므로 철거하는 것이 올바르겠으나, 이미 지어져있기 때문에 그럴 수는 없기에 사회사업의 건물로 사용하는 것이 이상적이지 않을까? 사회사업의 건물이나 혹은 그 외의 일반 대중이 사용하는 건물로 이용하고 싶습니다"라고 하였다. 1916년에 착공식을 하고 9년 6개월에 걸친 공사 끝에 1925년에 완공한 당시 아시아 굴지의 대형 건축물로 건설 중이던 총독부를 아무 주저함이 없이 비난하고 있는 것이다.[9]

이런 점을 본다면 1930년대 식민지 지식인들에게 곤 와지로는 상당히 의식 있는 학자로 인식되었을 것이다. 이러한 곤 와지로의 태도는 그가 내세웠던 '고현학'에 대한 신뢰도를 높이는 데도 일조했을 것으로 생각된다. 그것은 객관적인 태도로 관찰하면 어떤 진실에 도달할 수

---

[9] 위의 글, 117쪽. 띄어쓰기는 인용자.

있다는 믿음이다. 박태원의 소설에서 처음 '고현학'이라는 단어가 등장하는 것이 이상의 연애를 다룬 「애욕」이었다는 것을 연상하면, 이상의 영향 하에서 박태원의 고현학이 성숙했을 것이라는 이러한 가설도 타당성을 지닌다.

그러나 이것만으로 박태원이 고현학이란 방법론을 받아들이기까지의 과정이 충분히 설명이 되었다고 보기는 어렵다. 한 작가의 창작기법이란 그 무엇보다도 그 자신의 '선택'이기 때문이다. 설사 박태원의 고백대로 고현학이 그의 빈약한 상상력을 보충하기 위한 고육지책이었다 하더라도,[10] 여전히 고현학을 받아들인 것이 그 자신의 선택이었다는 사실은 변하지 않는다. 그렇다면 고현학을 수용하기까지의 과정을 밝히기 위해서는 박태원 자신에게서 내적 원인을 찾아낼 필요가 있다. 그것을 위해서는 박태원이 도시라는 텍스트 속에서 무엇을 읽고 있는가를 고찰해야 한다. 그의 실질적 데뷔작이라 할 수 있는 「적멸」의 서사로부터 1930년대 후반기 창작된 통속적 소설까지 박태원이 지속적으로 이야기하는 현대인의 내면풍경은 '고독'이다. 그로 인해 등장인물들은 근본적으로 우울하다. 이러한 고독과 우울은 '상실된 것'으로부터 시작된다는 점에서 고현학과의 연관성을 찾을 수 있다.

고현학은 '현재'를 기록하는 것이다. 그러나 고현학적 기록의 진정

---

10 박태원은 「옹노만어(擁爐漫語)」(『조선일보』, 1938.8)에서 다음과 같이 쓰고 있다. "가만히 생각하여 보면 작가로서의 나의 '상상력'이라는 것은 다른 이들에게 비하야 확실히 빈약한 것인 듯싶다. 내가 한때 '모데로노로지오'-고현학(考現學)이라는 것에 열중하였든 것도 이를테면 자신의 이 '결함'을 얼마쯤이라도 보충할 수 있을까 하여서에 지나지 않는 일이다."(류보선 편, 『구보가 아즉 박태원일 때』, 깊은샘, 2005, 278쪽) 이렇게 스스로 고현학을 거의 포기한 듯 말하면서도 여전히 그 뒤에 나온 내용은 작품 창작을 위해 그가 고현학적으로 관찰한 내용을 그대로 쓰고 있다는 점은 주목하지 않을 수 없다. "가령 어느 전차 정류소에서 나려 바른편 고무신 가각 옆 골목으로 들어가 국수집 앞에서 다시 왼편으로 꼬부라지면 우물 옆에 마침 술집이 있는데 그 집서부터 바루 넷째 집 ─ 파랑대문 한 집이니까 찾기는 쉬웁다든지 그러한 것을 면밀하게 조사하여 일일이 나의 대학노트에다 기입하지 않으면 안 된다."(위의 책)

한 의미는 그 기록이 끝난 이후 시작된다. 고현학의 관찰 대상은 현재이지만, 그렇게 기록된 현재가 보다 유의미하게 변모되는 것은 그것이 '과거'가 되는 순간이기 때문이다. 그 기록이 과거가 되는 순간, 그것은 현재와의 비교·분석을 통해 끊임없이 환기됨으로써 현재를 과학적인 방법으로 탐구할 수 있는 가능성을 열어놓는 것이다. 따라서 고현학은 현재를 그대로 보여주는 방식이되, 그것을 통해 더 이상 볼 수 없는 과거를 상기시키는 학문이기도 하다.

현대문화인의 생활 모습, 그 집단의 표면에 나타나는 세상 풍속, 현재의 그것을 분석 고찰할 때, 그 주체와 객체와의 사이, 즉 연구자와 피연구자와의 사이에, 마치 미개인에 대한 문명인의 그것과 같은, 환자에 대한 의사의 그것과 같은, 또는 범죄자에 대한 재판관의 그것과 같은 입장이 없다면, 다시 말해 우리들(조사자)이 일반인이 가진 전통적인 생활을 떠나, 언제나 객관적인 입장에서 생활하고 있다는 자각이 없었다면 너무나 서글픈 일이었을 것이라는 생각이 든다. (즉 이런 류의 확실한 의식이 없다면 소위 공무원식의 조사가 된다.) 그러므로 우리들은 각자, 습속에 관한 한 유토피아적인 어떤 관념을 각자의 정신 속에 가지고, 자기로서의 생활을 구축해가면서, 한편으로 세간의 생활을 관찰하는 위치에 있는 것이라는 고백을 해 두어도 좋다. 그 경지가 되고서야, 우리들과 현대인은 물과 기름의 관계에 서서, 현대인의 생활을 객관화하는 일이 가능해진다.[11]

인용문에 따르면 고현학이 성취될 수 있는 기본적인 조건은 두 가지이다. 무엇보다도 먼저 철저하게 객관적이고자 하는 노력이 필요하다.

---

11 곤 와지로, 「고현학이란 무엇인가」, 한국문학연구학회, 『한국 근대문학과 일본문학』, 국학
    자료원, 2001, 265쪽.

그래야만 눈앞의 현실을 오롯이 관찰할 수 있는 위치를 확보할 수 있기 때문이다. 그러나 단순히 객관적인 눈을 가진 것만으로는 부족하다. 그곳에는 자신의 이상향이 분명히 존재해야 한다. 그것은 눈앞의 현실 너머에 숨겨진 진실을 볼 수 있는 중심이 된다. 그런데 이 지점에서 모순적인 사실이 드러난다. 이상향이란 객관적 태도와는 대립되는 주관적 영역에서만 가능한 것이기 때문이다.

박태원의 서사는 이러한 고현학의 모순적 지향 위에 서 있다. 따라서 박태원의 서사에서 그 균형을 잡아내는 고현학적 관찰자는 다름 아닌 '탐정'과 같은 인물이 되어야 했다. 탐정은 언제나 감추어진 특수한 진실을 찾아내기 위해 노력한다. 탐정은 단순히 범죄자를 밝혀내는 사람이 아니다. 그것은 수사관의 임무이지 탐정의 임무는 아니다. 탐정은 범죄에 이르는 모든 개요, 즉 범죄를 둘러싼 모든 정황을 파악하는 사람이다. 따라서 탐정은 철저하게 객관적으로 모든 증거를 수집해야 하고, 동시에 낱낱의 것으로 존재하는 그 모든 증거를 날카로운 분석을 통해 하나의 진실로 매개해 나가야 한다. 따라서 그는 자신을 감춘 채, 그를 둘러싼 모든 것을 처음부터 끝까지 철저하게 관찰해야 하는 존재이다.

박태원의 고현학적 추구는 바로 여기에 그 지향을 두고 있다. 그에게 있어서 고현학은 단순히 현실을 관찰하는 것이 아니라, 그것을 통해 감추어진 어떤 진실을 드러내는 방법론으로서 수용되었다. 그의 글쓰기가 소설인 이상, 그의 고현학은 단지 외면을 관찰하는 것으로 끝날 수 없었기 때문이다. 고현학적 방법론에 의해 창작된 것이 소설이라면, 작가(혹은 주인공)의 눈은 탐정의 눈이 되어 도시라는 공간 구석구석에 숨겨진 삶의 편린을 포착해내야만 한다. 따라서 그는 '산책자(flâneur)'이되, 결코 단순한 산책자가 될 수 없다.

산책은 기본적으로 도시적 삶을 유희하는 것이다. 따라서 산책하는 사람들은 그 삶을 관찰하는 것이 아니라 그대로 살아가는 것이다. 따라서 산책자는 고현학적 관찰자의 관찰 대상이 될 뿐이다. 고현학적 관찰이 성공하기 위해서는 철저하게 타인의 시선으로부터 감추어져야 한다. 그들의 산책은 변장이고 가장이다. 그러므로 관찰자에게 밀실의 확보는 중요한 의미를 가진다. 아무에게도 노출되지 않았다고 믿을 때, 대상은 비로소 본래의 모습을 보이기 때문이다. 따라서 고현학적 관찰자의 기본 조건은 밀실과 창(혹은 구멍)이다. 즉 '다락방의 산보자'[12]가 되어야 하는 것이다.

이처럼 고현학적 관찰자는 대상에서 자유로운 사람이어야 한다. 그러나 사실 그것은 현실에서는 충족될 수 없다. "분명 보는 사람이기는 하지만 관찰자는 더 중요하게는 미리 규정된 가능성들의 체계 안에서 보는 사람이며 관습과 제한의 체제에 박혀있는 사람"[13]이기 때문이다. 관찰자 역시 그가 관찰하고 있는 대상을 규정하는 사회적 환경에 묶여 있는 사람일 수밖에 없다. 자유롭기를 추구하지만 완전히 자유로울 수는 없다는 한계를 가진 존재인 것이다. 따라서 관찰자의 이상 추구는 언제나 패배할 수밖에 없다.

박태원의 고현학은 바로 이 지점에서 곤 와지로와는 다른 차원으로

---

12 「다락방의 산보자[屋根裏の散歩者]」(『新靑年』, 다이쇼 14년 8월)는 에도가와 란포[江戶川亂步]의 추리소설 제목이다. 이 작품의 주인공 쿄오다 사부로오[鄕田三郎]는 권태로움에 지쳐 있다. 어떤 일이건 흥미를 지속하지 못하는 그는 하숙집 다락을 기어 다니며 타인의 삶을 관찰한다. 그러한 관찰을 통해 하숙집 사람들의 숨겨진 습관이나 행동을 알게 된다. 이러한 관찰을 통해 그가 궁극적으로 실행에 옮기는 변태적 욕망은 살인이다. 타인으로부터 완벽하게 은폐된 채 타인을 관찰하는 밀실(다락방)을 획득했다는 점에서 쿄오다 사부로오는 고현학적 관찰자라 할 수 있다. 그가 다락방을 돌아다니는 과정이나 그의 세밀한 관찰은 고현학적 방법론과 유사성을 보인다.

13 조나단 크래리, 임동근·오성훈 외역, 『관찰자의 기술 : 19세기의 시각과 근대성』, 문화과학사, 2001, 18쪽.

수용되었음을 알 수 있다. 1930년대 초반, 박태원의 서사적 지향은 다름 아닌 '소설 쓰기의 소설화'였다. 따라서 박태원에게 있어서 소설을 쓰고자 하는 작가 박태원보다 더 매력적인 소재는 없었다. 그에게 있어서 고현학은 '소설' 창작의 재료들을 수집할 수 있는 가장 효과적인 방식으로 수용되었고, 그는 이러한 수집의 과정을 그대로 자신의 소설로 형상화하였다. 고현학은 소설의 창작기법이면서 동시에 소설의 중심내용이기도 했던 것이다.

그런데 이러한 고현학적 수집 과정을 통해 박태원, 혹은 소설 속의 구보가 포착한 경성의 진실은 풍경에 국한되지 않았다. 그곳에는 풍경과 함께 그 풍경을 사유하는 인간의 내면이 함께 들어와 있다. 박태원의 고현학적 관찰자는 풍경을 통해 그 자체로 매혹이면서 공포인 공간, 인간의 삶을 철저하게 파편화시키면서 소외시키는 공간으로서의 근대도시를 발견하게 된 것이다. 그리고 그는 그러한 근대도시로부터 소외된 사람들의 내면을 '고독'이라고 규정한다.

박태원의 고현학은 이처럼 '고독'으로부터 출발해서, 그 고독을 기록하기 위해, 그리고 그 고독을 넘어서기 위한 기법으로 발전되었다. 그가 외부 세계에 대한 객관적 관찰이라는 고현학으로부터 오히려 고독한 근대인의 내면을 발견했다는 것은 중요한 의미를 갖는다. 그것은 그가 내세운 고현학이 소설적 형상화를 거치면서 이중의 과제를 내포하고 있었음을 의미한다. 외부 세계에 대한 치밀한 묘사와 더불어 그 세계를 관찰하고 있는 고독한 관찰자의 내면이, 하나의 작품에서 동시에 표출되고 있는 것이다. 따라서 박태원의 고현학이 곧 와지로의 고현학에서 출발했다고 해서, 그것과 완전히 동일한 지향을 가졌다고 파악될 수는 없다. 박태원은 곤 와지로의 고현학을 통해 외면 풍경에 대한 객관적인 탐구를 수용하면서, 적용 가능한 영역의 폭을 보다 확장시켰기 때문이다. 박태원을 통해 문학적으로 수용된 고현학은 객관과 주관을 모두 탐색하는 기법으로 거듭나게 되었던 것이다.

2. 카메라를 든 사나이[14]

　박태원은 1930년대 모더니즘 작가 중에서도 기법 실험에 가장 능동적이었던 작가 중 한 명이다. 그에게 있어서 기법은 단지 내용을 담는 형식이 아니라, 그 자체로 내용이고 형식이었다. 더 나아가 그것은 그가 창조하고자 하는 허구적 세계를 구성하는 근본적인 동력이었다. 따라서 박태원에게 있어서 기법은 그의 문학관이자 철학이었다고 할 수 있다. 이 때문에 박태원 소설의 기법은 발표 당시부터 지금까지 평단의 지대한 관심 대상이 되어 왔다. 그러한 그가 내세운 창작기법은 다름 아닌 고현학이었다.

　이 글은 고현학이야말로 박태원의 1930년대를 바라보는 가장 중요한 키워드라는 가설에서 출발하고 있다. 그는 한 개의 단어, 하나의 문장을 쓰는 것에도 지나칠 정도로 예민했던 작가였다. 따라서 그의 작품에 나타난 다양한 실험과 통속적 코드들은 엄격한 '선택'을 통해 사용된 것이다. 그럼에도 불구하고 그의 창작기법인 고현학은 박태원 연

14　소련의 영화감독 지가 베르도프의 〈카메라를 든 사나이〉(1929)에서 제목을 따옴. 카메라를 짊어지고 도시의 이곳저곳을 돌아다니며 사람들의 일상생활과 다양한 도시의 모습을 촬영한 구성과 몽타주 기법이 인상적인 다큐멘터리이다. 박태원이 이 영화를 보았을지는 구체적으로 알 수 없지만 「소설가 구보씨의 일일」에서 구보의 눈이 그대로 카메라와 일치된다는 점에서 상당한 유사성을 띠고 있다고 평가할 수 있다.

구사에서 소외되었던 측면이 크다. 이러한 문제의식을 바탕으로 본고는 고현학에 바탕을 둔 성실한 조사와 관찰, 탐구를 통해 박태원이 리얼리즘과는 또 다른 방식으로 현실의 다양한 문제를 그의 서사에 담아낼 수 있었음을 면밀히 고찰하고자 한다.

사실 고현학은 극도의 객관성을 요구하는 방법론이다. 따라서 박태원의 소설은 '보여주기'에 주력한다. 이 때문에 그의 소설은 종종 눈앞에 보이는 풍경에 대한 세밀한 관찰 보고서와 같은 느낌을 주기도 한다. 그럼에도 불구하고 그의 소설에서 보다 뚜렷하게 드러나는 서사는 풍경이 아닌 내면에 대한 것이다. 이는 박태원 소설의 궁극적 주제가 '고독'이기 때문이다. 박태원은 고현학이라는 외부 세계에 대한 객관적 관찰을, 인물의 내면이라는 지극히 주관적 세계에 적용하고 있는 것이다. 박태원 소설이 지니는 흥미로움은 바로 이러한 상반된 지향에 있다. 그는 이 모순된 것처럼 보이는 지향을 하나의 작품 속에 융화시키기 위해 다양한 기법 실험을 감행한다. 이 과정에서 대상을 시켜보는 고현학적 관찰자의 눈이 '카메라'와 유사한 시점을 보이게 되는 것에 주목할 필요가 있다. 외면과 내면 모두를 객관적으로 관찰하고자 하는 이중의 과제는 독자에게 익숙한 영화라는 매체로부터 카메라의 시점으로 차용함으로써 보다 이해 가능한 것으로 바뀌게 된다. 이 때문에 경성 거리를 활보하는 구보는 마치 그 눈앞에 카메라를 달고 있는 사람처럼 그의 시선에 포착된 경성의 풍경을 낱낱이 독자에게 전달해주고, 독자는 아무런 저항 없이 그 풍경을 '보게' 되는 것이다.

그런데 이러한 카메라는 있는 그대로의 사물을 반영한다는 점에서 매우 객관적인 것처럼 보이지만, 사실 철저하게 주관적이기도 하다. 그것은 '선택'과 '배제'라는 잣대에 의해 대상을 렌즈에 담아내기 때문이다. 따라서 카메라가 어떤 피사체를 비춘다는 것은 선택이지만, 또 다른 의미에서는 무엇인가에 대한 배제이기도 하다. 박태원은 소설의 도입부터 다양한 서술적 장치들을 통해 독자가 소설이라는 허구적 세계로부터 일정한 거리를 유지하도록 요구한다. 작가 자신이나 주변 인물을 연상하게 하는 인물 구성, 잦은 시점 변화, 창작기법과 소설 쓰기 과정에 대한 직접적 언급 등은 모두 이를 위한 것이다. 이로 인해 등장인물들의 욕망이 사적인 것에 집중되면 집중될수록 그러한 인물의 행적을 뒤쫓는 독자의 시선은 보다 객관화된다. 카메라의 보여주기가 등장인물들의 욕망을 노골적으로 드러냄으로써 식민지 근대인의 삶을 최대한 객관화시켜 보여주기 때문이다. 타락한 욕망들이 분출되는 식민지 근대의 중심지인 경성의 일상은 그렇게 객관적으로, 그러나 '구보'라는 여과를 통해 일면 아주 주관적으로 독자에게 전달된다.

그런데 이러한 극단화된 보여주기는 때로 '보이지 않는 것'을 보여주기 위한 장치가 되기도 한다. 그 부재를 환기하는 것이 바로 '소리'이다. 우리는 박태원의 작품이 '토키(Talkie)'의 세계 속에 구현되어 있음을 기억할 필요가 있다. 박태원은 수많은 시각적 이미지와 함께 다양한 방식으로 청각적 이미지를 소설 속에 구체화시킨다. 허구적 세계에 넘쳐나는 시각적 이미지들 너머에서 그 소리들은 소설의 서사에 부재하는 것들, 사라진 것들에 대한 기억을 환기시킨다. 그것이 바로 '공공적 영역'이다. 눈에 보이는 모든 것을 드러내 줌으로써 오히려 보이지 않는 것을 기억하게 하는 이 기교야말로 박태원이 고현학을 통해 성취한 소설적 미학이라 할 수 있다.

이제 이 글은 소설이라는 문자 텍스트를 통해 경성 거리를 활보했던 작가 박태원을 만나보고자 한다. 그 출발점은 눈에는 카메라를 달고, 단장과 지팡이로 변장한 '구보'를 추적하는 것으로부터 시작된다. 구보의 카메라가 보여주는 경성의 시청각적 이미지들을 통해 고현학이라는 창작기법이 소설적 형상화에 개입되고, 변화되어가는 추이를 살펴보고자 한다. 그것은 오늘의 눈으로 보아도 한없이 댄디(Dandy)한, 그러나 한편으로는 우수에 찬 식민지 근대인의 또 다른 내면을 만나는 경험이 될 것이라고 생각된다.

 # 도시를 읽는 독법

1. 텍스트가 된 도시 : 「적멸」, 「애욕」

1) 기원으로서의 '고독'

「적멸(寂滅)」[1]은 박태원의 사실상 데뷔작이라 볼 수 있는 작품이다. 물론 박태원은 자신의 처녀작을 「수염」[2]이라고 말한 바 있지만,[3] 고현학이라는 박태원의 창작기법과 그의 서사가 가진 지향을 보다 구체적으로 보여주는 작품은 아무래도 「적멸」이라고 할 수 있다. 이 작품은 「소설가 구보씨의 일일」의 모태가 되는 작품이면서, 고현학과 대중적 코드의 결합이 그의 초기작들부터 지속적으로 고민되어 왔던 것임을

---

1 「적멸」은 1930년 2월 5일부터 3월 1일까지 『동아일보』에 연재되었다. 본고에서는 권영민·이주형·정호웅 편, 『한국근대단편소설대계』 9(태학사, 1988)의 수록본을 인용하며, 이하 텍스트는 인용 쪽수만 표기.
2 「수염」은 1930년 10월에 泊太苑이라는 필명으로 『신생』에 발표되었다.
3 박태원, 「내 예술에 대한 항변」, 류보선 편, 『구보가 아즉 박태원일 때』, 깊은샘, 2005, 237쪽.

알 수 있게 하기 때문이다. 물론 박태원의 소설에서 고현학이라는 단어가 직접적으로 등장하는 것은 「애욕」과 「소설가 구보씨의 일일」이지만, 그 기법적 적용은 이미 「적멸」에서 시작되었다고 할 수 있다. 「적멸」은 주인공 '나'의 글쓰기 과정으로부터 서사를 시작한다.

그때한동안 나는 매일이라고 책상 압헤 안저 소설을 하나 써보려고 원고지와 눈씨름하고 잇섯든 것이다 그것은 나의 눌룰길 업는—그러나 터무니 업는 창작욕을 만족시키기 위하야서의 애닯은 노력이었다.[4]

—아! '인스피레이션'이다 '령감(靈感)'이다 이제 나는 소설을 쓸수잇는 것이다 이주일동안의 시일을 소비하고 평소의 이배나 되는 담배갑을 들여 논 것이 결코 헛것이 아니엿다—이러케 생각할 사이도 업시 나의 철업는 '펜'은 원고지 위에서 뛰놀앗다 마음껏 뛰놀앗다 그러나그 즉시 나는 손을 멈추엇다 두 줄 남즛한 이주일만의 첫'거둠'—그것에 내 스스로의 혹을 품지 안흘 수 업섯든 까닭이다.
—그때한동안 나는 매일이라 책상 압헤 안저 소설을 하나 써보려고 원고지와 눈씨름을 하고 잇섯든 것이다.
나는 어처구니가업서 혼자 승거웁게 웃고 고만 펜을 내여던 젓다 이러케 하야서 소설이 써질 것인가. 나는 깨끗이 책상 압흘 떠나기로 결심하얏다.[5]

여기서 주인공 '나'는 집필로 인한 스트레스로 가득 차 있다. 그런데 이러한 소설 속의 '나'에는 작가 박태원의 모습이 겹쳐진다. 소설 속의 '나'가 쓴 소설의 첫 문장이 소설 「적멸」의 도입과 일치된다는 점에서

---

4   「적멸」, 11쪽.
5   위의 글.

이를 확인할 수 있다. 소설이라는 허구의 세계와 소설 밖의 현실 세계가 교묘하게 오버-랩 되는 것이다. 이는 창작 과정 자체를 그대로 보여주는 글쓰기 소설의 한 전형을 보여준다. 그런데 이러한 글쓰기에 대한 '나'의 태도는 그리 호의적이지 않다. 그는 "이러케 하야서 소설이 써질 것인가"라고 생각하며 소설 쓰기를 멈추고 밖으로 나선다. 소설의 소재가 될 무언가를 관찰하기 위해서이다. 그런데 흥미로운 것은 '나'가 펜을 내려놓는 순간, 비로소 '소설 쓰기의 소설화'로서 「적멸」의 서사가 본격적으로 시작된다는 점이다. 글쓰기 과정 자체가 소설이 될 수 없다는 소설 속 '나'의 생각과 달리 소설 밖의 작가 박태원은 그것을 소설의 주요 서사로 삼고 있다.

> 첫 번에 들어간 '까페-'에는 손님이 만치 안 핫다 나는 위선배ㅅ속을 든든하게 할 작정으로 음식을 두어 가지 시키고 (무슨 소설가라는 나의 직업이 본능적으로 활동한 것은 아니지만) 그냥 심심풀이로 이곳에 잇는 사람들을 관찰하야 보기로 하얏다.[6]

'나'는 소설 창작의 고뇌로부터 떠나 관찰하기 위해 거리로 나선다. 이 관찰은 박태원이 추구하고자 했던 고현학적 방법론의 첫 징후라는 점에서 주목할 필요가 있다. 그런데 그의 관찰은 거리가 아닌 카페에서 수행된다. 이 점은 박태원의 고현학적 관찰자가 산책자와 완전한 등치가 될 수 없음을 알 수 있게 하는 부분이다. 여기서 서술자이자 주인공인(이 부분까지는) '나'는 자신의 관찰이 뚜렷한 목적이나 의도에 따라 진행되는 것이 아니라, '그냥 심심풀이'일 뿐이라고 강변한다. 하지

---

6 「적멸」, 12쪽.

만 독자를 향해 발화되는 관찰에 대한 이러한 '나'의 태도는 사실 위악에 불과하다. 도입에서 "이러케 하야서 소설이 써질 것인가" 하고 거리로 나섰던 그가 곧바로 행한 일은, 바로 그 '이러케'에 해당되는 관찰이라는 사실이 그것을 확인시켜 준다. '나'의 소설 쓰기는 역시 관찰에 따른 것이었다.

이렇게 카페 안에서 타인을 관찰하던 '나'는 스스로 정신병자라고 소개하는 한 사나이를 만난다. 이어지는 서사는 '나'와 관련된 것이 아니라, 사나이의 입을 통해 전달되는 이상행동과 범죄의 과정에 대한 것이다. 이때부터 「적멸」의 서사는 소설 창작을 위해 소재를 모으는 과정에서 우연히 접한 사나이의 일화를 그대로 소개하는 '소설 쓰기의 소설화', 보다 구체적으로 말하면 '소설 쓰기 과정의 소설화'로서의 성격을 보다 분명히 드러내게 된다.

그런데 바로 이 지점에서 「적멸」이 가진 모순점이 드러난다. 여기서 '나'는 실제로 관찰하고 있지 않다. 즉 '나'는 '보여주기'를 수행하고 있지 않다. 단지 사나이의 이야기를 듣고 있을 뿐이다. 이 때문에 사나이가 입을 여는 순간 '나'는 관찰자로서의 지위를 상실하게 되는 것처럼 보인다. 이제 '나'는 관찰하는 것이 아니라 듣고 있으며, 실제로 고현학이라는 의미로서의 관찰을 수행하는 것은 사나이 자신이다. 사나이는 자기 자신을 비롯해 자신과 관련된 모든 상황을 객관적인 입장에서 '관찰'한 결과를 이야기하고 있기 때문이다. 그렇다면 '나'의 고현학은 출발부터 실패한 것일까?

이 문제를 해결하기 위해서는 먼저 관찰에 대한 선입견을 버려야 한다. 관찰은 시각적인 정보에 얽매이는 것이 아니라 시각을 비롯한 모든 감각을 통해 이루어진다. 관찰이 다각적일 수밖에 없는 이유는 고현학이 근대라는 공간을 관찰의 대상으로 했기 때문이다. 근대가 가진 모던함은 '시각'뿐만 아니라 우리의 '청각'적 경험도 변모시켰다. 사람들은 저 멀리서 다가오는 전차를 눈으로 확인하기 전에 전차의 경적 소리를 먼저 듣는다. 카페에서 차를 마신다는 것은 차 한 잔과 더불어 라디오에서 흘러나오는 음악 소리를 즐긴다는 것이다. 이처럼 근대는 시청각적 이미지로 함께 인식된다. 「적멸」에서 박태원은 이미 이러한 근대로서의 경성을 시청각적 정보가 혼재된 '영상'으로 보여주고 있다. 따라서 관찰은 모든 감각을 동원해서 이루어져야 한다.

고현학을 위해 거리로 나서는 순간, 관찰자는 수많은 시청각적 정보의 홍수에 휩싸인다. 탐정으로서의 고현학적 관찰자는 단지 보는 사람이 아니라, 보고 듣고 감각하는 모든 것들을 통해 하나의 진실을 재구성하는 사람인 것이다. 이것은 박태원의 고현학이 진정으로 추구하는 바가 어디에 있는가를 분명히 보여준다. 시각에 반영되는 2차원적인 세계를 3차원의 입체영상으로 인식하게 만들어 주는 힘, 그것은 바로 청각적인 정보들이다. 관찰자의 귀에 들어오는 청각적인 정보는 관찰자가 위치한 그 관찰의 위치로부터 그의 시야에 들어오는 모든 사물과 사람들, 풍경 사이의 '거리'를 분명하게 해준다. 「적멸」에서 사나이의 이야기를 '듣고' 있는 '나'의 모습은 고현학적 관찰을 가능하게 하는 거리에 대한 감각을 새삼 일깨우는 것이다.

그런데 이러한 정보의 홍수 속에서 고현학적 관찰자의 흥미를 끈 것은 아이러니컬하게도 '권태'이다. 형형색색 다양한 근대의 풍경도, 다채로운 근대적 소리의 향연도 모두 고현학적 관찰자로부터 외면당하고 만다. 오히려 그는 카페 구석에 앉아 차를 마시는 사나이의 권태에 매료되었고, 사나이의 이야기를 들으며 고현학을 수행하고 있는 것이다.

그러나 사실 이 장면에는 역설이 존재한다. 「적멸」에서 사나이는 끊임없이 자신이 권태롭다고 말하지만, 사실 그를 정말로 못 견디게 만드는 것은 고독이다. 어머니의 절대적인 사랑을 거부하고자 했지만, 어머니의 죽음은 그를 견딜 수 없는 고독으로 몰아넣는다. 어머니는 이 세계에서 그의 자리를 인정해주는 유일한 '타인'이었기 때문이다. 그 어떤 타인에게도 관심을 받지 못하는 존재란 고독할 수밖에 없음이 사나이를 통해 분명히 드러난다. 따라서 사나이가 드러내는 광기의 배후에는 타인의 시선을 받고자 하는 그의 갈망이 숨어있다. 그러나 그 광기야말로 그를 더욱 소외되게 만든 역할을 한다. 이미 광인의 광기를 낭만적 관점으로 바라보던 시대는 지나갔다. 미셸 푸코가 지적한 대로 근대는 그들을 '병원'이라는 수감시설을 통해 통제하고 관리하기 시작했기 때문이다. 그렇지만 사나이의 광기는 그러한 체제 속에서조차 외면당한다. 체제로부터 완전히 소외된 인간에게 주어진 자리는 그만큼 더 고독하다.

'나'가 사나이에게 매료된 이유는 사나이의 권태 속에서 바로 지독한 고독을 보았기 때문이다. 그런데 이 고독은 사나이만의 것이 아니다. 오히려 그 고독은 사나이를 관찰하는 '나'의 내면 안에 있는 것이다. 관찰자는 관찰이라는 것을 통해 타인의 숨겨진 진실에 가까워질 수 있을지 모르지만, 관찰하면 관찰할수록 '주체'로서 그의 존재는 타인의 진실에 가려져 오히려 모호해진다. 그러므로 관찰자의 내면은 역시 고독할 수밖에 없다. 주체를 가장 극명하게 드러내는 행위인 관찰을 통해 주체는 오히려 고독해질 수 있다는 진실이야말로 「적멸」이라는 작품을 둘러싼 핵심인 것이다.

이런 의미에서 본다면 '나'와 사나이가 마주앉은 이 카페라는 공간은 매우 특수한 의미를 갖게 된다. 두 사람은 모두 소외된 사람들이다. 자본주의적 생산 활동에 별 도움이 되지 않는 소설을 쓰고 있는(그나마도 제대로 쓰고 있지 못한) '나'와 끊임없이 인간을 소외시키는 사회를 지나칠 정도로 예민하게 감각하는 사나이 모두는 타인의 관심을 환기하지 못한다. 그럼에도 불구하고 그들은 모두 그 도시에서 자신만의 영역을 확보하기 위해 노력한다. '나'에게 '소설 쓰기'가 그것이라면, 사나이에게는 '광기'가 그것이다. 그 어느 쪽도 주류 사회로부터 환영받기 어려운 것이다.

> 다만 한 번, 꼭 한 번, 나는 '소설가'다 행세하고자 한 일이 있다. (…중략…) 그곳에서 나는 어리석게도, 혹은 대담하게도, (물론 나로서는 일상다반사이었으나, 여관 주인으로 보면 분명히 그러하였을 것이다.) 숙박부 직업란에다 '소설가'라고 해서로 기입하였다.
>
> 그러나 유식하고 경험 있는 여관 주인은, 가장 민망하게 내 얼굴을 본 다음에, 다행히 내가 손에 잡고 있었던 것이 연필이라 알자 그는 방으로 들어가 책상 서랍에서 한 개의 낡은 '고무'를 찾아내었다. 그리고 그는 나의 직업을 장부 우에서 말살하여 버리고 부디 처세함에 있어 좀더 신중하기를 간곡히 내게 충고하였다.[7]

고현학적 관찰자가 느끼는 깊은 고독은 전업 소설가로서 박태원 자신이 느끼는 고독과 맞닿아 있다. 광기로 인해 고독한 사나이나, 전업 소설가이자 관찰자이지만 실제로는 지식인 룸펜(Lumpen)에 다름없는 '나'는 모두 자본주의 사회의 생산관계로부터 소외된 사람들이다. 카페는 이렇게 소외된 두 사람이 한시적으로나마 '소통'할 수 있게 해준 공간이었다. 그러나 그것은 오직 한시적인 것이었다. 그들의 소통 역시 '소비'라는 소외 행위로부터 시작된 것이기 때문이다. 그들이 카페

7　박태원의 「궁항매문기(窮巷賣文記)」는 1935년 1월 18일~19일까지 『조선일보』에 연재된 박태원의 수필이다. 인용은 박태원, 류보선 편, 앞의 책, 247쪽.

에서 만나 이야기를 나눈 것은 우연에 불과한 것이었고, 그 소통이 유지될 수 있는 시간은 몇 푼의 '돈'을 지불해서 얻을 수 있는 카페의 공간만큼이나 찰나적인 것에 불과하다. 그들은 카페라는 도심의 한 구석에서 잠시 소통의 가능성을 엿보았지만 그 소통은 근대인의 근원적 단절과 소외를 극복할 수 있을 만큼 충분한 것은 아니었다.

그러나 보다 뿌리 깊은 단절은 '나'로부터 야기된다. '나'는 소통하기 위해 사나이의 이야기를 들은 것이 아니라 그를 관찰하기 위해 그 앞에 앉은 것이다. 관찰을 매개로 한 관계란 어느 한 쪽이 주체가 되는 순간, 다른 한 쪽은 대상이 되고 만다. 그 둘은 결코 소통할 수 없이 분리된 존재일 수밖에 없다. 따라서 사나이를 관찰하는 '나'가 그를 끝끝내 이해할 수 없었던 이유는 자명하다. 여전히 '나'는 정해진 날짜에 원고를 마감해야 한다는 그 일상의 영역에서 살고 있었기 때문이다. '나'는 사나이의 광기를 관찰했지만, 그 관찰은 표면적인 것에 불과했기에 그의 진정한 내면적 고독은 관찰될 수 없었다. 따라서 '나'가 사나이의 자살을 예감할 수 없었던 것은 어쩌면 필연적이다. 사나이의 자살에 대해 '나'가 "인생은 꿈이다"라는 다소 피상적인 결론으로 마감하고 마는 것은, '나' 스스로 소통불가능성을 인정하는 셈이다.

그럼에도 불구하고 「적멸」에서 '고독'이라는 인간의 내면을 발견했다는 것은 중요한 의미를 갖는다. 그것은 박태원의 고현학이 단지 외면 풍경을 반영하고 사유하기 위한 기법은 아니라는 사실을 분명하게 보여주기 때문이다. 오히려 박태원의 본질적인 탐색은 그 풍경 속에서 있는 한 인간의 내면이었다. 객관적인 관찰이라는 고현학을 선택한 그의 진정한 지향은, 풍경에 대한 객관적 관찰을 통해 인간의 진실한 내면을 읽어내는 데 있었던 것이다. 따라서 「적멸」은 하나의 소설이면서 동시에 박태원 문학의 출발점을 잘 보여주는 작품이라 할 수 있다.

우리가 「적멸」을 '소설 쓰기의 소설화'이라고 부를 수 있는 이유는 바로 여기에 있다.

그런데 박태원 소설의 창작적 기반으로서 「적멸」이 가지는 의의는 비단 여기에 국한되지 않는다. 「적멸」은 또한 장르소설에 대한 박태원의 관심이 이미 그의 작품 활동 초기부터 내재되어 있었음을 보여주는 텍스트이기도 하다. 이 작품의 서사에서 가장 중요한 비중을 차지하는 것은 다름 아닌 '나'가 카페에서 만난 사나이의 이야기이다. 사나이는 '나'에게 자신의 권태로운 내면과 권태로 인해 저지른 범죄를 고백한다. 그런데 여기서 사나이가 고백하는 방식은 에도가와 란포(江戶川亂步, 1894~1965)[8]의 「완전범죄의 명수」[9]를 연상시킨다는 점에 주목할 필요가 있다.

> 내가 로형께 내이야기를 하기 전에로 형은 위선 나를…… 내가 어떠한 사람인가를…… 아니 어떠한 평판을 밧고 잇는 사람인가를 아실 필요가 잇습니다.
>
> 그는 잠간 말을 쓴코 내 동정을 살피는 모양이드니 곳니어서
>
> ―나는 미친놈입니다 정신병자라는 지명을 밧고 잇습니다 그리고 오늘밤에 병원을 빠져 나왓습니다…… 이러해도 로형은 나를 앗가와 조곰도 달음업시 정의(情誼)로 대하야 주시겟습니다.[10]

---

8 에도가와 란포의 본명은 히라이 타로외(平井太郎)이며, 미에켄[三重縣] 나바리초위(名張町]에서 태어나, 와세다대학교 정경(政経)학과를 졸업했다. 재학 당시부터 영미 추리소설을 탐독하고, 졸업 후 무역회사원, 신문기자 등 10여 종의 직업을 경험했다. 다이쇼 12년(1923) 4월 『신청년』에 『이전동화(二錢銅貨)』를 발표했으며, 필명은 추리소설의 시조인 에드가 앨런 포우의 이름에서 차용했다. 『新潮日本文學辭書』, 新潮社, 1988, 158~159쪽.

9 「完全犯罪의 名手」, 원제는 「赤い部屋」로 이영조 역, 『다락방의 散步者』(농림출판사, 1978)에 수록되었다. 이하 텍스트는 인용 쪽수만 표기.

10 「적멸」, 17쪽.

이 부분은 「적멸」에서 사나이가 '나'에게 자신의 범죄를 고백하기 시작하는 도입 부분이다. 그런데 여기서 그는 스스로 자신을 '정신병자'라고 말하면서 자신의 이야기를 시작한다. 그는 자신의 광기를 노골적으로 고백함으로써 오히려 듣는 이로 하여금 자신의 이야기를 경청하도록 유도하는 것이다. 이러한 고백 방식은 「완전범죄의 명수」에서 이야기를 시작하는 것과 대단히 유사하다.

> 나는 내 자신의 생각으로는 틀림없이 멀쩡한 정신이라고 믿고 있고, 사람들도 그렇게 대해주고 있읍니다. 그러나 정말 멀쩡한 정신인지 어떤지 알 수가 없읍니다. 미치광이인지도 모릅니다. 그렇지는 않다고 해도 일종의 정신병자 같은 것인지도 모릅니다.[11]

두 작품에서 1인칭 관찰자는 실제로 관찰하고 있다기보다는 상대방의 이야기를 '듣고' 있다. 그들이 듣고 있는 것은 각각 「적멸」의 사나이와 「완전범죄의 명수」의 T씨가 자기 자신을 분석하고 관찰한 내용이다. 따라서 여기서 관찰은 두 가지 차원에서 진행된다. 관찰 대상이 된 인물이 자기 자신의 행위와 내면을 객관적으로 분석하면서 관찰하고 있는 사이에, 1인칭 관찰자는 듣는 행위를 통해 얻은 정보를 바탕으로 다시 그를 관찰하는 것이다. 그러나 엄밀한 의미에서 따지자면 이 두 가지 관찰은 모두 일반적인 의미의 관찰은 될 수 없다. 본질적으로 시각적인 정보로부터 벗어나 있기 때문이다. 인간은 거울(혹은 카메라)이라는 도구를 통하지 않고는 자기 자신을 볼 수 없으니 시각적 관찰은 불가능하고, 1인칭 관찰자는 그 행위를 목격하는 것이 아니라 듣고 있

---

11 「완전범죄의 명수」, 223쪽.

으니 마찬가지로 불가능하다.

이렇게 '청각적 관찰'을 중시하는 박태원의 태도, 즉 그의 '소리의 모더니티'[12]가 에도가와 란포로부터 영향을 받았다는 것은 중요한 의미가 있다. 그것은 박태원의 고현학이 곧 와지로의 고현학으로부터 굴절되는 또 다른 계기를 보여주기 때문이다. 에도가와 란포의 수용은 박태원의 고현학이 단지 '보여주는 것'이 아니라 '보여주고 들려주는 것'으로 변모될 수 있었던 계기가 된다고 볼 수 있다. 동시에 대상을 관찰하고 분석하는 탐정의 역할을 수행하는 1인칭 관찰자의 등장은, 박태원의 고현학에는 이미 탐정소설이라는 장르소설에 대한 관심이 내재하고 있었음도 알 수 있게 한다.

물론 박태원 자신이 에도가와 란포를 직접적으로 언급한 바는 없다. 그러나 에도가와 란포가 심취했던 에드가 앨런 포우의 작품이 「적멸」에서 직접 언급되고 있다는 사실과 인물유형의 유사성을 통해, 우리는 탐정소설에 대한 박태원의 관심이 에도가와 란포의 영향 아래 형성되었음을 추측할 수 있다. 이종명의 「탐정문예 소고」[13]에 따르면 이미 1920년대 후반 무렵 탐정소설이 조선 문단에서 화두가 되었으며, 에도가와 란포의 작품이 매우 중요한 탐정소설의 하나로 평가받고 있었음을 확인할 수 있다. 설사 박태원이 조선에서 에도가와 란포의 작품을 읽은 경험이 없다 하더라도, 그가 동경에서 유학했던 1930년 무렵은 에도가와 란포가 이미 대중적인 인기를 확보한 이후였으므로 다양한 문학사조와 작품을 탐닉했던 그가 란포의 작품을 접했을 것은 분명하다고 생각된다.[14]

---

12 임태훈, 「소리의 모더니티와 음경의 발견」, 『민족문학사연구』 38호, 민족문학사연구소, 2008에서 차용함.
13 이종명, 「탐정문예 소고」, 조성면 편, 『한국 근대대중소설 비평론』, 태학사, 1997.

그러나 보다 중요한 문제는 다른 곳에 있다. 박태원이 란포로부터 무엇을 발견했는가? 그것은 '권태'로 호명될 수 있는 광기를 드러내는 인물의 내면이다.

가장 거만스럽게도 큰 거리를 좁다고 걸어가는 걸음거리가 이름몰을 혐오(嫌惡)를 나에게 주엇든 것을 나는 지금도 긔억하고 잇습니다 그러나 그것은 지엽(枝葉)의 문제이오 내가 그 사나히로 말미암아 갓게 된 혐오감(嫌惡感)은혹은 우리가 서로 '사람'인 까닭에 갓지 안흘 수 업는 그러한 것인지도 몰으겟습니다 — 아니 그러케 말하는게 적당하겟지오. (…중략…)

내가 그 사나히를 나의행로에서 발견 하얏슬 때 참을 수 없는 '증오'를 그 사나히에게 깨달앗다는 것을 아마 그러케 해석하는 게 올을가 봅니다.[15]

사부로오는 언제이건 이 엔도오의 얼굴을 보기만 하면, 어쩐지 등이 근질근질해져 그의 긴 얼굴을 한 대 보기 좋게 후려갈기고 싶은 심정이 든는 것을 어쩌는 수가 없었습니다. (…중략…)

그러나 그렇다고는 해도 정말 침을 뱉을 수는 없는 노릇이라 사부로우는 구멍을 먼저대로 막아 놓고 돌아가려고 했는데, 그 때 문득 어떤 무서운 생각이 머리에 떠올랐읍니다. 그것은 실로 아무런 원한도 없는 엔도오를 살해한다는 생각이었던 것입니다.[16]

---

14 에도가와 란포는 일본 추리소설의 거장으로 평가받는다. 그는 1923년『이전동화(二錢銅貨)』를 발표하고 정신분석의 수법으로 여러 작품을 창작하면서 일본 추리소설의 발전 가능성을 보여주었다.『다락방의 산보자』,『인간의자』,『완전범죄의 명수』 등은 공포와 신비를 묘사한 뛰어난 작품으로 평가받는다.『거미인간[蜘蛛男]』(1927)과『황금가면』(1928)과 같은 통속장편은 강렬한 스릴과 서스펜스로 가득해서 대중의 열광적인 지지를 받았다. 이상『新潮日本文學辭書』, 新潮社, 1988, 159쪽 참조.

15 「적멸」, 28쪽.

16 「다락방의 산보자」, 원제는「屋根裏の散步者」로 이영조 역,『다락방의 散步者』(농림출판

「적멸」에서 사나이는 권태로움의 극단에서 느끼는 순간적인 증오로 인해 우연히 마주친 한 남자를 고의로 죽이게 되는 과정을 고백한다. 그런데 이 사나이가 살인에 이르는 과정은 에도가와 란포의 「다락방의 산보자」에서 주인공 고오다 사부로오가 살인을 저지르게 되는 과정과 유사성을 보인다.[17]

> 어쨌든 나라는 인간은 이상할 만큼 이 세상이 하찮은 것입니다. 살아 있다는 것이 도무지 지루해서 견딜 수가 없는 것입니다.[18]

「완전범죄의 명수」의 T씨, 「다락방의 산보자」의 고오다 사부로오나 「적멸」의 사나이는 모두 권태에 지친 인물들이다. 그들이 권태로운 이유는 그들의 삶이 일상적인 삶으로부터 벗어나 있기 때문이다. 물론 그들이 아무런 노력도 하지 않는 것은 아니다. 「적멸」에서 사나이는 견딜 수 없는 권태로부터 벗어나기 위해 여러 가지 장난을 친다. 철인 디오게네스를 흉내 내면서 통 속에서 하루를 보내기도 하고, 버스를 타고 돌아다니며 자신에 대한 버스걸과 운전수의 비웃음을 즐긴다. 혹은 거지에게 돈을 던져 아비규환을 만든 후 자신을 비웃는 다른 사람들의 모습을 즐기기도 한다. 그러나 이러한 사나이의 행동은 오히려 그를 일상적 삶으로부터 더욱 괴리시키고 그의 권태를 극대화시키는 역효과를 야기한다. 이 때문에 권태의 끝에서, 사나이는 살인이라는 행위에 이르게 된다.

하지만 광기로서의 '권태'를 바라보는 란포와 박태원의 시선에는 결

사, 1978, 31~32쪽)에 수록되었다. 이하 텍스트는 인용 쪽수만 표기.
17 이는 앞서 인용했던 「완전범죄의 명수」에서도 동일하게 나타난다.
18 「완전범죄의 명수」, 224쪽.

정적인 차이가 있다. 란포의 소설에서 권태와 광기는 냉소의 대상이다. 범행을 저지르는 범죄자도 그것을 추적하는 탐정도 차가운 이성만으로 대결한다. 그러나 박태원의 고현학적 글쓰기는 단순히 도시인의 권태를 호명하는 것에 머무를 수 없었다. 그 이유는 그가 처한 현실적 조건이 란포의 그것과는 상당한 차이가 있기 때문이다. 제국주의의 열망으로 달려가는 일본의 도시와 식민지 자본주의에 포섭되어가는 조선의 도시는 그 외양은 유사했을망정 그 내면의 진실은 결코 동일한 것일 수 없다. 따라서 「적멸」에는 식민지 근대인의 어쩔 수 없는 자기연민과 슬픔이 담겨져 있다. 이는 박태원이 혹은 작중 화자가 사나이의 광기 이면에서 사라진 기억의 흔적들, 낭만적 자취들을 발견하고 있기 때문이다. 따라서 박태원의 고현학적 글쓰기가 권태의 이면에 숨은 '고독'의 문제로까지 나아간 것은 어쩌면 식민지인이라는 그의 현실적 조건이 만든 필연적 결과였을지도 모른다.

그럼에도 불구하고 「적멸」에서 제기된 '고독'의 문제는 본격적으로 탐구되었다기보다는 단지 환기되는 차원에 그치고 있다. 그러나 고독이라는 키워드가 이미 「적멸」에서 고현학적 방법론과 함께 제기되고 있다는 것은, 향후 그의 소설에서 이것이 중요한 문제의식이 될 것임을 암시한다. 또한 한 인간의 범죄에 대한 서사로서 「적멸」이 에도가와 란포의 자장 아래 놓여 있다는 것은 탐정의 눈을 강조하는 박태원의 고현학이 란포의 소설로부터 일정한 영향을 받았음을 시사한다. 박태원은 란포의 권태로부터 고독을 발견함으로써 곤 와지로의 고현학과는 분명한 '거리(距離)'를 확보할 수 있었던 것이다.

2) 욕망이 기록된 도시

(1) 이중 관찰

박태원의 「애욕(愛慾)」[19]은 그 제목부터 주제를 명확히 보여준다. '愛慾'이라는 제목은 남녀를 둘러싼 모든 연애의 본질, 즉 사랑을 욕망의 차원에서 바라보겠다는 의미를 반영하고 있다. 이러한 '애욕'이라는 제목은 매우 노골적으로 통속소설을 연상하게 한다. 하지만 「애욕」의 서사는 제목에서 야기되는 이러한 독자의 기대를 전복시키며 진행된다.

> 남자는 이십칠,팔 아니 한 삽십이나 되엿슬까 모자 안쓴 머리가 험수룩 하니, 넥타이도 매지안코, 말른탓도 잇겟지만 키는 퍽 커보엿고, 녀자는, 이 녀자를 노동자는 왜장녀라고 단정하는데, 정강이가 나오는 '양복'을 입고나이는 스물 한둘은 됏슬듯, 과히 밉게 생기지는 안헛스나 아모래도 머리 발은편으로 빼뚜스름이 달려 잇는, 아마그것도 모자는 모자인 듯 시픈 것이 그에게는 일종 망측하게까지 생각되엇다. 망측하다면 젊은것끼리 밤늦게 이런 데로부터다니는 것부터 말이 안 되지만, 그래도 그들은 아모 일도 업섯다는 듯 시픈 얼골로 흘낏 그를 보고, 그리고 그와는 반대의 방향으로 걸어갓다.[20]

「애욕」의 서사는 '연애'의 현장을 우연히 목격한 어느 노동자의 시선으로부터 시작된다. 소위 모던한 차림의 두 남녀에 대한 사내의 생각은 '망측스럽다'는 것이다. 사내에게 그들의 데이트 장면은 순수한 사

---

19 「애욕」은 1934년 10월 6일부터 10월 23일까지 『조선일보』에 연재되었다. 본고에서는 권영민·이주형·정호웅 편, 『한국근대단편소설대계』 9(태학사, 1988)의 수록본을 인용하며, 이하 텍스트는 인용 쪽수만 표기.

20 「애욕」, 111쪽.

랑에 들뜬 연인들의 만남이 아니라 욕망을 주체하지 못하는 남녀의 육체적 충돌로 받아들여진다. 그런데 이러한 사내의 목격담과 달리 데이트 당사자인 하웅은 동일한 사건을 다르게 설명한다.

그러나 남자는 결코 계획적으로 그 어둠을 택하지는 안 헛다. 그는 그 압까지 와서 문득 담배가 먹고 시펏고 그때 마친 공교로운게 바람이 불엇고, 그에게는 그러나 '라이터'의 준비가 업섯고, 그의 석냥갑에는 석냥이 대여섯개피…… 그래 그는 오즉 바람을 피하려 석냥을 아끼려 그리고 들어섯든 것에 지나지 안 헛다.[21]

이처럼 앞서 등장한 노동자와 하웅이 생각하는 사건의 진실은 판이하게 다르다. 이것은 관찰자와 사건의 행위자라는 본질적인 차이로부터 야기된 것이다. 관찰자는 사건을 객관적인 시선으로 바라보고 있고, 사건의 행위자는 그것을 주관적인 감수성을 통해 인식한다. 이러한 입장 차이는 동일한 사건에 대해 전혀 다른 시각을 보여주게 된다. 여기서 무엇이 진실인지의 여부는 중요하지 않다. 보다 중요한 것은 이렇게 노동자와 하웅의 시선 교차가 주인공 하웅에 대한 독자의 감정이입을 차단하고 있다는 점이다.

이것은 「애욕」의 세계를 형상화하는 작가 박태원의 입장이 어디에 놓여 있는가를 분명히 보여준다. 독자는 독서를 시작하는 순간부터 자연스럽게 주인공에게 자신을 일치시킨다. 그런데 박태원은 이 자연스러운 감정이입을 방해한다. 그것은 이 작품의 도입이 데이트 당사자인 하웅의 시점이 아닌 제3자의 시점으로 시작되는 것에서 분명하게 드러난다. 독자의 감정은 주인공인 하웅에게 이입된 것이 아니라 하웅을

---

21 「애욕」, 111쪽.

관찰하는 사내에게 먼저 이입되었다. 이 때문에 이후 하웅의 입장에서 소설의 서사가 진행됨에도 불구하고 독자는 쉽게 하웅과 자신을 동일시할 수 없게 된다.

이것은 '애욕'이라는 주제를 상기하자면 상당히 문제적이다. 누군가를 사랑한다는 혹은 욕망한다는 것은 주관적인 감정의 영역에 속한다. 그 감정을 가장 잘 이해할 수 있는 방법은 소설 속 인물에 감정을 이입하는 것이다. 그럼에도 불구하고, 「애욕」의 서사는 이를 철저하게 차단하고 있다. 박태원은 무엇 때문에 이러한 소설적 장치를 감행하고 있는 것일까?

그것은 한 인간의 내밀한 감정으로서의 욕망을 객관화시켜 전달하겠다는 의지를 드러내는 것이다. 이를 위해서 독자는 소설 속의 주인공에게 동화되는 것이 아니라 그를 관찰하는 위치에 서 있어야 한다. 이 때문에 작가는 소설의 시작에서부터 독자로 하여금 하웅의 상황에 감정이입하기보다는 최대한 그로부터 멀리 떨어져서 그를 객관적인 관점에서 바라볼 것을 요구한다. 이처럼 「애욕」의 서사는 소설이라는 허구에 대한 독자의 동일시를 차단함으로써 허구적 진실에 대한 서사를 완성하겠다는 실험적인 성격을 분명히 드러내고 있다.

이제 독자의 위치는 분명해진다. 독자는 「애욕」의 핵심적인 서사인 하웅의 연애를 지켜보는 관찰자의 위치, 즉 카메라 렌즈 뒤에 자리하게 된다. 이 작품에서 각각의 카메라를 담당하는 것은 하웅과 여인을 제외한 모든 인물들이다. 이는 한 사람의 애정과 욕망이라는 것이 그 자신에게 있어서는 생활 자체를 흔들 수 있는 절대적인 위력을 발휘하는 것이지만, 타인의 입장에서 바라보면 한낱 가십거리에 불과할 수밖에 없음을 보여준다. 한 인간의 주관적인 감정은 그 자신에게 있어서 절박함이 커지면 커질수록, 오히려 타인에 의해 낱낱이 객관화되며 더욱더 초라해지기 마련이다. 이 때문에 하웅은 그 자신과 직접적으로 연애 관계를 맺고 있는 여인들을 제외한 모든 등장인물에게 관찰당하고 있으며, 그러한 그의 모습은 어리석고 가련하기조차 하다.

> 감영앞까지 왓슬때, 뒤에서 어깨를 치며,
> "하웅!"
> 소설가 구보(仇甫)다.
> "애인들의 대화(對話)란 우습구 승겁군, 그래두 참고(參考)는 됏지만……."
> 하웅(河雄)은 쓰게웃고,
> "보구 잇섯소? 여긴 또웨 나왓소?"
> "고현학(考現學)!"
> 손에든 대학노-트를 흔들어 보이고, 구보는 단장을 고처잡엇다.
> "또 좀 조사할께 잇서. 내일이나 만납시다."[22]

이 지점에서 우리는 구보의 등장에 주목할 필요가 있다. 이 부분까지 독자는 감정이입을 철저하게 차단당한 채 하웅의 연애를 지켜보고 있었다. 그러나 이때까지 진행된 독자의 관찰은 소설이라는 허구의 세계 안에 배치된 가상의 카메라 렌즈를 통한 것이었다. 따라서 여전히 독자는 그 허구의 세계 밖에 위치하고 있었다. 그 때문에 독자는 누군가를 관찰한다는 인식없이 하웅을 관찰할 수 있었고, 그것은 일종의 심리적 안도감을 선사했다.

그런데 구보의 등장은 이러한 독자의 '관찰' 혹은 '훔쳐보기'를 전면에 드러나게 한다. 하웅은 지금까지 자신을 지켜보던 구보의 시선을

---

22 「애욕」, 114쪽.

자각하는데, 독자 역시 이 순간 자신의 시선이 구보라는 인물의 눈에 겹쳐져 있었다는 사실을 깨닫게 된다. 지금까지 안전하게 숨어있으리라 생각했던 카메라가 갑자기 구보라는 인물을 통해 허구의 세계 속에 등장한 것이다. 이처럼 구보가 드러나는 순간, 독자는 지금까지 훔쳐본다는 죄의식으로부터 자신을 감추어주고 있던 가림막이 완전히 제거되는 당황스런 상황에 봉착하게 된다.

그런데 아이러니컬하게도 이 구보라는 카메라의 존재가 드러난 이 순간, 독자에게는 비로소 하웅이라는 인물에게 감정이입할 수 있는 계기가 마련된다. 그것은 지금까지 하웅을 관찰하게 해 주었던 카메라가 소설 속의 또 다른 인물인 구보라는 인물의 시선에 겹쳐지면서, 안전할 것으로 믿었던 관찰 행위가 결코 감추어질 수 없다는 사실이 분명해졌기 때문이다. 하웅을 향해 초점을 맞추었던 카메라는 언제든지 그를 관찰하고 있는 독자 자신을 향해 돌려질 수 있다는 그것. 이는 관찰하는 주체 역시 관찰될 수 있다는 하나의 가능성을 제공한다. 결국 지금까지 하웅을 제3자의 시선으로 지켜보았던 독자는 데이트 장면을 관찰당했다는 하웅의 당황스러움에 관찰 행위를 들킨 스스로의 당황스러움을 일치시키면서 소설적 리얼리티 속에 발을 들여놓게 되는 것이다.

「애욕」의 서사는 이러한 실험적인 서술방식을 통해 관찰하면서 관찰당한다는 이중의 시선을 독자에게 경험시킨 후, 본격적으로 진행된다. 이제 독자의 시선은 자연스럽게 하웅의 친구인 구보의 시선에 겹쳐진다. 처음에 구보는 대상을 '관찰'한다는 자신의 행위에 굉장히 당당한 인물로 제시되었다. 단장과 노트를 들고 상대의 당혹감에 아랑곳없이 '고현학'을 하고 있었다고 말하는 구보의 당당함은 은밀한 관찰을 수행하고 있었던 독자와 대비되는 것처럼 보인다. 그러나 일단 그 모습이 전면에 드러난 순간, 구보는 더 이상 타인의 관찰로부터 자유롭지 못하다. 반면 독자는 이전보다 더 절대적인 심리적 밀실을 확보하게 된다. 일단 구보가 서사의 전면에 드러난 이상, 더 이상 독자의 훔쳐보기를 방해할 인물은 없을 것이기 때문이다. 박태원은 이 과정을 통해 독자에게 주인공 하웅에게 감정이입하면서도 동시에 그와 구보를 포함해서 그를 둘러싼 모든 인물을 관찰할 수 있는 이중적인 지위를 부여한다.

이와 같은 복잡한 시선의 교차는 「애욕」의 서사를 단순한 연애문제로 규정할 수 없도록 만든다. 왜 박태원은 대중적(혹은 통속적) 코드를 차용하면서도 시선의 교차와 이중의 관찰이라는 서술적 트릭을 사용하여 그것이 가지는 호소력을 저하시키고 있는 것일까?

그 이유는 「애욕」에서 다루고자 하는 피사체가 인간이 아닌 도시이기 때문이다. 도시는 온갖 욕망이 꿈틀대는 공간이다. 따라서 이 도시 속에서 살아가는 모든 이의 삶은 도시가 가진 욕망으로부터 결코 자유로울 수 없다. 일단 도시가 그 탐구의 대상인 이상, 인간의 애정에도 도시의 욕망이 개입될 수밖에 없는 것이다. 「애욕」에서 애정이 순수하게 애정의 차원에서만 다루어질 수 없었던 이유는 바로 여기에 있다. 그것은 '연애'의 범주로 다루어지기보다는 '욕망'의 범주에서 다루어지기 때문이다. 박태원이 '구보'라는 카메라를 통해 들여다 본 1930년대 도시의 첫 번째 풍경은 바로 온갖 욕망과 욕정이 뒤엉킨 남녀의 만남이었던 것이다.

(2) 모던 걸에 투영된 '애욕'

이제 하웅의 욕망은 노골적으로 객관화되어 독자에게 제시되는데, 그 결과 독자는 뜻밖의 진실들을 직면하게 된다. 그것은 작품의 주인공인 하웅이 그를 둘러싼 모든 욕망에 있어서 결코 주도권자가 아니라

는 사실이다. 그 때문에 하웅은 스스로의 욕망을 추구할수록 오히려
그 욕망으로부터 소외되고, 욕망의 노예가 된 그는 타자의 시선 아래
조롱의 대상으로 전락하게 된다.

좀처럼 객이 업슬 시간이다. 극장 가까운 차ㅅ집 한구석에 교양업는 네 명
의 사나이와 허영만을 가진 두 명의게집과 주고 밧는 천박한 수작이다.
　"참 그건 그러커니와 그자가 그림은 그릴 줄 안다데 그려."
　"아부라에를? 친구 미술가로군그래."
　"그리면 제가 얼마나 그릴라구. 그러찬어 기창이."
　기창이란 자는 역시 말업시 담배만 태웟다.
　"그런데 참 기창이가 그애 맛이나 보앗는지?"
　"맛이야 벌서 봐겟지. 입때 잇겟니?"
　나무탁자 우에 백통전 떨어지는 소리가 나고 이제까지 저편에 혼자 안저
영화잡지만 뒤적어리든 맨머리바람의사나이는 박그로 나간다. 그 뒤ㅅ보양
을 발아보며
　"그게 웬작자야?"
　"무어 소설쓰는 사람이라지 아마. 구포라든가?"
　"흥, 그냥반두 예술가로군 그래. 미술가. 소설가. 흥"[23]

구보가 의도치 않게 엿듣게 된 진실은 하웅의 연애상대, 하웅이 현
재 사랑한다고 믿고 있는 그 모던 걸이 사실 방탕한 여인에 불과하며
자신의 육체를 무기로 하웅을 비롯한 여러 남자를 희롱하고 있다는 것
이다. 그러나 이러한 사실은 이미 하웅 자신도 알고 있는 내용이다.

---

[23] 「애욕」, 117쪽.

"핸드빽 속에서 콤팩트를 끄내들고, 이러케 밤 느진 거리에서 화장을 고치고 잇는 여자의 모양이, 또 그 심정이, 퍽으나 딱하고 천반한 것 가티 생각되엿다"[24]라는 하웅의 고백을 상기하자면 하웅 역시 이미 그녀의 정체를 짐작하고 있었음은 분명하다.

그럼에도 불구하고 그녀를 향한 하웅의 애욕은 사라지지 않는다. 그것은 하웅을 향한 그녀의 모순적인 태도 때문이다. "그를 두려움 엄는 눈으로 치어다보고" "소녀와 가티 명랑한 웃음을 웃"는 여자는 일주일째 밤마다 남자를 만나면서도 결코 남자가 집까지 데려다 주는 것을 허용하지 않는다. 한편으로는 관능적인 천박함으로 남자에게 욕망의 감정을 일깨우면서도 결코 닿을 수 없을 것 같은 순수함으로 스스로를 위장하는 여자에게 하웅은 모순된 감정을 느끼는 것이다.

이러한 모순 속에서 박태원은 '팜므파탈'의 한 전형으로서 모던 걸의 모습을 형상화한다. 「애욕」에서 그녀는 철저하게 익명화되어 있다. 그녀는 항상 3인칭으로 지칭될 뿐, 구체적인 이름으로 호명되지 않는다. 그럼에도 불구하고 모든 등장인물들의 대화나 관찰을 통해 화제에 오르는 그녀는 언제나 동일한 인물로 인식된다. 그녀는 스스로 특정한 누군가라기보다는 그녀를 바라보는 타인의 시선에 의해 규정되는 존재이다. 따라서 그녀의 모습은 한 가지가 아니며 그녀를 욕망하는 사람에 따라 다른 얼굴을 갖게 된다. 그녀는 욕망의 대상이지만 욕망에 이끌려 다니기보다는 욕망을 주도하는 것처럼 보인다. 자신을 욕망하고 흠모하는 모든 이를 희롱하고 그것을 통해 쾌감을 느낀다. 더 나아가 자신을 욕망하는 모든 이를 타락하게 만드는 인물이기도 하다.

이처럼 그녀를 둘러싼 익명성은 '모던 걸 = 팜므파탈'이라는 공식을

---

24 「애욕」, 113쪽.

완성시킨다. 사실상 모던 걸에 대한 이러한 왜곡된 시선은 비단 박태원만의 것은 아니다. 그것은 근대문학 초기 동아시아 문학, 그중에서도 도시라는 매혹과 경멸의 대상을 탐구하는 모더니즘 소설에 있어서 일관된 경향이라는 점에서 주목을 요한다.

「애욕」에서 등장한 모던 걸의 모습에는 류나어우의 작품에 등장하는 모던 걸의 모습이 겹쳐진다. 상하이를 중심으로 전개되었던 중국 신감각파의 대표주자로 평가받는 류나어우[劉吶鷗][25]는 팜므파탈로서의 모던 걸을 적극적으로 묘사한 중국작가이다. 류나어우는 짧은 생애를 보냈던 작가였고, 실제로 그가 남긴 문학작품은 단편소설집인 『都市風景線』(1930)이 유일하다. 그러나 이 작품집에서 그는 팜므파탈로 대표되는 '요부'로서의 모던 걸 이미지를 형상화함으로써 도시라는 공간의 풍경을 드라마틱하게 조명한 바 있다.

이처럼 비슷한 시기에 경성과 상하이를 배경으로 근대도시를 그려낸 두 모더니스트들의 눈에 비친 모던 걸의 모습은 대단히 유사하다. 모던 걸의 육체는 그대로 도시를 육화한 것이기 때문이다. 그것은 매혹적이고 동시에 파괴적이고 모호하다. 류나어우는 "단발머리를 하고, '아지적인' 앞이마, 앵두 같은 입술, 잘 놀라거나 혹은 그다지 놀라지 않는 눈, 우뚝 솟은 그리스식의 코, 가무잡잡한 피부, 높이 솟은 가슴과 '부드럽고 매끈한 뱀장어 같은' 몸매를 소유한, 이 육감적이고도 '발랄하고 활동적인' 모던 걸"[26]을 그려내는데, 그것은 "정강이가 나오는 양

---

25 류나어우(劉吶鷗, 1900~1939)는 타이완에서 태어나 일본에서 자랐다. 1920년대 후반기 아방가르드 간행물인 『무궤열차(無軌列車)』와 『신문예(新文藝)』를 창간했다. 1932년 일본의 상하이 폭격으로 자신의 서점이 파괴되자 일본으로 건너가 문단에서 자취를 감추었다. 이후 영화평론으로 관심을 바꾸어 영화잡지인 『현대전영(現代電影)』을 만들었다. 1939년 왕징웨이[汪精衛] 괴뢰정부 치하에서 한 신문의 책임자가 되었고 동시에 영화 제작에도 임했으나, 돌연 암살당하고 말았다. 리어우판[李歐梵], 장동천 외역, 『상하이모던』, 고려대 출판부, 2007, 315~316쪽 참조.

복을 입고 오른 쪽으로 삐뚜로 모자를 쓴" 최첨단의 유행을 몸에 걸치고 "잘 놀라거나 혹은 그다지 놀라지 않는 눈"을 가진 "왜장녀"로 묘사된 「애욕」의 모던 걸과 매우 유사한 이미지를 보여준다.

모던 걸의 모습은 화려함의 극치이면서 퇴폐적이다. 남자 주인공에게 섹스어필하는 모던 걸의 모습은 강하고 파괴적이기에 매혹적이다. 그녀의 매력은 모순된 묘사에서 알 수 있듯이 남성성과 여성성의 기묘한 조화로부터 시작된다. 팜므파탈로서 그녀의 매력은 이러한 모순에 있다. 이 모던 걸들은 여성에게 부여된 전통적인 가치관으로부터 완전히 벗어나 있다. 따라서 그녀들은 남성들이 소유하고자 하는 욕망의 대상이지만 결코 쉽게 소유할 수 있는 존재는 아니다. 두 남녀 사이에서 욕망이라는 화학작용을 일으키는 것, 그 욕망을 달성시키거나 좌절시키는 것 모두 이 모던 걸의 손에 달려 있다. 이 때문에 그녀들은 마치 욕망의 주도권을 지니고 있는 것처럼 보인다.

그러나 모던 걸이 욕망의 주도권을 가지고 있는 것처럼 보인다고 해서 그녀들을 욕망의 주체로 형상화했다고 보기는 어렵다. 실제로 구보나 하웅 등의 남성 인물들이 모던 걸을 팜므파탈로 인식하고 있다는 것은 여전히 「애욕」의 서사에서 그녀가 욕망의 대상 이상으로는 기능하지 못함을 의미하는 것이기 때문이다. 그녀는 늘 누군가에게 욕망당하지만 그녀 스스로 누군가를 욕망하지 않는다. 그녀에게는 누군가를 혹은 무엇인가를 욕망할 수 있는 기회가 허용되지 않는다. 그녀는 언제나 그곳에 서서 누군가에게 관찰당할 뿐이다. 그녀는 그녀를 욕망하는 수많은 타인에 의해 '요부'라는 이미지로 직조되지만 정작 그녀의 내밀한 욕망은 한 번도 전면에 드러난 적이 없다. 따라서 그녀는 도시

---

26 위의 책, 322쪽.

의 네온사인 속이라면 어디에서라도 발견할 수 있을 것 같은 모호한 존재이다. 소설의 서사가 전개되면 전개될수록, 그녀를 욕망하거나 사랑하는 하웅의 갈등이 깊어지면 깊어질수록 오히려 그녀는 더 모호해지고 그녀의 얼굴은 흐릿해진다. 이처럼 모던 걸을 팜므파탈로 다룬 작품에서 "그녀가 피상적으로 묘사되는 것은 그녀 자체가 이 도시를 포괄적으로 표현해야만 하기 때문이다."[27]

여기서 팜므파탈의 본질이 드러난다. 팜므파탈은 타자의 욕망을 비추는 거울 같은 존재이다. 그녀가 욕망을 주도하고 자신을 욕망하는 모든 이에게 파괴력을 발휘할 수 있는 이유는 그녀가 언제나 타자가 욕망하는 위치에 자신을 놓기 때문이다. 그녀가 욕망의 주도권을 가질 수 있는 이유는 그녀 자신이 결코 욕망의 주체가 아니기 때문이다. 그녀가 스스로 욕망의 주체가 되는 순간, 그녀는 끝없는 나락으로 추락하며 조롱의 대상으로 전락하고 만다. 「애욕」에서 이는 하웅의 전 애인을 통해 분명하게 드러난다.

자신의 욕망을 충족시키기 위해 하웅을 버리고 다른 사내와 떠났던 여인은 초라한 모습으로 하웅에게 되돌아온다. 한때 그녀를 사랑했던 하웅조차도 그녀에게 연민의 감정 이상은 느끼지 못한다. 그녀를 더 이상 사랑의 대상으로, 즉 욕망의 대상으로 생각하지 않는 것이다. 무엇이 사랑 혹은 욕망의 관계에서 그녀의 위치를 변화시킨 것일까?

욕망은 결핍에서 기인된다. 무엇인가를 욕망한다는 것은 그것이 자신의 안에서 결핍되었기 때문이다. 따라서 욕망은 욕망의 대상을 소유하는 순간, 그에 따라 만족과 안정을 만끽하는 순간, 더 이상 욕망일 수 없다. 욕망의 충족은 욕망의 종결을 의미한다. 결국 누군가에 대해 욕

---

27 위의 책, 345쪽.

망의 주도권을 쥘 수 있다는 것은 그 누군가에게 결코 소유되지 않았음을 의미한다. 그렇다면 욕망의 주도권은 욕망의 주체가 가질 수 있는 것이 아니라 욕망의 대상이 가질 수 있는 모순적인 것임이 명백해진다.

여기서 박태원은 팜므파탈이 가진 본질적인 속성을 꿰뚫어 보고 있다. 팜므파탈은 결코 애욕의 주체일 수 없고 주체가 되어서도 안 된다. 그녀는 자신의 욕망을 가지지 못한 텅 빈 존재이며, 그녀의 결핍이야말로 그녀가 가진 파괴력의 본질이다. 그녀가 타인에 의존하지 않고 스스로 그 결핍을 채우려 하는 순간, 즉 그녀가 스스로 욕망의 대상이 아닌 욕망의 주체가 되는 바로 그 순간, 그녀는 더 이상 팜므파탈로서 존재할 수 없게 되고 걷잡을 수 없는 나락으로 떨어지게 된다. 그녀가 욕망의 주체가 되고자 하는 순간, 이미 그녀는 욕망의 주도권을 상실해 버리기 때문이다.

이처럼 「애욕」은 매우 전형적인 팜므파탈로서 모던 걸의 모습을 포착해낸 작품이라는 점에서 그 의미를 새롭게 조명할 필요가 있다. 고현학을 하기 위해, 혹은 산책을 하기 위해 거리로 나선 소설가 박태원은 그 거리에서 모던 걸과 마주친다. 그녀는 도시가 가진 모든 매력을 발산하고 있는 존재이다. 따라서 「애욕」에서 팜므파탈로 묘사된 모던 걸은 박태원이 고현학이라는 자신의 창작노트에 기록해 나간 도시의 얼굴이며, 도시 그 자체라 할 수 있다. 이러한 모던 걸의 모습에는 도시를 향한 근대인의 욕망이 겹쳐져 있다. 박태원은 그의 눈앞에 펼쳐진 도시의 강렬한 매혹과 철저하게 물신에 의해 구성되는 그 도시의 속물성에 대한 걷잡을 수 없는 경멸이라는 모순된 감정을 모던 걸이라는 낯선 인류에게 투영하고 있다. 그녀가 팜므파탈일 수밖에 없는 이유는 그녀야말로 도시가 육화된 존재이기 때문이다. 근대도시는 근본적으로 소외의 공간이기에, 그곳에서 추구되는 모든 욕망은 결코 성취될 수 없는

것이다. 따라서 그녀는 그 자체로 도시의 욕망이 된 이상, 모든 등장인
물들이 욕망하는 그 '무엇'이며 결코 소유할 수 없는 그 '무엇'이 된다.

따라서 이제 모던 걸이 두려움의 대상이 될 수밖에 없는 이유는 명
백하다. 그녀는 타인의 욕망에 의해 늘 관찰당하는 객체로 존재하지만
결코 그 응시를 두려워하지 않는다. 이처럼 그녀가 그 누구보다도 강
력한 위력을 가진 존재일 수 있는 이유는 그녀가 자신의 욕망을 가지
지 못한 존재이기 때문이다. 그러한 모던 걸을 통해 「애욕」은 모두에
게 욕망의 대상이 되지만 스스로의 욕망을 갖지 않는, 타인의 욕망에
의해 끊임없이 새롭게 규정되는 공간으로서의 도시에 대한 고현학적
서사의 출발점이 된다. 동시에 그것은 애정소설이라는 가장 통속적인
장르를 통해 '애정'이라는 순수함으로 포장된 인간 본연의 '욕망'을 가
장 객관적으로 기록하고자 하는 박태원의 의도를 보여주는 시도라고
볼 수 있다. 제목부터 통속적 애정소설을 표방한 「애욕」이 결코 통속
적이지 않은 소설이 될 수 있었던 이유는 바로 여기에 있다.

2. 카메라가 된 '구보' : 「피로」, 「소설가 구보씨의 일일」, 「거리」

1) 몽타주, 텍스트로서의 도시 읽기

「적멸」과 「애욕」이 박태원 소설 전체를 관통하는 어떤 기원으로서
의 '고독'과 '고현학'이라는 두 개의 키워드를 보여준다면, 「피로(疲
勞)」[28]는 이 두 작품 사이의 매개이면서 동시에 그러한 키워드들이 「소

설가 구보씨의 일일」로 이어지는 내적 연관을 직접적으로 보여주는 작품이라는 점에서 주목된다. 1인칭 화자인 주인공은 「적멸」에서와 마찬가지로 직업 소설가로 등장하는데, 「옆집 색씨」(『신가정』, 1933.1), 「오월의 훈풍(五月의 薰風)」(『조선문학』, 1933.8), 「거리(距離)」(『신인문학』, 1936.1)와 함께 지식인 룸펜을 주인공으로 내세운 대표적인 작품이라 할 수 있다. 주인공인 소설가가 대상을 관찰하는 과정 자체가 서사의 핵심을 차지하고 있다는 점에서는 「적멸」에서 보였던 '소설 쓰기의 소설화'와 연결되고, 그 실천으로서의 '산책'이 본격적으로 제시되어 있다는 점에서는 「애욕」이나 「소설가 구보씨의 일일」과 보다 친연성을 보인다. 특히 「피로」는 반나절의 산책을 테마로 한다는 점에서 「소설가 구보씨의 일일」에 대한 직접적인 예고가 되는 작품이므로 관심을 가질 필요가 있다.

「피로」의 서사는 창작으로 인한 피로로부터 벗어나기 위해 거리로 나선 주인공 '나'의 반나절 동안의 산책으로 구성되어 있다. 다방→M신문사→버스→다방으로 이어지는 이동경로를 거치면서 도시를 관찰하는 주인공의 내면 심경이 세밀하게 드러난다. 그런데 주인공 '나'는 이러한 관찰을 통해 견딜 수 없는 피로를 느낀다. 하지만 이 피로는 특별한 사건이나 상황을 통해 야기되는 것이 아니다. 매일 반복되고 부대끼는 일상에서 오는 것이다. 이 반나절의 산책은 「소설가 구보씨의 일일」의 산책과 매우 유사한데, 바로 이 점이 그동안 박태원 연구사에서 이 작품이 크게 주목받지 못했던 원인이 되기도 했다. 작품 자체가 소품적 성격이 강한 짧은 단편이기도 하거니와 「소설가 구보씨의 일일」과 거의 유사한 서사 구조를 가지고 있기 때문에, 본격적인 작품을 창작하기 전에 쓴 습작과 같은 느낌을 주었던 것이다. 그래서 「피로」는

---

28 「피로」는 1933년 5월 『여명』에 발표된 작품이다. 본고에서는 권영민·이주형·정호웅 편, 『한국근대단편소설대계』 8(태학사, 1988)의 수록본을 인용하며, 이하 텍스트는 인용 쪽수만 표기.

대체로「소설가 구보씨의 일일」과 연장선상에서 고현학과 의식의 흐름, 내적 독백 등의 새로운 창작기법을 시도한 것으로 평가[29]되거나, 1인칭 소설가 주인공이 등장하는 심경소설의 일부로 파악[30]되었다.

그러나「피로」는「적멸」과 마찬가지로 박태원의 전체 문학적 행보를 이끌어 나갔던 기법 실험의 기원을 보여준다는 점에서 쉽게 간과할 수 없는 작품이다. 사실「피로」의 서사는 특별한 기승전결이 없다. 뚜렷한 목적 없이 거리와 카페를 배회하는 주인공을 따라가면서 그의 생각이 자연스럽게 주된 서사로 이어진다. 따라서「피로」의 주된 내용은 경성이라는 도시가 주인공 '나'에게 어떻게 관찰되고 있는지를 보여주는 것이다.

나는 속으로 신문기사의 표제를 고르면서, 그 곳에 서서, 때마침 관청에서 물러 나오는 '쌔러리맨'들의 복잡한 행렬을 구경하고 있었다.

어제 한나절을 나리어 곱게 싸였던 눈이, 어쩌면 그렇게도 구중중하게 녹은 거리위를, 그들은 전차도 타지 않고 터덜터덜 걸어가고 있었다. 뿐만 아니라 그들 중에는 고무장화를 신은 사람조차 있었다. 눈이 완전히 녹아 구중중하게 질척거리는 한길 위를 무거웁게 터벅거리고 가는 고무장화의 광경은, 물론, 보기에 유쾌한 것이 아니었다.

나는 그 고무장화의 피곤한 행진을 보며, 그것을 응당 물로 닦고 솔질을 하고 할 그들의 가엾은 아낙 들을 생각하고, 또 그들의 아낙들이 가끔 드나들어야만 할 전당포를 생각하고, 그리고 그곳에 '삶'의 '어려움'을 느끼지 않을 수 없었다.[31]

---

29 정현숙, 「박태원 연구의 현황과 과제」, 강진호·류보선·이선미·정현숙 외, 『박태원 소설 연구』, 깊은샘, 1995 참조.

30 서은주, 「고독을 통한 행복에의 열망」, 위의 책 참조.

31 「피로」, 79~80쪽.

여기에서 주목되는 것은 몽타주 기법이다. 이 과정을 도식화하면 '질척거리는 눈길 + 고무장화 → 삶의 애환'으로 요약할 수 있다. 이는 환유적 몽타주로 설명될 수 있는데, "하나의 사상이나 사회적 개념을 기술하지 않고 형상을 통해 표현하는 몽타주들이 이 범주에 속한다."[32] 그런데 이 부분에 대해 좀 더 고민할 필요가 있다. 단순히 영화적 기법으로서의 몽타주를 사용했다고 보기엔 또 다른 요소들이 느껴지기 때문이다. 이를 위해서는 '나'의 생각이 어떤 발전 과정을 걷는지를 살펴봐야 한다. '나'가 일차적으로 관심을 가진 것은 샐러리맨이다. 관찰자인 '나'가 도시의 풍경 속에서 첫 번째로 읽어낸 것은 다름 아닌 '사람'인 것이다. 그는 쌓인 눈이 녹아내린 거리 위를 걸어가는 사람들의 고무장화에서 샐러리맨의 가엾은 아낙을 떠올리고, 전당포를 생각하고, 마침내 고된 삶으로부터 야기되는 애환을 떠올린다. 단순히 몽타주 기법을 사용할 생각이었다면 가엾은 아낙이나 전당포와 같은 요소들은 사실상 필요하지 않다. 「피로」의 이 부분은 몽타주를 그대로 사용했다기보다는 A + B로부터 새로운 C로의 도약을 이루어내는 몽타주 기법의 비약을 오히려 구체적으로 풀어놓은 것 같은 느낌을 준다.

이는 독자로 하여금 「피로」라는 작품을 감성이 아닌 이성으로 읽을 것을 요구한다. 그것은 작품 속에서 실제로 관찰을 하고 있는 주인공 '나'의 담담하고 객관적인 태도에서 분명히 드러난다. 그가 보여주는 생각의 연쇄는 지나칠 정도로 구체적이어서 독자의 감정이 개입될 수 있는 여지를 남기지 않는다. 「피로」의 서사는 독자가 독서를 통해 삶의 애환을 느끼기도 전에 그것이야말로 삶의 애환이라고 가르쳐줌으로써 독자의 감정이입을 차단하고 있는 것이다.

---

32 볼프강 가스트, 조길예 역, 『영화』, 문학과지성사, 1999, 120쪽.

이것은 어떠한 효과를 야기하는가? 그것은 허구의 세계로서의 소설과 독자 사이에 결코 가까워질 수 없는 거리를 만들어낸다. 그로 인해 독자들은 「피로」에 반영된 경성의 삶을 일정한 심리적 거리 밖에서 관찰하게 되는 것이다. 이제 도시는 그 자체로 독해되어야 할 하나의 텍스트가 되고 만다. 도시를 둘러싼 파편화된 일상은, 분석하고 의미를 부여해야 하는 독해의 대상이 되는 것이다. 그런데 독자가 이렇게 소설의 서사를 충실히 따라가는 순간, 작가는 다시 한 번 독자를 배신한다.

> 인도교와 거의 평행선을 지어 사람들의 발자욱이 줄을 지어 어름 위를 검엏게 색칠하였다. 인도교가 어엿하게 있음에도 불구하고 그들은 웨 어름위를 걸어가지 않으면 안 되었었나? 그들은 고만큼 그들의 길을 단축하지 않으면 안 되도록 무슨 크나큼 일이 있었던 것일까……?
> 나는 그들의 고무신을 통하여, 짚신을 통하여, 그들의 발바당이 감촉하였을, 너무나 차디찬 어름짱을 생각하고, 저 모르게 부르르 몸서리치지 아니 할 수 없었다. [33]

도입에서부터 철저하게 독자의 감정이입을 차단하면서 객관적 태도를 유지했던 '나'의 감정이 폭발해 버린 것이다. 여기서의 몽타주는 더 이상 독자에게 친절한 설명을 제공하지 않는다. 그것은 단지 '고무신과 짚신 + 얼음'의 대비를 제시할 뿐이다. 주인공 '나'는 이전까지의 객관적 태도를 버리고 대상으로부터 충격을 받은 자신의 감정을 그대로 노출시킨다. 그리고 주인공 '나'가 주관적으로 돌아서는 순간, 독자 역시 소설의 서사에 감정이입할 수 있는 자유를 되돌려 받는다. 서사

---

[33] 「피로」, 84쪽.

에서 설명하지 않아도 독자는 '나'가 느꼈을 충격의 정체를 충분히 이해할 수 있게 되는 것이다. 따라서 이전까지 보였던 지나칠 정도로 엄격했던 객관성은 바로 이 부분의 충격을 극대화하기 위한 의도된 기교였음이 분명해진다.

그 충격의 정체는 '피로'로 호명될 수 있다. 그것은 주인공 '나'가 경성이라는 텍스트로부터 얻어낸 주제이다. 그는 무관심하게 지나치는 일상의 사소한 행동들 속에 무서운 억압이 내포되어 있음을 자각한다. 보다 편한 인도교가 있음에도 불구하고 사람들이 얼음 위로 물을 건너는 단 하나의 이유는, 바로 '시간의 절약' 때문이다. 더구나 사람들은 모두 자신만의 삶을 살아가고 있다고 생각하지만, 그들 모두는 사실 정해진 같은 패턴을 반복하면서 살아가고 있다. 그것은 얼음 위에 일렬로 새겨진 그들의 발자국을 통해서 증명된다. 근대적 삶은 그런 방식으로 사람들의 일상 속에 녹아 있었고, 일상은 그러한 근대적 욕망을 추종하면서 따라가고 있다는 것이 '나'의 깨달음이다. 일상은 죽음에 가깝다는 절망적 감각이야말로 「피로」에서 보이는 '피로'의 본질인 것이다.

이러한 「피로」는 두 가지 차원에서 이후 전개되는 박태원 소설의 창작 방향을 제시하고 있다. 첫째, 도시는 읽어야만 할 하나의 텍스트로서 제시된다. 박태원에게 있어서 이를 가장 효과적으로 수행할 수 있는 방법은 바로 관찰이었다. 도시라는 텍스트의 진실을 독자에게 전달하기 위해서, 박태원은 등장인물과 독자에게 최대한 주관적 감정을 억제하고 객관적 태도를 고수할 것을 요구하고 있다. 둘째, 기법의 서사를 추구한다. 「피로」는 아주 짧은 단편임에도 불구하고 「적멸」에서보다 다양한 기법과 서술적 기교가 사용되었다. 소설 쓰기의 소설화, 의식의 흐름, 몽타주 등이 그것이다. 그런데 이것은 소설적 허구에 대한 독자의 감정이입을 차단하는 데 주로 이용되었다는 점을 주목할 필요가 있다. 이는 허구적 세계의 리얼리티를 극대화하기 위한 의도된 차단이다. 서사의 곳곳에서 독자의 예상을 배신함으로써 오히려 독자가 소설의 허구적 세계에 보다 몰입할 수 있도록 유도하기 때문이다.

이러한 관찰과 그것을 위한 다양한 기법 실험은 관찰자의 시선을 '카메라'에 일치시키면서 보다 능동적으로 소설의 서사를 장악하게 된다. 이제 「소설가 구보씨의 일일」은 등장인물의 '눈'이 그대로 카메라가 되면서 독자에게 새로운 방식의 서사를 체험시킨다. 그 구체적인 전개를 살펴보고자 한다.

2) 풍경이 된 근대인의 내면

「소설가 구보씨의 일일(小說家 仇甫氏의 一日)」[34]은 「피로」의 착상이 보다 발전된 형태로 나타난 작품이라고 할 수 있다. 동시에 그 이전까지 여러 작품에서 진행되어 왔던 박태원의 기법적 실험이 보다 총체적으로 형상화된 작품이라고도 할 수 있다. 때문에 많은 연구자들이 이 작품의 기법에 관심을 가졌고 그동안 상당한 양의 연구가 축적되어 왔다. 「소설가 구보씨의 일일」은 「적멸」, 「애욕」, 「피로」에서 제기된 고현학적 관찰과 그 제시방법으로서의 '카메라의 시선'을 통해 도시라는 텍스트를 본격적으로 탐구하기 시작한다. 이제 관찰자의 눈은 '카메라의 시선'에 일치시킬 수 있을 만큼 객관화되어 있고, 노골적으로 관찰

---

34 「소설가 구보씨의 일일」은 1934년 8월 1일부터 9월 1일까지 『조선중앙일보』에 연재되었다. 본고에서는 『한국근대단편소설대계』 9(태학사, 1988)의 수록본을 인용하며, 이하 텍스트는 인용 쪽수만 표기.

행위를 드러낸다.

　앞서 언급한대로 고현학은 '현재 우리들이 눈앞에서 보는 것'들을 대상으로 하는 '방법의 학문'이다. 이러한 고현학을 수행하기 위해서는 현실의 구석구석을 세밀하게 관찰해야 한다. 그러기 위해 고현학의 수행자는 작은 차이조차 간과하지 않는 '탐정'의 정밀한 눈을 가져야만 한다. 그런데 그곳에는 두 가지 층위가 존재한다. 고현학의 '現'은 눈앞의 현재를 그 관찰대상으로 하고 있음을 분명히 한다. 문제는 그 현재를 다루는 태도에 있다. 고현학의 '考'는 고고학에서 차용된 것으로, 고현학에서 다루는 대상이 단지 현재에 머무를 수 없음을 의미하기도 한다. 현재를 관찰하지만, 그 현재는 언제나 과거와의 소통 속에 탐구되어야 하는 것이다. 이는 곧 현재와 과거의 긴밀한 소통 위에서 대상을 관찰해야 함을 의미하는 것이라 할 수 있다.

　이처럼 고현학은 그 명칭에서부터 모순된 지향을 내포하고 있다. 고현학은 시간을 인위적으로 정지시키고 공간을 관찰한다. 따라서 고현학에 의한 모든 기록은 필연적으로 묘사적이 될 수밖에 없다. 그러나 고현학적 관찰은 이것으로 끝나는 것이 아니다. 오히려 그것은 기록된 현재를 끊임없이 과거와 소통시킬 때, 그것을 통해 현재에 부재하는 그 무엇을 발견할 때 비로소 진가를 발휘하게 된다.

　그렇다면 고현학을 통해 소설을 기술한다는 것은 어떤 의미일까? 그것은 소설의 서사가 공간 자체를 깊이 사유하기 시작한다는 것을 의미한다. 서술적 화자가 접하는 모든 공간들은 하나하나 세밀한 묘사의 대상이 되고, 그러한 묘사를 통해 하나의 공간과 다른 공간을 매개하는 방식으로 서사가 진행된다. 동시에 하나의 공간에서 우연히 마주한 어떤 부재를 끊임없이 사유하고 새로운 공간으로 나아간다. 하나하나의 공간이 하나하나의 프레임으로 완성되는 것이다.

그렇다면 그 프레임을 하나로 영사하는 힘은 어디에서 기인하는가? 「소설가 구보씨의 일일」에서 경성을 담아내는 기록 매체는 다름 아닌 '구보'이다. 구보는 정지된 공간과 공간을 사유를 통해 매개한다. 그는 하나의 공간에서 현재와 과거를 소통시키고, 하나의 공간에 이질적인 또 다른 공간의 기억을 덧씌우는데 조금의 망설임도 없다. 그가 자신의 발길이 닿는 경성의 모든 장소에서 끊임없이 고독과 상실감을 느끼는 것은, 그 공간에 부재한 과거와 소통하고 있기 때문이다. 그러한 구보를 통해 독자는 「소설가 구보씨의 일일」에서 사라져 가는 과거에 대한 애수와 생성되는 근대도시에 대한 흥분을 동시에 맛보게 되는 것이다. 이는 이 작품의 진정한 주인공이 구보가 아니라 경성이라는 공간임을 알 수 있게 한다. 이 점에서 「소설가 구보씨의 일일」은 '구보'라는 카메라를 통해 기록된 '경성'이라고 명명될 수 있을 것이다.

그러나 이 작품의 가장 큰 모순은 바로 구보가 카메라가 되었다는 것이다. 일반적으로 영화를 볼 때, 관객은 카메라를 인식하시 않는다. 카메라는 관객의 시점에 그대로 일치되기 때문이다. 그러나 「소설가 구보씨의 일일」에서 독자에게 일차적으로 관심을 환기하는 것은 경성의 풍경이 아니라, 그 풍경 속에 서서 그것을 바라보고 있는 구보이다. 영화로 가정하면 카메라가 그대로 화면에 노출되어 있는 것이다. 따라서 이 작품에 대한 본격적인 분석은 바로 이 카메라가 된 '구보'라는 인물로부터 시작되어야 한다.

그런데 구보라는 인물은 '구보(仇甫)'[35]라는 이름 자체에서부터 독특하다. '구보'라는 명칭은 「소설가 구보씨의 일일」에서 처음 사용된 이

---

[35] 박태원의 차남인 박재영 씨는 '구(仇)'라는 글자의 탄생이 구인회(九人會)와 관련이 있다고 말한다. 구인회의 '구(九)'와 '인(人)'의 순서를 바꿔 쓰면 '구(仇)'가 된다. 박태원은 평소에서 이런 식의 파자를 즐겼다고 한다.

래, 작품 속에서는 작가 박태원의 분신과 같은 존재로 작품 밖에서는 박태원의 호로 사용되었다. 따라서 「소설가 구보씨의 일일」에서 '구보'라는 이름이 갖는 의미는 단순히 주인공을 지칭하는 것만으로 해석될 수 없다. 실제로 박태원의 필명은 현실의 박태원과 작품 속의 인물을 연결하는 고리의 역할을 담당하고 있기 때문이다. 그 의미를 파악하기 위해서는 이전 작품에서 그가 자신의 필명으로 사용한 '몽보(夢甫)'와의 관계부터 고려되어야 한다. '몽보'라는 필명이 처음 등장한 것은 「꿈(꿈)」[36]이라는 작품이지만, 사실상 그 의미를 파악하기 위해서는 「적멸」로 소급되어야 한다.

「적멸」에서 원고지와 눈씨름을 하던 주인공 '나'는 소설 쓰기를 잠시 접어두고 거리로 나서는데, 그곳에서 그는 지독한 권태에 빠진 한 사나이를 만난다. 광기로 인해 살인을 저지른 사나이는 끝끝내 그 광기를 이겨내지 못하고 자살하고 만다. 그런데 '나'는 그토록 철저하게 사나이를 관찰했음에도 불구하고 끝내 사나이가 자살한 원인에 대해서는 아무런 해답도 얻어내지 못한다. 그 이유는 '나'의 관찰이 사나이의 내면을 포착하는 데까지 미치지 못했기 때문이다. '인생은 꿈이다'라는 피상적인 결론과 함께 「적멸」의 사나이는 인생이라는 꿈속에서 잠시 만나 스쳐간 사나이로 기억된다. 그런데 이러한 작품의 마무리는 또 다른 시각을 가능하게 한다. 이 작품의 두 명의 인물이 사실상 관찰자로서의 '나'와 관찰되는 '나'로의 분열을 의미한다고 할 수 있기 때문이다. 이것을 증명해주는 것은 바로 박태원의 필명인 '몽보'이다. 「적멸」과 같은 해에 발표된 「꿈」에서 박태원이 이 필명을 사용한 것은 결국 「적멸」에 등장한 사나이가 박태원 자신의 분신인 '몽보(꿈속의 사나

---

36 「꿈」은 1930년 11월 5일부터 11월 12일까지 『동아일보』에 연재되었다.

이)'임을 암시하고 있다.

 '몽보'가 광기로 인해 살인을 저지른 꿈속의 사나이를 지칭하고 있다면, '구보'는 그보다 한 걸음 더 나아간다. '구보(仇甫)'라는 호칭은 어머니의 눈을 통해 바라본 자기 자신이다. 지식인 룸펜으로 집안의 '애물단지'가 되어버린 아들을 향한 어머니의 속상함과 애정이 중첩된 호칭인 것이다. 「소설가 구보씨의 일일」이 단지 풍경에 대한 관찰이 아닌 그 풍경을 관찰하는 구보 자신에 대한 관찰이기도 한 이유는 바로 이 '구보'라는 주인공의 이름으로부터 시작된다. 이러한 구보는 분명 허구의 인물이지만, 박태원은 의도적으로 구보라는 명칭을 자신의 호로 사용함으로써 작품과 현실의 경계에 혼동을 야기한다. 구보는 분명 소설 속의 인물이지만, 그곳에는 현실을 살아가는 작가 박태원의 모습이 너무나 많이 겹쳐져 있다. 이 때문에 구보는 「소설가 구보씨의 일일」에서 스스로 카메라를 자처하며 관찰자의 위치로 물러나지 않더라도 영원히 그 세계에 포함될 수 없는 이질적인 인물이 되고 만다.

 따라서 이 작품에서 구보는 주인공이면서, 동시에 주인공일 수 없다. 좀 더 명확하게 말하자면 그에게 부여된 애초의 역할은, 경성이라는 공간에 대해 기록하고 서술하는 것이다. 따라서 「소설가 구보씨의 일일」은 주인공이어야 할 구보가 스스로 카메라가 되면서, 공간 자체가 주인공이 되는 독특한 소설이 되고 만다. 공간이 주인공이라는 것, 그것은 소설의 전개에 있어서 묘사와 서사가 거의 대등한 중요성을 차지하게 된다는 것을 의미한다. 그리고 기승전결의 완벽한 구조 없이도 소설이 가능하다는 인식, 보여주는 것만으로도 충분히 독자를 매료시킬 수 있다는 이러한 인식의 바탕에는 영화라는 매체의 영향이 깔려 있다. 공간에 대한 묘사가 소설의 서사를 영상처럼 인식하게 하는 것이다. 이를 통해 인간의 삶을 다루는 소설은 개별 인간이 아닌 인간의 집합체로서의 도시에 주목하게 된다. 여기서 도시는 그 자체로서는 정체되어 있는 무생물이지만, 그 안에서 살아가는 사람들의 삶으로 인해 끊임없이 역동하는 생명력을 내재하게 된다. 구보와 노트는 이러한 신비로운 대상으로서의 도시를 기록하는 카메라와 필름이 되는 것이다.

> 한길우에 사람들은 바쁘게 또 일있게 오고갔다. 仇甫는 鋪道우에 서서, 문득, 자기도 創作을 위하여 어데, 例하면 西小門町 方面이라도 踏査할까 생각한다. '모데로노로지오'를 게을리 하기 이미 오래다.
>
> 그러나, 그러한 생각과 함께 仇甫는 激烈한 頭痛을 느끼며, 이제 한 걸음도 더 옴길 수 없을 것 같은 疲勞를 全身에 깨닫는다. 仇甫는 얼마동안을 茫然히 그곳, 한길 우에 서있었다.[37]

「소설가 구보씨의 일일」은 주인공 구보가 경험하는 하루 동안의 경성 산책을 그 내용을 한다. 그가 거리로 나선 이유는 '모데로노로지오', 즉 고현학을 하기 위함이다. 그의 손에 들린 단장과 노트는 그 산책의 이유를 분명히 보여준다. 그것은 그의 손에 들린 노트에 무엇인가를 기록하기 위해서이다. 그는 무엇을 적고자 하는가? 그가 노트에 적고자 하는 것은 경성 거리의 삶이다. 그는 경성 거리를 '관찰'하기 위해 집을 나섰고, 거리는 그대로 그에게 작품 생산의 현장이 된다.

그런데 구보가 스스로 카메라임을 자처하는 이 순간, 「소설가 구보씨의 일일」의 역설이 시작된다. 그것은 박태원이 내세운 구보라는 카메라가 1인칭이 아닌 3인칭이기 때문이다. 박태원은 실제 작가인 그 자신을 연상시키는 구보를 3인칭 화자로 내세움으로써 1인칭 시점과 3

---

[37] 「소설가 구보씨의 일일」, 256쪽.

인칭 시점의 효과를 일시에 획득한다. 독자는 구보를 자연스럽게 박태원과 일치시키지만 정작 구보는 3인칭이라는 시점을 통해 객관화되어 있다. 카메라임을 자처하는 구보가 3인칭이라는 것은, 앞에서 언급한 대로 관객이 보는 영상 안에 끊임없이 카메라 자체가 노출되어 있는 것과 다름없다.

이것은 독자에게 익숙하면서도 낯선 서사적 경험을 선사한다. 이미 독자는 박태원의 전작인 「적멸」에서 '소설 쓰기의 소설화(혹은 소설 쓰기 과정의 소설화)'라는 독특한 양식을 체험한 바 있다. 「소설가 구보씨의 일일」은 이보다 더 나아가 '소설 쓰기의 소설화를 쓰고 있는 공간'을 또다시 소설로 형상화하고 있다. 따라서 「소설가 구보씨의 일일」에서 카메라는 두 대가 배치되는 것이다. 한 대가 구보라는 인물의 시점이라면, 또 다른 한 대는 그러한 구보를 따라가고 있다. 주관성과 객관성을 교묘하게 교차되는 것이다. 이에 따라 소설의 서사는 구보가 관찰하는 경성뿐만 아니라, 그 공간을 관찰함으로써 오히려 그 공간으로부터 소외당하는 구보라는 관찰자의 모습을 동시에 담아내게 된다. 따라서 「소설가 구보씨의 일일」은 경성이라는 공간도 구보라는 인물도 모두 주인공이면서, 동시에 진정한 주인공일 수 없는 독특한 구조를 갖게 된다.

어느 틈엔가, 仇甫는 鐘路네거리에 서서, 그곳에 黃昏과, 또 黃昏을타서 거리로 나온 노는 계집의 무리들을 본다. 노는 계집들은 오늘도 無智를 싸고 거리에 나왔다. 이제 곧 밤이 올게요 그리고 밤은 分明히 그들의 것이었다. 仇甫는 鋪道우에 눈을 떨어트려, 그곳에 無數한 華麗한 또는 華麗하지 못한 다리를 보며, 그들의 걸음걸이를 가장 危殊[38]로웁다 생각한다. 그들은, 모두가 淑

---

38 危殊 : 危殆의 오기로 보인다.

女靴에 익숙하지 못한 것은 아니다. 그러나 그러함에도 不拘하고, 그들은 모다들 가장 서투르고, 不自然한 걸음걸이를 갖는다. 그것은, 亦是, '危殊로운것'이라고밖에 말할 수 없는 것임에 틀림없었다.[39]

　이 부분은 구보의 관찰이 가진 모순을 극명하게 보여준다. 여기서 구보는 밤거리에 나온 여자들의 모습을 관찰하고 있다. 그러나 실제로 그들을 관찰하고 있는 구보는 오히려 누군가에게 관찰당하고 있다. 그것은 서술방식에서 분명하게 드러난다. 인용된 구보의 진술에는 서술 화자가 개입된 흔적이 엿보인다. 그것은 '~로웁다 생각한다'라든지 '~임에 틀림없었다'라는 표현으로 숨겨져 있다. 이 때문에 독자는 숙녀화를 신은 여인들의 발걸음과 함께, 그 거리의 한 쪽 구석에서 그들을 보며 위태롭다고 생각하고 있는 구보의 모습을 떠올리는 것이다.

　이 지점에서 왜 구보라는 인물이 1인칭이 아닌 3인칭으로 등장해야만 했는지의 이유가 분명하게 드러난다. 「소설가 구보씨의 일일」에서 박태원이 고현학을 통해 진정으로 관찰하고자 하는 것은 외면 풍경이 아니라 그 풍경을 바라보고 있는 인물의 내면이기 때문이다. 구보라는 3인칭 화자를 전면에 내세움으로써 실제로 이 작품을 이끌어나가고 있는 서술화자는 감추어진다. 즉 구보라는 카메라가 독자에게 노출되면서 그러한 구보를 추적하는 또 다른 카메라가 존재하고 있음은 망각되는 것이다.

　이는 「소설가 구보씨의 일일」만의 독특한 서술을 완성시킨다. 다분히 작가를 연상하게 하는 구보를 내세움으로써 1인칭 주인공 시점이 가지는 '작가 = 인물'이라는 독자에 대한 효과는 그대로 수용하면서,

---

[39] 「소설가 구보씨의 일일」, 275쪽.

동시에 일정한 거리를 두고 인물의 내면을 객관적으로 관찰할 수 있는 전지적 작가 시점의 효과까지 더불어 획득하고 있는 것이다. 이 때문에 독자는 또 다른 서술화자를 자각하지 못하는 상태에서 작가의 의도대로 구보의 행적을 지켜보게 된다. 구보라는 인물의 심리는 구보의 목소리로 독자에게 제시되는 것처럼 보이지만, 그것은 실제로 서술화자에 의해 일차적으로 걸러진 것들이다. 이러한 이중적인 장치 덕분에 독자는 지극히 주관적이라 할 수 있는 구보의 사유 과정을, 가장 객관적인 관찰의 결과물인 것처럼 받아들이게 된다.

이처럼 박태원은 3인칭 선택적 전지 시점을 사용하면서도 그 자신을 환기시키는 '구보'라는 인물을 등장시킴으로써 독자에게 익숙하면서도 낯선 소설적 경험을 선사한다. 그가 관찰자로 제시한 구보는 오히려 작품 밖의 독자 혹은 서술화자에 의해 끊임없이 관찰된다. 그렇다면 이제 「소설가 구보씨의 일일」의 서사가 무엇을 보여주고자 하는지는 분명해진다. 그것은 바로 경성이라는 공간을 무대로 그곳에서의 삶을 관찰하는 구보의 모습, 즉 그 '관찰의 과정' 자체이다. 그런데 바로 이러한 서사적 목표는 필연적으로 구보의 고현학적 관찰을 실패하게 만든다.

仇甫는 이 조고만 事件에 문득, 興味를 느끼고, 그리고 그의 '大學노-트'를 펴들었다. 그러나 그가 門옆에 기대어 섰는 갭쓰고 린네르 즈메에리 양복 입은 사나이의, 그 왼갓 사람에게 疑惑을 갖는 두 눈을 發見하였을 때, 仇甫는 또다시 憂鬱속에 그곳을 떠나지 않으면 안 된다.[40]

---

40 「소설가 구보씨의 일일」, 261쪽.

구보가 거리로 나온 근본적인 이유는 창작을 하기 위해서이다. 즉 거리에서의 그의 궁극적인 목적은 '고현학'인 것이다. 그것은 구보의 손에 들린 단장과 공책을 통해 확인된다. 그런데 실제로 구보가 경성을 '관찰'하고 있는가에 대해서는 여전히 의문부호가 남겨진다. 구보는 고현학을 게을리 하고 있다고 고백하면서도 실제로 그것을 떠올린 순간 격렬한 두통을 느낀다. 이는 그가 고현학을 하기 위해 외출했다는 사실과 더불어 실제로 고현학을 제대로 수행하지 못하고 있다는 상반된 정보를 제공한다. 소설의 서사 내내 특정한 목적 없이 거리에서 사람들을 조심스럽게 관찰하던 그가 처음으로 손에 든 대학노트를 펼친 것은 이 부분에 이르러서이다. 그런데 인용부분을 보면 결국 그의 대학노트에 적힌 것은 아무것도 없다는 사실을 발견할 수 있다. 구보가 관찰자로서 자신의 임무를 수행하려고 한 순간, 오히려 그는 타인의 관찰 대상이 되어버리고 만다. 그것은 애초에 그가 고현학적 관찰자, 즉 '탐정'이 되기 위한 가장 중요한 요건인 변장에 실패했기 때문이다.

단장이 산책자(flâneur)로서 구보의 변장을 완성시켜주는 사물이라면, 노트는 이러한 그의 변장이 그대로 '변장'임을 노출시켜주는 사물이다. 그것은 산책을 가장하고 거리로 나선 구보의 궁극적인 목표인 '고현학'을 그대로 상징하는 것이다. 고현학은 소설가인 구보에게 있어서 직업 활동의 일부이다. 그가 끊임없이 고현학을 해야 한다는 강박에 시달리는 것은 '한 개의 생활'을 갖고자 하는 노력의 일환이라 볼 수 있다. 그런데 그의 손에 들린 노트는 그 사실을 그대로 노출시키고 만다. 이것은 바로 구보로 하여금 '떠돌이'로서의 산책에 충실하지 못하게 만드는 원인이 된다. 구보의 고현학이 성취되기 위해서는 보다 철저하게 자신의 위장해야 했음에도 불구하고, 구보는 '산책하는 생활인'으로서 자신의 진실을 드러내고 만 것이다.

그런데 「소설가 구보씨의 일일」이라는 서사의 진정한 의도가 '관찰의 과정'이라면 작가 박태원이 의도한 고현학적 관찰은 역설적으로 이러한 구보의 실패로부터 성취된다. 만약 구보의 고현학이 성공적이었다면 구보의 내면은 철저하게 서술화자로서의 작가 박태원에겐 감춰졌을 것이다. 그렇다면 '객관화된 주관'의 관찰은 불가능해진다. 따라서 구보의 실패는 「소설가 구보씨의 일일」의 서사를 성취하기 위한 전제조건이 된다. 이로 인해 서술화자는 경성 거리를 배회하는 구보의 내면에 침투하여 그의 주관을 객관화시킴으로써 경성이라는 도시적 삶의 풍경과 그 풍경을 바라보는 근대인의 내면 모두를 성공적으로 관찰할 수 있었던 것이다.

그렇다면 이러한 복잡한 실험적 과정을 통해 작가 박태원이 궁극적으로 독자에게 전달하고자 한 것은 무엇인가? 확실한 것은 「소설가 구보씨의 일일」에는 고현학의 일차적인 목표인 경성과 더불어 경성을 관찰하는 구보의 모습이 함께 담겨져 있다는 것이다. 비록 경성을 관찰할 카메라로 등장하기는 했어도, 구보 역시 끊임없이 관찰되고 있다는 점에서 그 역시 경성만큼 중요한 피사체라고 할 수 있다. 서양식 차림으로 근대도시의 거리를 산책하는 모던 보이로서의 지식인 주인공을 통해 박태원은 무엇을 말하고자 한 것일까? 이제 그 모던 보이의 산책을 추격해 들어가자.

3) 모던 보이의 '산책'

고현학적 관찰자인 구보의 실패가 작가 박태원에 의해 의도된 것이었다면 「소설가 구보씨의 일일」에 대한 분석은 바로 그 실패의 본질을 탐색하는 것으로부터 다시 시작되어야 한다. 그 실마리는 이 작품의 서사를 이끌어나가는 가장 큰 사건인 구보의 산책에서 찾을 수 있다. 보다 엄밀히 말하자면 그것은 사건이라기보다는 하나의 '행위'에 가깝다. 산책이라는 이 행위에는 어떤 의미가 있는 것인가?

잘 알려진 대로 도시 공간을 사유하는 '산책'이라는 행위에 가장 큰 관심을 보였던 학자는 발터 벤야민[41]이었다. 그는 보들레르의 산책에 예술적·역사적으로 대도시를 인식한다는 의미를 부여했다. "인간은 살면서 여러 가지 흔적(Spur)을 남긴다."[42] 산책은 이렇게 숨겨져 있는 기억의 흔적을 발견하기 위한 가장 유용한 행위이다. 구보의 산책은 바로 이 지점과 맞닿아 있다. 고현학이란 그 무엇보다도 현재의 삶이 가지고 있는 다양한 편린을 발견해내는 것이다. 그렇다면 그러한 고현학을 추구하는 구보에게 혹은 박태원에게 산책은 가장 적합한 예술창작의 실천으로 받아들여졌을 것이다.

문제는 이 기억의 흔적을 발견하려는 산책자의 행위를 방해하는 요소들이 도시라는 공간 속에 혼재해 있다는 것이다. 근대도시는 사실상 굉장히 인위적인 공간이다. 그것은 삶을 만들어 나가는 과정에서 자연스럽게 형성된 것이라기보다는 산업적 편의를 위해 기획된 측면이 강한 공간이기 때문이다. 이는 근대도시의 형성과정을 통해 알 수 있다. 도시(보다 정확히 말하자면 근대도시)가 탄생하기 이전까지 인간의 삶은 기본적으로 공(公)적이었다. 한 인간은 그 개인으로 존재한다기보다는 누군가의 자녀이거나 부모였으며, 누군가의 이웃이고, 어떤 공동체의 구성원이었다. 도시는 이러한 인간의 삶을 사적인 공간과 공적인 공간

으로 구획을 나누었다.

　이러한 점에서 카페의 등장은 대단히 상징적이다. 카페는 사교와 토론의 공간으로 시작되었다. 그것은 분명 거리와 대비되는 실내이면서도 다수의 목소리를 소통시키는 공공성을 내포한 공간이었다. 동시에 광장과는 달리 타인의 무차별적 시선으로부터 자신을 감출 수 있는 사적 보호가 가능한 공간이기도 했다. 그런데 구보가 거닐던 1930년대 경성에서 카페라는 공간은 더 이상 토론의 목소리를 드높일 수 있는 공간으로 나타나지 않는다. 그곳에는 사적, 공적인 대립 모두를 완전히 무화시키는 보다 강력한 힘이 개입되어 있다. 그것은 바로 근대의 또 다른 이름, '소비'이다. 식민지 근대가 무르익은 1930년대 식민지 근대도시 경성에서 카페는 오직 불특정 다수의 '소비'에 의존하는 공간으로 변모되었다. 커피 한 잔이라는 소비 행위만큼의 사적 공간을 보장해주는 공간으로 변질된 것이다. 이는 도시라는 공간이 '소비'를 통해 위장된 사적 공간만을 확대시키는 곳임을 확인시켜 준다.

　이 지점에서 공적 공간과 공공성에 대한 의미를 다시 확인할 필요가 있다. 공공성이란 단순히 '공적'인 관계를 고조시키는 데서 오는 것이 아니다. 또한 그것은 단순히 사적인 모든 관계를 차단하는 데서 오는 것도 아니다. 오히려 그것은 사적인 필요와 욕구들이 집합적으로 형성된 목소리를 드러낼 수 있는 '자유'에서 오는 것이다. 근대도시는 이러한 모든 목소리들을 도시라는 공간에 집중시키고 다시 그것을 빠르게 지워나가면서 형성되었다. 더불어 도시로부터 야기된 사적 공간과 공적 공간의 분리는 공적인 공간으로부터 사적인 기억(흔적)을 사라지게 만들었다.

　도시 공간에 인위적으로 형성된 '가상의 아우라'는 이렇게 도시화 과정에서 지워진 흔적들을 대체해간다. 기획된 도시의 공적 공간들, 광장, 공원, 백화점, 카페는 수많은 대중들을 밀집시키면서 마치 그곳에 자연스럽게 사람들의 '목소리'가 모여드는 것 같은 환상을 주게 된다. 그러나 실제로 그런 장소들은 위장된 공공성으로 가득 차 있을 뿐이다. 그곳에서는 모두가 근원적으로 소외되어 있으며 끊임없이 타인을 소외시킨다. 대중은 오직 그들의 지갑을 열고 몇 푼의 돈을 소비함으로써 일시적인 안도와 만족을 얻어낼 수 있을 뿐이다.

도시를 가득 메운 건물과 잘 구획된 거리는 눈앞의 현재처럼 가깝게 느껴지지만, 실제로는 인위적으로 조작된 흔적들에 불과하다. 거기에서는 삶의 진실이 포착될 수 없다. 오히려 도시는 그곳에 있었던 것들, 지금을 사라지고 없는 것들에 대한 기억을 망각시키는 폭력에 가깝다. 그러나 눈에 보이지 않는다고 해서 흔적까지 사라지는 것은 아니다. 여전히 도시 곳곳에는 과거의 기억들이 숨겨져 있기 때문이다. 산책자의 진정한 의의는 바로 여기에 있다. 산책자는 가상의 아우라에 압도되지 않으면서, 그 도시에 아직 남겨져 있는 기억의 흔적을 찾아야 한다. 따라서 산책자의 산책은 단순히 도시를 거니는 것이 아니라 반드시 어떤 '사유'를 동반한 행위이어야 한다. "구체적인 도시 공간과 그 공간에서 삶을 영위하는 인간들과 사물 세계는 서로 상호 작용하면서 하나의 텍스트를 구성한다. 이 텍스트를 읽고 해석하고 이해하고 느끼고 그리고 비판하는 사람은 바로 산책자다."[43]

그렇다면 산책자는 도시라는 텍스트에서 무엇을 읽어야 하는가? 무엇보다도 산책자는 지워져버린 기억의 흔적들을 찾아내야 한다. 문제는 그것들이 눈앞의 현재에서는 부재한 것들이라는 사실이다. 따라서 그것은 아주 사소하고 하찮은 것들로부터 시작되어야 한다. 도시가 구

43　심혜련, 「도시 공간과 흔적 그리고 산책자」, 『시대와 철학』 19권 3호, 2008, 109쪽.

　뷰파인더 위의 경성 : 박태원과 고현학(考現學)

획되면서 지워버린 것들이 바로 그 대상이다. 그런데 여기서 우리의 의문이 제기된다. 고현학은 그 무엇보다도 '현재'를 바라보는 학문 방법이 아니었던가?

> 거리는 산책자를 아주 먼 옛날에 사라져 버린 시간으로 데려간다. 산책자에게는 어떠한 거리도 급경사를 이루고 있다. 거리는 그를 신화적인 어머니의 나라들까지는 아니더라도 어떤 과거로 데리고 가는데, 이 과거는 산책자 본인의 것, 사적인 것이 아닌 만큼 그 만큼 더 매혹적인 것으로 다가올 수밖에 없다. 그럼에도 이 과거는 항상 어떤 유년 시절의 시간 그대로이다.[44]

고현학의 아이러니는 바로 여기서 발생된다. 현재를 탐구하겠다는 목적을 가지고 거리를 나선 구보가 산책자가 되는 순간, 그는 눈앞의 현재가 아닌 부재하는 과거를 만나야 하기 때문이다. 구보의 산책이 필연적 실패로 치닫게 될 수밖에 없는 이유도 여기에 있다. 고현학이라는 구보의 목표와 산책자로서 그가 자각하는 진실은 서로 모순되는 것이다. 이 때문일까? 구보는 도심 속에서 기억의 흔적과 마주칠 때마다 노트를 펼치기보다는 오히려 움츠려든다.

> 仇甫가 머리를 돌렸을 때, 그는 그곳에, 지금 마악 車에 오른 듯 싶은 한 女性을 보고, 그리고 신기하게 놀랐다. 집에 돌아가, 어머니에게 오늘 電車에서 '그 색씨'를 만났죠 하면, 어머니는 응당 반색을 하고, 그리고, '그래서 그래서', 뒤를 캐어물을게다. (…중략…) 그래, 仇甫가 망살거리는 동안, 電車는 달리고, 그들의 사이는 멀어졌다. 마침내 女子의 모양이 完全히 그의 視野에

---

[44] 발터 벤야민, 조형준 역, 『아케이드 프로젝트』 1, 새물결, 2005, 964쪽.

서 떠났을 때, 仇甫는 갑자기, 아차, 하고 뉘우친다.[45]

전차에서 우연히 마주친 여인은 언젠가 선을 본 여인이다. 구보는 여인과의 조우를 통해 그가 놓친 여러 행복의 기회들, 사랑했던 여인들을 떠올린다. 그러나 그로부터 얻은 기억의 흔적들은 구보에게 자괴감과 소외감을 부추길 뿐이다. 그러한 흔적과 마주해야 하는 거리는 그에게 고통스럽고 불편한 공간이다. 그래서 그는 산책을 포기하고 도망치듯 카페로 들어간다. 더 큰 문제는 여기서 비롯된다. 쳇바퀴 돌 듯 거리에서 카페로, 대합실로, 백화점으로 향하는 구보의 이동경로는 그 역시 이러한 도시가 요구하는 소비 행위로부터 자유롭지 못하다는 사실을 분명히 보여주기 때문이다.

이렇게 도시에서 산책하고 소비하는 구보의 모습은 높은 실업률로 인해 근대적 산업 현장에서 소외된 동시대 지식인 계층의 한 전형을 보여준다. "생활에서 소외된 지식인은 고독한 산책자로서 적어도 외형적으로는 근대화된 도시인 경성 공간을 활보하게 되고 이들은 생활에서 한 걸음 물러나 있기에 대도시의 온갖 모순의 집결지로서 경성의 모습을 객관화시킬 수 있었다."[46] 카페에서 이루어지는 그들의 소비는, 도시 공간에서의 생활로부터 소외된 지식인이 자신만의 방식으로 도시라는 공간을 점유할 수 있는 유일한 사회 행위였던 것이다.

산책자의 본질적 목적이 '응시'라는 점에서 본다면 구보는 '고현학'을 통해 그것을 충실히 수행하고자 했음을 확인할 수 있다. 그러나 실제로 구보가 산책을 통해 그만의 공간을 점유할 수 있었는가에 대해서

---

45 「소설가 구보씨의 일일」, 244~247쪽.
46 최혜실, 「산책자(flâneur)의 타락과 통속성」, 강진호·류보선·이선미·정현숙 외, 앞의 책, 189쪽.

는 여전히 확신할 수 없다. 발터 벤야민에 따르면 산책자(혹은 떠돌이)는 "대도시의 경계선"[47]에 서 있는 사람이다. 경계인으로서의 산책자는 확실하게 자신의 공간을 점유하지 못한 존재이다. 산책이라는 것은 도시 공간을 점유하지 못한 그들이 자신만의 방식으로 공간을 사유하는 것이며, 군중을 장막 삼아 도시적인 생산과 소비의 욕망으로부터 소외된 그들 자신을 감추는 행위이다.

그러나 박태원의 「소설가 구보씨의 일일」은 전혀 다른 지점에 서 있다. 「소설가 구보씨의 일일」에서 구보는 오히려 군중 속에서 더 고독함을 느끼고 끊임없이 군중을 피해 달아난다. 그 때문에 구보는 거리에서는 관찰을 수행할 수 없었다. 오히려 그는 끊임없이 산책자로서의 자신이 노출되는 것에 대해 두려움을 느끼고 있다. 즉 거리에서의 그는 언제나 산책자로서 자신을 가장하는데 실패하고 있었다는 것이다. 그에게 유일한 피난처는 거리를 관통해 도달할 수 있는 카페뿐이었다. 산책자인 그가 군중을 두려워하는 것은 그가 고현학적 관찰자로서의 임무를 수행할 수 없게 만드는 필연적인 이유가 된다. 그렇다면 구보는 그토록 고현학을 갈망하면서도 왜 도시라는 공간 속에서 산책자가 될 수 없었는가?

이는 그가 '떠돌이'가 아닌 산책하는 생활인이 되고자 했기 때문이다. 실제로 산책자로서 구보는 공간의 일부가 되고자 노력한다. 그러나 그에게 있어서 고현학은 소설가라는 자신의 직업 활동의 일부이다. 그가 끊임없이 고현학을 스스로에게 상기시키며 그것을 수행해야 한다는 강박에 시달리는 것은 '한 개의 생활'을 갖고자 하는 노력의 일환이다. 문제는 그의 손에 들린 노트는 그의 이러한 의지를 그대로 노출시킨다

---

47 Walter Benjamin, *Charles Baudelaire : A Lyric Poet in the Era of High Capitalism*, trans, Harry Zorn, London : Verso, 1983, p.170; 리어우판, 앞의 책, 85쪽에서 재인용.

는 사실이다. 구보는 거리에서 대상을 관찰하고 그것을 노트에 적고자 한다. 이러한 구보의 행위는 그가 위치한 거리의 삶과 너무나 상이한 것이기 때문에 오히려 그 자신을 또 다른 관찰의 대상으로 전락시킨다. 따라서 그가 공책을 들고 있다는 것은 군중의 시선을 끌 수 있는 요소이기에 그가 취한 단장이라는 변장마저도 무력하게 만들고 만다.

결국 단장과 노트라는 모순된 변장을 하고 거리로 나선 구보라는 탐정, 즉 고현학적 관찰자의 실패는 필연적이다. 단장을 든 산책자로서 그가 발견해야 하는 것은 기억의 흔적이었음에도 불구하고 그가 고현학을 통해 노트에 적고자 한 것은 다름 아닌 도시라는 공간이 지닌 '아우라'였다. 이는 그의 노트가 어디서 펼쳐졌고 무엇을 적을 수 있었는가를 살펴봄으로써 확인될 수 있다. 그의 노트는 한길 위에서, 거리를 걷는 여인들의 숙녀화에서, 대합실에서, 여인의 살빛 나는 비단양말에서 펼쳐졌다. 그 모든 것들은 도시의 욕망을 소비하는 것들이었고, 관찰자 역시 그것들을 관찰하기 위해 또다시 카페라는 도시의 욕망을 소비하였던 것이다. 그러나 앞에서 언급한 대로 외면풍경에 대한 고현학의 실패는 오히려 이 작품의 또 다른 성과를 만든다. 그것은 바로 '고독'으로 호명될 수 있는 인간 내면에 대한 객관적 관찰이다.

4) 병증으로 호명된 도시

박태원의 고현학이 현재를 포착함과 동시에 그 현재 뒤에 감추어진 과거를 포착해야 하는 모순적 기법이었다는 점에서 본다면, 산책은 그러한 고현학적 관찰자에게 가장 잘 어울리는 사유 방식이었을지도 모른다. 산책을 통해 발견하는 기억의 흔적들이야말로 현재에 부재한 시간들이기 때문이다. 그러나 노트와 단장은 이러한 고현학적 관찰자가 처한 모순적 상황을 상징적으로 보여준다. 그의 목표로서의 관찰이 '소설 창작'이라는 또 다른 일상을 위한 하나의 수단인 이상, 그의 산책은 진정한 의미의 산책일 수 없었기 때문이다. 따라서 관찰하기 위해 길을 나선 구보가 산책자로 가장하는 순간, 이미 그의 목적은 예정된 실패를 향해 나아가고 있었다.

경성 거리에서 구보는 고현학과 산책 모두에 실패하고 만다. 그는 흔적의 의미를 찾아 그것을 노트에 기록한다는 고현학을 제대로 수행하지 못했고, 군중 속에 자신을 감추고 삶을 응시하는 진정한 산책자로서 거리를 사유하지도 못했다. 그렇다고 해서 구보가 산책, 혹은 고현학을 통해 경성의 거리에서 아무것도 발견하지 못한 것은 아니다. 이 지점에서 구보의 노트를 다시 들여다 볼 필요가 있다. 구보는 이 경성이라는 텍스트에서 무엇을 보았고, 무엇을 자신의 노트에 기록하고자 했는가?

문득 仇甫는 그의 얼굴에 浮腫을 發見하고 그의 앞을 떠났다. 腎臟炎. 그뿐 아니라, 仇甫는 자기 自身의 慢性胃??張을 새삼스러이 생각해내지 않으면 안 되었다. 그러나 仇甫가 賣店옆에까지갔었을때, 그는 그곳에서도 亦是病者를 보지 않으면 안 되였다. 四十餘歲의 勞動者. 前頸部의 澎隆. 突出한眼球. 또 손의 輕微한 震動. 分明한 '빠세도우'[48]氏病. 그것은 누구에게든 決코 깨끗한 느낌을 주지는 못한다. 그의 左右에는 座席이 비어있어도 사람들은 그곳에

---

[48] 바제도병(バセドウ病), 갑상선 기능 항진증의 대표적인 질환. 특히 눈알이 튀어나오며 갑상선종을 수반하는 경우를 이른다. 기초 대사가 항진하여 식욕이 늘면서도 몸은 여위며, 가슴이 두근거리고 땀이 나며 손이 떨리는 등의 증상이 나타나는데, 남자보다도 여자에게 많이 발생한다.

앉으러들지 않는다. 뿐만 아니라, 그에게서 두間통 떨어진 곳에 있던 아이 업
은 젊은 아낙네가 그의 빠스켓 속에서 끄내다 잘못하여 세멘트 바닥에 떨어
트린 한 개의 복숭아가, 굴러 病者의 발 앞에까지 왔을 때, 女人은 그것을 쫓
아와 집기를 斷念하기조차 하였다.

　仇甫는 이 조고만 事件에 문득, 興味를 느끼고, 그리고 그의'大學노-트'를
펴들었다. 그러나 그가 門옆에 기대어 섰는 갭쓰고 린네르 즈메에리 양복 입
은 사나이의, 그 왼갓 사람에게 疑惑을 갖는 두 눈을 發見하였을 때, 仇甫는
또다시 憂鬱속에 그곳을 떠나지 않으면 안 된다.[49]

이 부분은 「소설가 구보씨의 일일」에서 처음으로 구보가 손에 든 노
트를 펼치는 장면이다. 그가 노트를 펼쳤다는 것은 무엇인가를 기록하
고자 함이다. 그의 노트가 그대로 고현학을 상징하는 것이라면 구보가
거기에 적고자 하는 것은 고현학적 관찰의 결과물이라고 볼 수 있다.
그렇다면 거기에 적히는 것은 도시라는 텍스트를 통해 얻어낸 결과물
인 것이다. 구보는 무엇을 적고자 하는가? 고현학적 관심에 의해 그에
게 펜을 들게 하는 대상은 다름 아닌 병자, 더 정확하게 말하자면 '질병'
그 자체이다. 이것은 다른 부분에서도 나타난다.

　다른 두 계집도 입안말로 '다변증' 하고 중얼거려 보았다. 仇甫는 속주머니
에서 萬年筆을 끄내어 空冊우에다 草한다. 作家에게있어서 觀察은 무엇에든
지 必要하였고, 創作의 準備는 비록 카페 안에서라도 하여야 한다. 女給은 왼
갓種類의客을 對함으로써, 왼갓知識을 얻으려 努力하였다―. 暫間 펜을 멈추
고, 仇甫는 건너便卓子를 바라보다가, 또 가만이 滿足한웃음을웃고, 펜잡은

49　「소설가 구보씨의 일일」, 260~261쪽.

손을 놀린다. 벗이 上半身을 일으키어, 또 무슨 窮狀맞은짓을 하는 거야ㅡ, 그리고 仇甫가 쓰는 대로 그것을 소리 내어 읽었다. 女子는 男子와 마주對하여 앉았을 때, 그 다리를 卓子밖으로내어 놓고 있었다. 男子의 낡은 구두가 卓子 밑에서 그의 조고만 모양있는 淑女靴를 밟을 것을 念慮하여서가 아닐께다. 그는, 오날, 그가 그렇게도 사고 싶었던 살빛나는 비단양말을 신을 수 있었다. 그리고 그것은 그렇게도 자랑스러웠던 것임에 틀림없었다.

홍, 하고 벗은 코로 웃고 그리고 小說家와 벗할 것이 아님을 깨달았노라 말하고, 그러나 부대 別의 別것을 다 쓰드라도 나의 飮酒不堪症만은 얘기말우ㅡ. 그리고 그들은 愉快하게웃었다.[50]

이 부분은 구보가 그의 노트에 처음이자 마지막으로 무엇인가를 적는 부분이다. 여기서 작가는 두 가지 방향의 고현학적 관찰을 병치시키고 있다. 하나는 작중인물인 구보에 의한 관찰이고, 다른 하나는 그러한 구보를 관찰하는 서술화자의 시선이다. 먼저 구보의 관찰 결과를 보자. 그는 탁자 밖으로 발을 내밀고 앉아 있는 여인의 모습을 관찰하고 있다. 여인의 사소한 행동을 통해 소박한 과시욕을 짚어내는 이러한 관찰 결과는 충분히 고현학과 산책이라는 그의 목표를 만족시키는 것이라 할 수 있다. 기억의 흔적들은 그 무엇보다도 사소하고 하찮은 것들로부터 시작되기 때문이다. 그러나 실제로 구보의 관찰은 기억의 흔적을 담아내지 못한다. 고현학을 성취하고자 하는 그의 행위는 친구의 개입으로 인해 실패하기 때문이다.

반면 이러한 구보의 행위를 관찰하는 서술화자의 고현학은 역으로 성공적으로 성취되고 있다. 서술화자는 구보의 고현학적 관심이 어떤

---

50 「소설가 구보씨의 일일」, 300~301쪽.

배경으로부터 촉발되는가를 주지하고 있다. 앞서 노트가 처음 펼쳐졌을 때도 그렇지만 이 부분에서도 구보는 어떤 질병에 대한 관심이 환기될 때 노트를 펼친다는 것을 알 수 있다. 그런데 질병에 대한 이러한 관심은 비단 이 두 장면에서만 나타나는 것이 아니다. 「소설가 구보씨의 일일」에서 '고현학'에 대한 강박만큼 자주 반복되어 언급되는 것은 질병에 대한 두려움이기 때문이다.

구보는 등장에서부터 끊임없이 건강에 대해 과도하게 염려한다. 늙고 쇠약한 어머니에 대한 애정에서 촉발된 염려는 자신의 만성 위장병과 두통에 대한 근심으로 확대된다. 그것은 「소설가 구보씨의 일일」 전편에서 일관되게 구보의 관찰이라는 행위에 개입된다. 그가 거리에서 마주친 사람들에게 고현학적 관심을 보이는 대부분의 경우는 그들에게서 어떤 질병의 흔적을 발견했을 때이다. 그러한 때 구보는 가장 적극적이고 능동적으로 대상을 관찰하고 사유한다. 앞서 살펴보았던 「적멸」을 비롯해서 그의 작품 대부분에서 질병에 대한 지대한 관심이 나타난다. 「악마(惡魔)」[51]와 같은 작품은 질병에 대한 과도한 염려를 보이는 근대인의 내면 분석만으로 구성되기도 했다. 결국 이는 그가 도시라는 공간을 그리고 그 공간 속에서 살아가는 근대인을 어떤 시각으로 바라보고 있는가를 분명하게 보여준다. 박태원에게 있어서, 혹은 구보에게 있어서 근대 혹은 도시는 그 자체로 거대한 '병증'의 공간으로 인식되고 있는 것이다.

구보에게 있어서 도시가 텍스트였다면, 도시를 둘러싼 어떤 특성이

---

51 「악마」는 1936년 3월부터 4월까지 『조광』에 연재된 작품이다. 스스로 임질에 걸렸을지 모른다고 생각하는 주인공의 내면 심리를 세밀하게 파고든 작품이다. 근대인들의 의학적 지식과 더불어 질병에 대한 강박적인 집착을 잘 보여준 작품이지만, 소품적 성격이 강한 탓에 연구자들에게 특별한 주목을 받지는 못했다. 이 작품에 대해서는 제3장을 참조할 것.

그로 하여금 도시를 병증의 공간으로 인식하게 만든 것인가? 잘 구획된 도시의 거리는 사실 곳곳에 감시망을 숨기고 있다. 도시는 사람들이 모일 수 있는 공간을 마련해 두고 그들을 그곳에 모이게 한다. 이로써 개별적으로 숨겨져 있던 모든 개개인의 목소리는 하나로 통합되고 수집되기 용이해진다. 결국 도시의 거리를 걷는다는 것은 끊임없이 누군가에게 관찰되거나 혹은 누군가를 관찰하는 것이다. 따라서 도시 공간은 표면적으로는 자유로운 듯 보이지만, 실제로는 엄격하게 통제된 공간이다. 그곳에서는 그 공간이 정해 놓은 규칙 안에서만 신체를 움직일 수 있다. 즉 도시에서 인간은 자기 신체를 조정할 수 있는 권리를 빼앗기게 되는 것이다. 산책자라는 구보의 변장이 끊임없이 실패하는 이유는 바로 그의 관찰행위가 도시라는 공간이 정해놓은 규칙 밖에서 이루어지는 것이기 때문이다.

그렇다면 구보는 이러한 병증의 공간인 도시에서 살아가는 도시인의 내면풍경을 어떻게 호명하고 있는가? 그것은 그가 그토록 바라는 '행복'의 정반대편에 놓인 것, 바로 '고독'이다. 구보가 그 자신의 신체를 억압하는 질병을 통해, 혹은 길에서 마주친 사람들에게서 병증을 발견하면서 느끼는 공통된 감수성은 고독으로 호명될 수 있다. 그것은 타인의 삶으로부터 배제된 사람들이 느끼는 소외감이다. 고독은 바로 구보 자신의 모습이며 동시에 도시라는 공간이 가지고 있는 본질적인 특성이기도 하다.

그러나 오히려 孤獨은 그곳에 있었다. 仇甫가 한옆에 끼어 앉을 수도 없게스리 사람들은 그곳에 빽빽하게 모여 있어도, 그들의 누구에게서도 人間本來의 溫情을 찾을수는 없었다. 그네들은 거의 옆에 사람에게 한마디 말을 건네는 일도 없이, 오직 자기네들 事務에 바빴고, 그리고 間或 말을 건네도, 그것은 자기

네가 타고 갈 列車의 時刻이나 그러한 것에 지나지 않았다. 그네들의 同僚가 아닌 사람에게 그네들은 便所에 다녀올 동안의 그네들 짐을 付託하는일조차 없었다. 남을 決코 믿지 않는 그네들의 눈은 보기에 딱하고 또 가엾었다.[52]

도시인에게 고독은 일상적 풍경이었다. 그들은 모두 도시의 욕망에 속박되어 있기 때문이다. 여기서 모던 보이이자 룸펜으로서 구보의 모습을 재조명할 필요가 있다. 근대도시가 도래되면서 전통적인 삶의 방식을 새롭고 낯선 근대적 삶으로 대체되었다. 산책은 이러한 도시적 삶에서 새롭게 등장한 여가생활의 한 방법이었다. 그러나 1930년대 식민지 조선의 현실 속에서, 자본주의적 생산관계로부터 소외된 지식인 룸펜에게 산책은 여가가 아닌 소외된 일상의 반영이 된다. 그것은 더 엄밀히 말하자면 '떠돌이'의 발랄함 대신 애상적 감성으로 가득 찬 배회(徘徊)에 가까운 것이다. 더구나 산책자로서 모던 보이는 도시의 욕망으로부터 완전히 벗어날 수 없다.

구보의 산책 경로를 되짚어 보라. 그의 발걸음은 카페, 백화점, 극장, 술집 등 모두 근대도시의 자본이 집결되는 장소를 향하고 있다.[53] 룸펜으로서 모던 보이는 도시를 구성하는 모든 욕망의 진정한 주체가 아니면서도 동시에 그 도시에서 끊임없이 무엇인가를 소비할 것을 요구받고 있는 존재이기도 한 것이다. 이것은 도시라는 공간을 사유하고자 하는 모든 산책자, 혹은 떠돌이에게 주어진 숙명과도 같다. 도시 공간을 배회하는 것은 식민지 지식인에게 허락된 유일한 소일거리였다. 그

---

52 「소설가 구보씨의 일일」, 259~260쪽.
53 이러한 경향은 동시대 상항이 모더니스트들에게서도 동일하게 나타난다. 상하이 모더니즘의 핵심 작가들인 스저춘[施蟄存], 류나어우[劉吶鷗], 무스잉[穆時英], 사오쉰메이[邵洵美], 예링펑[葉靈鳳], 장아이링[張愛玲] 등의 작품에서도 '도시적 감성'과 더불어 도시의 소비 공간을 배회하는 인물들의 모습이 종종 포착되고는 한다. 리어우판, 앞의 책 참조.

러나 소외된 그들은 역설적으로 그 도시의 모태가 되는 자본주의적 소비 공간을 맴돌 수밖에 없다.

모두가 고독하고 소외된 사람들이라면 진정한 행복은 어디에 있는가? 구보의 탐색 속에 행복은 왜곡된 모습으로 등장한다. 구보가 '행복할 것'이라고 추측하는 모든 사람들, 화신상회에서 마주친 젊은 부부나 구보가 경멸하는 동창은 모두 금전적인 여유가 있는 사람들이다. 도시라는 공간에서는 타인의 간섭과 시선으로부터 자유로울 수 있는 사적 공간은 오직 물질에 의해서만 확보될 수 있다. 구보가 카페에서 몇 푼의 돈을 소비함으로써 '무관심의 공간'을 얻을 수 있었음을 환기해 보자. 젊은 부부나 전당포 집 둘째 아들인 구보의 동창은 그들이 가진 금력(金力)으로 인해 자신의 사적 공간을 어디에서든지 누릴 수 있는 자유를 가진 사람들로 인식된다. 이러한 자각 앞에서 구보는 막막해진다. 그에게는 행복의 조건이라 할 수 있는 그 물질의 힘이 부재하기 때문이다.

그렇다면 고현학을 추구했던 그의 산책은 행복 찾기라는 또 다른 목표 앞에 방향성을 잃고 만 것인가? 그러나 구보가 산책하기를 포기한 순간, 그의 산책은 오히려 본격적으로 시작된다. 한길 위에서 구보는 다시 생각한다. "亦是 좁은 서울이었다. 東京이면, 이러한 때 仇甫는 우선 銀座로라도 갈께다."[54] 경성의 도심 한복판에서 구보는 너무나 좁은 경성 거리를 탓하며 동경에서의 유학시절을 회상한다. 구보가 경성을 좁다 느끼는 것은 그가 경성 거리를 오고가는 군중 속에서 심정적인 평안을 구할 수 없음을 의미한다. 이는 그가 스스로 취한 산책자라는 변장을 감당하지 못하고 있음을 알 수 있다. 산책자는 "남들 눈에 띄지 않고 깊숙이 감춰진 모습"[55]으로 도시라는 텍스트를 파악해야 한다. 그러

---

54 「소설가 구보씨의 일일」, 282쪽.
55 발터 벤야민, 조형준 역, 『아케이드 프로젝트』 1, 새물결, 2005, 286쪽.

한 산책자의 역할이 제대로 수행되기 위해서 군중은 가장 좋은 방패이며 변장이다. 그럼에도 불구하고 구보가 군중 속에서 더욱 고독을 느끼는 것은 그가 산책자가 되기엔 너무나 취약하다는 것을 반증한다.

행복이라는 문제 앞에서 구보가 좌절과 비애를 노출시키며 객관적이기를 포기한 이 순간, 「소설가 구보씨의 일일」의 고현학은 또 다른 시작을 맞이한다. 이제 구보의 어설픈 변장이었던 노트와 단장은 서사의 표면에서 지워진다. 그 대신 구보는 산책의 진정한 의의, 즉 도시의 흔적들과 직접 마주하면서 보다 능동적으로 그것들을 사유하게 된다. 구보를 둘러싼 현재와 그 속에서 발견되는 기억의 흔적들을 교차시키는 것은 다름 아닌 오버-랩[56]이다.

茶寮에서 나와, 벗과 大昌屋으로 向하며, 仇甫는 문득 大學 노-트 틈에 끼어 있었던 한 장의 葉書를 생각하여본다. 勿論 처음에 그는 망살거렸었다. 그러나 여자의 宿所까지를 알 수 있었으면서도 그 한 機會에서 몸을 避할수는 없었다. (…중략…) 그들이 걸어가고 있는 쪽에서 美人이 왔다. 그들을 보고 빙그레 웃고, 그리고 지났다. 벗의 茶寮엽, 카페女給. 벗이 돌아보고 仇甫의 意見을 請하였다. 어때 예쁘지. 事實, 女子는, 이러한 種類의 계집으로서는 드

---

56 「소설가 구보씨의 일일」에서 과거와 현재가 교차되는 것은 의식의 흐름이라는 범주 안에서 해석될 수 있다. 그러나 박태원은 영화적 기법에 대해 대단한 관심을 표명한 바 있기에 이 부분에서도 영화적 용어인 오버-랩에 대해 충분히 고려하여 기법적으로 차용했을 가능성이 높다. "우리가 작품제작에 있어, 새로운 수법을 시험하여 보는 것은 언제든 필요한 일이요, 또 의의 있는 일이다. / 여기서 우리는 영화 수법의 효과적 응용이라는 것에 관하여, 생각해 보기로 한다. / 이 새로운 예술, 영화는, 그 역사가 지극히 새로운 것임에도 불구하고, 짧은 시일에 그렇게도 비상한 진보를 우리에게 보였다. 그와 함께, 그것은 우리가 배울 제법 많은 물건을─, 특히 그 수법, 그 기교에 있어 가지고 있다. / 나는 그중에서도 특히 '오후 삐렙'의 수법에 흥미를 느낀다. 그리고 나는 실제로 나의 작품에 있어, 그것을 시험해 보았다. 그러나 물론 그것은 나만이 생각할 수 있었던 것은 아니었을 게다. 최근에 『율리시즈』를 읽고 제임스 조이스도 그 같은 시험한 것을 알았다." 박태원, 「표현·묘사·기교」, 류보선 편, 『구보가 아즉 박태원일 때』, 깊은샘, 2005, 273~274쪽에서 인용.

물게 어여뻤다. 그러나 그는 이 女子보다 좀더 아름다웠던 것임에 틀림없었다.

　어서 옵쇼. 설렁탕 두 그릇만 주―. 仇甫가 노―트를 내어놓고, 自己의 失禮에 가까운 尋訪에 對한 ??解를 하였을 때, 女子는, 瞬間에, 얼굴이 붉어졌었다. (…중략…) 벗은 수까락 든 손을 멈추고, 빠안히 仇甫를 발아 보았다. 그눈은, 무슨 생각을 하고 있느냐, 물었는지도 모른다. 仇甫는 생각의 秘密을 간초기 爲하여 意味없이 웃어보였다. 좀 올러 오세요. 女子는 그렇게 말하였었다. (…중략…)

　女子는 聰明하였다. 그들이 武藏野舘앞에서 自動車를 나렸을 때, 그러나 仇甫는 暫時 그곳에 우뚝 서있을 수밖에 없었다. 그것은 뒤에서 나리는 女子를 기다리기 위하여서가 아니다. 그의 앞에 外國婦人이 빙그레 웃으며 서있었던 까닭이다. 仇甫의 英語敎師는 男女를 번갈아보고, 새로이 意味深長한 웃음을 웃고 오늘 幸福을 비오, 그리고 제 길을 걸었다. 그것에는 惑은 三十 獨身女의 젊은 男女에게 對한 빈정거림이 있었는지도 모른다. 仇甫는 少年과같이 이마와 코잔등이에 無數한 땀방울을 깨달았다. 그래 仇甫는 바지 주머니에서 手巾을 끄내어 그것을 씻지 않으면 안 되었다. 여름 저녁에 먹은 한 그릇의 설렁탕은 그렇게도 더웠다.[57]

　이 장면은 회상이라는 매개를 통해 과거와 현재라는 두 개의 시간을 한 공간에서 마주치게 하고 있다. 그것은 현재의 고독과 과거의 행복을 적절하게 대조시킴으로써 현재 구보가 느끼는 상실감을 극대화하는 효과를 보이고 있다. 이 부분에서 구보는 산책을 통해 현재의 공간에서 사라져 버린 기억의 흔적들을 찾아낸다는 발터 벤야민의 산책자

57　「소설가 구보씨의 일일」, 279～281쪽.

의 모습에 가장 근접한 모습을 보여준다. 그러나 우리는 이러한 사유가 어디에서 이루어지고 있는가에 좀 더 주목할 필요가 있다. 구보의 기억을 촉발시킨 것은 거리였지만, 실제로 구보가 그 흔적 찾기를 구체적으로 추구한 것은 설렁탕집이라는 실내이기 때문이다.

이제 도시의 거리는 구보에게 텍스트로 다가오지 않는다. 이 지점에서 경성을 투영하는 카메라로서 구보의 소임은 끝이 난다. 구보 자체가 본격적인 피사체가 되는 것이다. 따라서 구보는 외부에 대한 관찰을 멈추고 점점 내면으로 침잠해 들어간다. 거리를 거닐면서 그는 회상을 계속하지만 이제 주객은 전도된다. 거리에 대한 묘사나 설명은 단지 구보의 현재 위치를 알려주는 것 이상의 정보를 제공하지 않는다. 동경에서의 기억이 구보가 현재 서 있는 경성의 풍경 속에 끊임없이 오버-랩 되기 때문이다. 이제 구보는 경성의 풍경이 아닌 자신의 내면을 들여다보는 데 더 집중한다. 그러나 이는 구보가 고현학을 완전히 포기했음을 의미하지는 않는다. 오히려 고현학과 산책의 의미는 이 부분부터 보다 분명해진다. 진정한 의미의 흔적들이 구보의 산책에 개입되기 시작했기 때문이다.

구보가 경성에서 동경을 기억하는 이유는 경성의 현재가 구보의 기억 속에 있는 동경의 모습과 유사하기 때문이다. 그러나 동시에 그것은 경성에서의 구보의 삶에 무엇이 부재해 있는가를 보여주는 것이기도 하다. 그 부재는 표면적으로는 '행복'과 '고독'이라는 개념으로 대립되어 있다. 그러나 실제로 구보가 경성에서 느끼는 고독의 본질은 식민지 자본주의의 열매로부터 근원적으로 배제된 조선의 지식인이 느끼는 소외감에 있다. 동경의 모던함 앞에서 구보는 주눅이 들거나 고통스러울 필요가 없었다. 유학생이었던 그에게 동경은 그가 나아가야 할 지향이었으며 그가 가질 수 있는 미래이기도 했기 때문이다. 그래

서 그는 그곳에서 동경이 가진 모든 모던함을 그대로 객관적으로 사유
할 수 있었던 것이다. 그러나 경성에서의 구보는 다르다. 구보는 경성
거리에서 모던한 동경의 풍경을 발견할 수 있었지만 그것에 대한 사유
는 막연한 '객관'으로 포장될 수 없었다. 그곳은 그가 예상했던 미래이
고 지향이었지만 더 이상 매혹의 대상일 수만은 없었다. 피식민지 지
식인으로서 구보는 식민지 근대로 인해 사라진 것들에 대해 애상을 가
질 수밖에 없었던 것이다. 이러한 감수성 때문에 구보에게는 동경에서
의 기억조차도 슬픔으로 채색된다.

> 電車길을 橫斷하여 저편 鋪道위를 사람 틈에 사라저 버리는 벗의 뒤 모양을
> 바라보면, 어인까닭도 없이, 이슬비 나리던 어느 날 저녁 히비야[日比谷]公園
> 앞에서의 女子를 仇甫는 애닯다, 생각한다.[58]

그토록 고대했던 근대는 이미 경성의 오늘에 있었지만 더 이상 구보
는 그 도시의 욕망을 이끄는 주체가 아니었다. 끊임없이 오버–랩 되는
두 시간은 구보의 고독을 더욱 가중시킨다.

> 仇甫는, 벗이, 그럼 또 내일 만납시다. 그렇게 말하였어도, 거의 그것을 알
> 아듣지 못하였다 이제 나는 生活을 가지리라. 生活을 가지리라. 내게는 한개
> 의 生活을, 어머니에게는 便安한잠을—. 平安히 가 주무시요. 벗이 또한번 말
> 했다. 仇甫는 비로소 그를 돌아보고, 말없이 고개를 끄떡 하였다. 來日 밤에
> 또 만납시다. 그러나, 仇甫는 暫間 躊躇하고, 來日, 來日부터, 나 집에 있겠오,
> 創作하겠—.

---

58 「소설가 구보씨의 일일」, 282쪽.

"좋은 小說을 쓰시오."

벗은 眞情으로 말하고, 그리고 두 사람은 헤어졌다. 참말 좋은 小說을 쓰리라. 좁드는 巡査가 侮蔑을 가져 그를 훑어보았어도, 그는 거의 그것에서 不快를 느끼는 일도 없이, 오직 그 생각에 조고만 한 개의 幸福을 갖는다.[59]

그런데 이러한 사유를 통해 내려진 구보의 결론은 독자를 당혹스럽게 만든다. 현재를 통해 기억의 흔적을 찾고, 그 흔적을 사유함으로써 도출된 구보의 행복 찾기가 '한 개의 행복'으로 마감되고 있기 때문이다. 여기서 우리는 또다시 의문을 제기하지 않을 수 없다. 구보는 분명 소설 창작을 위해, 즉 '고현학'을 하기 위해 거리로 나오지 않았는가? 그렇다면 구보의 경성 산책은 무의미한 것으로 결론 내려진 것인가?

분명 이 마지막에서 구보는 자신을 절대적인 고독으로 밀어 넣은 도시에서의 삶을 긍정하기로 한다. 그러나 이것을 단순히 자본주의적 삶에 대한 무조건적인 긍정이라고 볼 수는 없다. 오히려 그곳에는 산책과 고현학에 대한 그의 또 다른 깨달음이 존재한다. 구보는 고현학적 산책을 통해 도시에서의 삶이 근본적으로 물질주의적 소비 행위로 귀결됨을 발견한 바 있다. 산책은 도시적 삶의 주변부를 맴도는 것일 뿐, 진정한 의미에서 도시적 삶을 살아가는 것은 아니다. 구보는(혹은 작가 박태원은) 산책만으로는 경성이라는 도시를 잠식한 식민지적 근대의 진정한 본질을 관찰하는 데 한계가 있음을 이미 자각하고 있는 것이다. 그가 고독했던 이유가 자본주의적 생산관계로부터 소외되었기 때문이라면 이제 그가 행복하기 위해서는 바로 그 생산 활동에 뛰어들어야 한다. 구보는 이러한 의지를 '한 개의 행복'을 갖겠다는 것으로 표현하고 있다.

---

[59] 위의 글, 305~306쪽.

따라서 구보가 생활을 선택한 것은 박태원이 추구했던 고현학이 새로운 전환에 직면했음을 의미한다고 볼 수 있다. 하나의 생활을 갖겠다는 구보의 의지는 곧 도시적 삶을 배회하는 산책자에서 벗어나, 한 명의 직업인으로서 그 삶을 직접 살아가고 타인의 삶을 관찰하는 관찰자를 그리겠다는 작가 박태원의 지향을 드러내는 것이다. 소설가인 그에게 생활은 곧 창작을 의미하기에, 이는 소설 집필에 온 힘을 쏟겠다는 그의 의지를 표명한다고 볼 수 있다. 고현학 혹은 산책이 가진 진정한 가치, 사소하고 하찮은 것들에 대한 진지한 탐색을 추구하겠다는 것이다. 그것은 구보가 경성 거리에서 끊임없이 외부에 대한 관찰에 실패했던 이유, 그리고 서술자가 역으로 그러한 구보의 내면 관찰에 성공할 수 있었던 이유를 되짚어 보는 것이기도 하다.

5) 주관성의 인정과 '밀실'의 획득

「소설가 구보씨의 일일」을 통해 한 개의 생활 속에 있을 때 비로소 관찰이 성취될 수 있음이, 그래야만 비로소 타인의 시선에서 완전히 자유로울 수 있는 진정한 고현학적 관찰이 이루어질 수 있음이 분명해졌다. 이 지점에서 타인의 시선으로부터 완전히 은폐된 밀실과 창의 확보는 대단히 중요하게 부각된다. 「거리(距離)」[60]는 '구보'라는 변장을 벗어버리는 것으로부터 시작된다. 여기서 고현학을 수행하는 관찰자는 '나'이다. 이것은 대단히 중요한 의미를 가지는데 그것은 작가 박태

---

[60] 「거리」는 1936년 1월 『신인문학』에 발표된 작품이다. 본고에서는 권영민·이주형·정호웅 편, 『한국근대단편소설대계』 8(태학사, 1988)의 수록본을 인용하며, 이하 텍스트는 인용 쪽수만 표기.

원이 관찰이라는 행위에 어쩔 수 없이 주관이 개입될 수밖에 없음을 인정했음을 반영한다.

「소설가 구보씨의 일일」에서 이루어진 3인칭 선택적 전지는 사실상 가장 객관적으로 대상을 관찰하기 위해 고안된 이중 관찰이었다. 그러나 구보의 경성 관찰은 결국 어떤 관찰 결과도 완전히 객관적일 수 없음을 보여주는 과정이었다고 볼 수 있다. 더구나 그 관찰 대상이 한 인간의 내면이라면 그것은 필연적으로 주관적일 수밖에 없다. 오히려 자신의 내면을 객관화시키려는 노력이야말로 자신의 내면을 제대로 관찰할 수 있는 기회를 스스로 박탈하는 것에 불과하다. 「거리」에서 '나'는 이러한 관찰의 주관성을 인정함으로써 비로소 스스로의 내부를 꿰뚫어 문제를 진단할 수 있게 되었다.

> 일 있는 이는 일에 시달렸고, 한가한 이는 또 한가함에 지쳤고, 왼집안 식구가 단간방속에 가 서로 너무나 가까이 모여 있었으므로 도리어 마음들은 서로 멀어지고 아침 저녁으로 대하는 늘 한 모양인 그 핏기 없는 얼굴들은 서로 남의 마음을 어둡게 하여 그래 우리들은 그렇게 가까이 서도 서로 마조 대하기를 끄리고 어린 조카도 쉽사리 어른들의 풍속에 젖어 우리가족들은 모다 방의 네 벽과 같이 말이 없었다.[61]

소설의 도입에서 마주한 '나'의 가족은 지독한 피로를 느낀다. 그 피로를 가중시키는 것은 가정이라는 일상적 공간이다. 그에게 식구들은 그들이 살고 있는 좁은 단칸방의 네 벽처럼 갑갑하고 숨 막히는 존재들이다. 그들은 서로 소통할 수 없는 심리적인 벽을 쌓고 같은 방 안에

---

[61] 「거리」, 126쪽.

서도 타인처럼 살아가고 있는 것이다. 그들이 공간적으로 가까이 모여 있으면 있을수록 그들 사이의 심리적 거리는 더욱더 멀어진다. 따라서 그들의 피로는 이 심리적 거리로부터 야기된 고독으로 인해 더욱 가중된다. 이처럼 가족 안에서 단절과 고독을 느낀다는 점에서 '나'는 구보와 꽤 닮아 있다. '나' 역시 구보와 마찬가지로 그러한 고독에서 벗어나기 위해 매일 끌리듯 거리로 나선다.

그러나 '나'는 거리로 나서기 위해 스스로를 산책자로 변장하지는 않는다. '나'와 구보의 결정적인 차이는 바로 여기에 있다. 구보는 끊임없이 자신이 느끼는 단절감의 원인을 두통이나 중이염 등의 질병으로 대체시키고자 한다. 그것은 그가 끝끝내 그 고독의 원인이 자신이 일상에 있다고 인정하고 싶지 않기 때문이다. 그는 결코 자신의 일상을 그리고 그 일상의 공간인 가정을 부정하고자 하지 않았던 것이다. 그러나 「거리」의 주인공은 구보와 달리 자신이 느끼는 고독의 원인을 정면에서 바라보고 있다. 따라서 그는 거리의 외적인 풍경을 사유하지 않는다. 오직 자신의 내면만을 사유하고자 한다. 그가 궁극적으로 거리에서 추구하고자 하는 그 '거리'는 물리적 공간으로서의 거리가 아니라, 심리적 공간으로서의 '거리'이기 때문이다.

따라서 「거리」의 주인공 '나'는 구보도 아닌 산책자도 아닌 온전한 '나'로서 거리로 나설 수 있었다. 그런데 그가 가장 주관적인 내면을 사유하기 위해 거리로 나서는 순간, 그는 객관적으로 타인과 자신을 관찰할 수 있는 밀실을 확보하게 된다. 우연히 양약국의 젊은 점원과 알게 되면서 그는 약국 안을 드나드는 많은 사람들을 관찰할 수 있게 된다. 타인에게 관찰당하지 않기 위해 카페에서 커피 한 잔만큼의 무관심을 소비함으로써 스스로를 소외시킬 수밖에 없었던 구보와 달리, '나'는 소비 행위 없이 효과적으로 타인을 관찰할 수 있는 공간을 확보하였던 것이다.

    그의 지식은 일종 특이한 것이어서 가령 일레를 들면 매일같이 그 약방앞을 지나다니는 대부분의 사람들에 관하여 그는 그들의 직업과 주소와 또 더러는 일화 같은 것까지를 알고 있었으므로 그것만으로도 그는 결코 화제의 궁핍을 느끼거나 하지는 않았다. 내 자신 가끔 길우에서 보는 중산모자에 안주항라 두루마기를 번듯이 입은 인품 좋은 노인은, 결코 내가 막연히 상상하고 있었던바와 같이, 전에 어디 군수라도 지낸 일이 있다든 하여, 당시에 좋이 모아두었던 돈으로 그의 여생을 즐기고 있다든 하는 그러한 노인이 아닐, 그는 일개의 ××권번 소리선생에 지나지 않았고, 그의 마나님은 딱하게도 애꾸라고 그는 나에게 설명하였고, 또 발을 다쳤는지 며칠 전부터 슬리퍼를 신고 단장에 의지하여 절룩거리며 다니는 노상 젊은 양복장이는, 바로 요아래 골목안 변호사집 둘째아들조, 작년봄엔가 집안 사람 모르게 동경엘 간다고 나섰다가 그만 부산서 거동불심으로 걸리어, 그의 아버지가 몸소 그곳까지 가서 데리고 돌아왔는데, 집에 있대야 물론 아무것도 하는일 없이 밤낮으로 놀러나 다니고, 요사이 저렇게 절뚝거리는 것은 분명히 '요코네'나 그러한 것에 걸린 까닭이 틀림없다고, 그는 상세히 내게 알려주었다. 그러한 그는 물론 바로 이웃에 사는 우리 안집 기생들에 관하여서도 관찰을 게을리 할턱없어, 내가 반년이상을 한집의 안팎에 살면서도, 거의 얼굴 하나 똑똑히 기억하고 있지 못한것에 비겨, 그는 그들의 일은 고사하고 그들과 다소간이라도 교섭을 갖는 대부분의 남자들에 관하여도, 실로 놀라울 지식을 가지고 있었다.[62]

    그러나 「거리」에서 실제로 고현학적 관찰을 수행하는 인물은 바로

---

62 「거리」, 130~131쪽.

이 양약국의 점원이다. 그는 양약국이라는 자신의 일터에 앉아서 창문을 통해 대상을 관찰한다. 그가 굳이 의도하지 않아도 그의 관찰 대상들은 그의 일터 앞을 지나치거나 혹은 방문한다. 그가 구보와 달리 이러한 관찰을 성공적으로 수행할 수 있었던 이유는 그가 한 개의 행복을 가진 생활인이었기 때문이다. 그가 일터에 있는 한, 그곳을 오가는 어떤 사람을 바라본다 하더라도 그것은 그의 직업 행위의 일부이기 때문에 그 누구에게도 의심받을 이유가 없다. 결국 그는 타자를 관찰하면서도 그 자신은 타자의 관찰로부터 자유로울 수 있는 밀실을 가지고 있는 인물인 것이다. 실제로 「거리」에서 주인공인 '나'가 아무런 관찰을 시도하지 않음에도 불구하고 「거리」의 서사가 고현학적 관찰을 수행할 수 있는 것은 이 점원 때문이다.

양약국의 점원은 생활인이며 자신만의 '밀실'을 가지고 있다. 이 점에서 그는 가장 능동적으로 고현학적 관찰을 수행할 수 있는 모든 조건을 갖추고 있다고 볼 수 있다. 특히 그의 관찰을 가능하게 하는 양약국의 '창'은 「피로」에서 주인공이 타인을 능동적으로 관찰하게 만들었던 카페의 '창'이 확장된 의미라고 볼 수 있다. 이러한 밀실과 창을 바탕으로 능동적인 관찰을 수행한 점원은 '나'에게 주변 인물들에 대한 다양한 정보를 제공한다. 비록 「거리」에서는 그가 주요 인물로 다루어지지는 않았지만, 이러한 그는 이후 『천변풍경』에서 등장하는 재봉이와 같은 인물유형이라는 점에서 주목된다.

양약국 점원과의 만남은 새삼 '나'에게 고독의 문제를 상기한다. 특히 약국 안에서 우연히 어머니와 안집 기생 옥화의 언쟁을 목격한 이후, '나'는 누군가에게 관찰 대상이 될 수 있다는 상황에 두려움을 느낀다. 그것은 '나'에게 인간관계의 거리를 다시 사유하게 한다. 주인공이 거리로 나선 이유는 고독 때문이다. 그는 그가 느끼는 고독, 즉 그의 가족 안에서 그가 고립감을 느끼는 이유가 그의 경제적 무능으로 인한 것이라고 생각한다. 이처럼 한 명의 생활인이 될 수 없는 지식인의 고독을 그리고 있다는 점에서 「거리」는 다시 한 번 「소설가 구보씨의 일일」과 주제의식을 공유한다. 그들의 고독은 바로 '돈'이라는 물질의 부재로부터 시작된다. 그러나 구보가 끊임없이 이것을 속물적인 것으로 치부하고 부정하면서 본질적으로 그것이 자기 고독의 원인임을 부정하고자 했다면, 「거리」의 '나'는 처음부터 고독의 원인이 돈에 있음을 그대로 인정한다는 데 차이가 있다. 그러나 고독의 원인을 알고 있다고 해서 그가 해결할 수 있는 것은 아무것도 없다. 구보와 마찬가지로 그 역시 자신이 그 약간의 금전을 가족에게 제공하기엔 너무나 무력한 존재라는 사실을 거리를 산책함으로써 끊임없이 상기할 뿐이다.

　그러나 양약국 점원에게 자신의 치부가 목격당한 이후 그는 실제로 그의 고독이 지나치게 가까운 '거리'에서 야기되었음을 자각한다. 그는 "사람과 사람 사이에 일어나는 모든 불쾌한 사건이란 그들이 결국 너무나 가까이들 모여있는, 오직 그 까닭에 틀림없으리라고"[63] 생각한다. 따라서 "사람과 사람의 관계란 어찌면 그들의 실체의 거리가 멀어지면 멀어질 수룩에, 그들의 마음의 거리는 도리어 더욱더 가까워지는 것인지도 모르겠다"[64]고 생각한다. 결국 그것은 누구도 고독하게 만들지 않으면서 스스로도 고독하지 않을 수 있는 거리이며, 고현학적 관찰은 바로 그러한 사람과 사람 사이의 거리를 확보할 때 비로소 가능한 것이다. 양약국 젊은 점원 앞에서 부끄러움을 느낀 이유는 어느 순간 점원과의 거리가 지나치게 밀접해졌기 때문이다. 따라서 심리적 거리와 더불어 물리적 거리의 확보는 관찰을 수행함에 있어서 대단히 중

63　「거리」, 140쪽.
64　앞의 글, 141쪽.

요한 요소로 부각된다. 소설의 마지막은 이러한 사유를 보다 확장시키
는 것으로 끝이 난다. 인간은 모두 고독하지만 그 고독을 벗어나기 위
해 누군가에게 다가서는 순간 오히려 견딜 수 없는 증오와 마주하게
됨을 '나'는 고백하는 것이다.

> 그뿐 아니라, 그도 나를 알아보자, 그는 거의 미친 듯이 내 옆으로 뛰어 와
> 서, 내 손을 힘있게 잡고, 내가 그에게 바로 지금 찾아 갔던 것임을 일러주었
> 을 때, 그는 순간에 두 눈에 눈물이 그렁 그렁 하여, 저를 찾아오셨읍니까, 저
> 를 찾아오셨읍니까, 하고, 그의 눈물이 방울 방울 내 손등에 떨어지는 것도 그
> 는 깨닫지 못하였다. (…중략…) 만일 이 경우에 내가 돈 이야기와 같은 것을
> 끄내기라도 한다면, 그는 응당 나의 심방에 대하여, 그렇게도 자기가 감도하
> 였던 것을 뉘우칠거이요, 그래 그는 제 자신 불쾌하지 않으면 안 됨으로써, 내
> 게까지 그 우울을 나누어 줄 것에 틀림없었고, 설혹 뜻밖에도 내가 그에게 돈
> 을 취하는 것에 성공할 수 있다손 치드라도, 나는 바로 그의 약점을 이용하여
> 내 몸을 이로웁게 하였다고, 그러한 비난을 받아도 어쩌는 수 없는 노릇이라
> 그래 나는 좀처럼 냉정하여지지 않고, 그저 그대로 그동안의 자기가 얼마나
> 고독하였었던가를 내게 호소하기에 열정인 그를, 그와는 훨씬 먼 거리에서,
> 그에게 대하여 내 마음속에 일종 격렬한 증오조차 느끼며, 언제까지든 불쾌
> 하게, 또 우울하게, 지켜보고 있었다. [65]

문제는 다시 애초의 주제로 되돌아온다. 결국 사람 사이의 거리를
갑갑한 것으로 만드는 본질은 그 거리에만 있는 것이 아니다. 거기에
'돈'이라는 물질이 개입될 때, 그리고 생활이라는 것으로부터 끊임없이

---

[65] 「거리」, 144~145쪽.

소외당함을 느낄 때, 사람과 사람 사이의 거리는 견딜 수 없는 갑갑함으로 느껴지는 것이다. 이는 '돈'이라는 교환가치로 매개되는 사회에서 살아가는 모든 근대인은 근원적으로 고독이라는 문제에서 벗어날 수 없음을 역설한다. 따라서 고독을 매개하는 본질로서의 '돈'을 제대로 사유하지 않고서는 고현학적 관찰은 성공되기 어렵다. 이를 위해서는 무엇보다도 '생활' 그 안으로 들어가야 한다. 문제는 근대라는 시간 안에서 생활은 너무나도 빠른 속도로 변화한다는 것이다. 바로 이러한 생활을, 그 생활의 본질적 동력인 욕망을 포착하기 위해 박태원의 소설은 기법 실험을 더욱 극대화한다.

제3장 피사체가 된 '언어'

1. '유―모아'의 소설화 : 「악마」, 「최후의 억만장자」

1) 신경증과 왜곡된 위트

「악마(惡魔)」[1]는 임질이라는 질병을 중심으로 건강에 대한 근대인의 강박적인 집착을 파고든 단편 작품이다. 이 작품은 질병에 대한 두려움과 그에 따른 주인공의 내면 심리가 서사 전체를 장악하고 있는 문제작임에도 불구하고, 발표 당시부터 지금까지 박태원 연구사에서 크게 주목을 받아본 적이 없다. 작품 자체가 워낙 짧은 단편이고 소품적 성격이 강했기 때문이다. 반면에 박태원 자신의 애정은 상당했는데, 「내 예술에 대한 항변 : 작품과 비평가의 책임」[2]을 보면 자신의 작품을

---

1   「악마」는 1936년 3월부터 4월까지 『조광』에 연재된 작품이다. 본고에서는 권영민·이주형·정호웅 편, 『한국근대단편소설대계』 9(태학사, 1988)의 수록본을 인용하며, 이하 텍스트는 인용 쪽수만 표기.

외면하는 당대 독자와 평단에 대한 그의 실망감이 드러나 있다.

그러나 나는 이러한 류이나마 논평을 받어보기 보다는 완전히 묵살을 당한 작품을 오히려 좀더 많이 가지고 있다.

「소설가 구보씨의 일일」이 그러하다. 「애욕」이 그러하다. 「전말」이 그러하다. 「비량」과 「악마」가 그러하다. 「악마」와 같은 작품은, 임병과 임란성 결막염을 취급한 것으로, 다른 모든 것을 제외하고라도, 이러한 방면에 새로운 제재를 구하여 보았다는 한 가지만으로도, 작자의 노력과 공부는 마땅히 문제되어야 옳을 것임에도 불구하고 내가 듣고 또 본 한도에 있어서는 한 사람도 이 작품에 의견을 말한 이가 없었다.

그렇기로 말하면 「구보씨의 일일」도 일반이다. 이것은 「딱한 사람들」과 전후하여 갑술년 8월에 제작된 것으로 그 제재는 잠시 논외에 두고라도 문체, 형식 같은 것에 있어서만도 가히 조선문학에 새로운 경지를 개척하였다 할 것이건만 역시 누구라도 한 사람, 이를 들어 말하는 이가 없었다.[3]

그는 자신의 작품이 가진 진정한 의미가 조선 문단에서 제대로 조명 받기는커녕 거의 무시되고 있음에 한탄하고 있다. 그런데 여기서 「악마」에 대한 흥미로운 지점이 드러난다. 박태원은 이 작품에 대해 "새로운 제재를 구하여 보았다는 한 가지만으로도, 작자의 노력과 공부는 마땅히 문제"되어야 한다고 말한다. 이는 그가 이 작품의 전체 서사를 어떤 방식으로 기획했는지를 알 수 있게 한다.

먼저 작가 박태원 자신이 새로운 제재를 실험한다는 분명한 의식 아

---

2   「내 예술에 대한 항변」은 1937년 10월 21일부터 23일까지 『조선일보』에 발표되었다. 본고에서는 류보선 편, 『구보가 아즉 박태원일 때』(깊은샘, 2005)의 수록본을 텍스트로 삼는다.

3   「내 예술에 대한 항변」, 류보선 편, 『구보가 아즉 박태원일 때』, 깊은샘, 2005, 241~242쪽.

래 그러한 요소를 서사에 적극 반영했다는 점이다. 그것은 그가 그 무엇보다도 서술적 실험에 능동적인 작가라는 사실과 함께, 그 실험이 소설 서사에 개입되는 모든 요소들―문체, 형식, 서술기법, 인물, 제재 등―에 적용될 수 있음을 시사한다. 또한 대상에 대한 성실한 조사와 탐구를 바탕으로 하고 있다는 점에서 「악마」 역시 고현학적 방법론이 실천된 작품임도 알 수 있다. 하지만 이 작품을 주목해야 할 보다 중요한 요소는 다른 부분에 있다. 박태원이 소설 속에서 형상화하고자 했던 그 새로운 제재가 바로 임질(임병)이라는 '질병'이라는 점이다.

질병에 대한 문제는 근대와 '건강'의 관계로부터 재조명될 필요가 있다. "'건강'이라는 단어는 19세기 나카노 죠에이[高野長英], 오가타 고안[緒方洪庵], 후쿠자와 유키치 등에 의해 만들어진 번역어"[4]이다. 근대에 들어서면서 건강에 대한 관심이 높아지는데 이는 "근대국가에서는 국가가 필요로 하는 군사력과 시장에서 요구되는 노동력을 담당할 신체가 필요해지기 때문이다."[5] 특히 "1930년대의 식민지 국가에 의해 강제된 동원이데올로기로서 건강은 단지 식민지 국가권력뿐 아니라 기업의 광고에 의해서도 뒷받침되어 일상생활에 침투하고 있었다."[6] 따라서 근대인에게 있어서 건강한 신체를 유지하는 것은 대단히 중요한 문제였다. 이러한 건강한 신체에 대한 관심을 더욱 고조시킨 것은 근대 의학의 발전이었다.

근대 의학은 인간의 신체를 그 자체로 객관화시킨다. 인간의 신체는 건강을 위해 관리되어야 할 하나의 대상이자 객체가 된다. 이는 이전까지 막연한 공포의 영역에 속해 있던 질병을 지식의 영역으로 포섭시

---

4 정근식, 「식민지지배, 신체규율, '건강'」, 『생활 속의 식민지주의』, 산처럼, 2007, 90쪽.
5 위의 글, 93쪽.
6 위의 글, 120~123쪽.

킨다. 이제 인간의 신체를 침범했던 많은 병증들은 하나하나 어엿한 이름을 갖춘 '질병'으로 호명된다. 더 나아가 그것은 하나의 지식으로 대중에게 전파되고 인식된다. 그러나 이전까지 미지의 영역에 속해 있던 갖가지 병증이 "질병이라는 구체적인 명칭으로 환원되면서, 그것은 이전보다 더욱 강력한 공포를 생산하기에 이르렀다."[7] 그것은 '체육'이라는 이름으로 전근대적 신체를 근대적 신체로 탈바꿈하고자 했던 계몽주의적 목표로부터 한 개인을 이탈시키는 것이었기 때문이다. 따라서 인간의 신체에 나타나는 다양한 병증은 질병으로 호명됨으로써, 역으로 그 신체를 지배하고 억압하는 기제로 변모되는 것이다.

그런데 박태원은 이러한 질병 중 성병인 임질에 관심을 가졌다는 것에 주목할 필요가 있다. 성 문제는 인간 본연의 욕망과 직접적으로 연결된 것이다. 이미 「애욕」에서 박태원은 도시라는 공간의 본질적인 속성을 욕망으로 보면서, 사랑이라는 것이 사실 애욕에 눈 먼 인간의 열정임을 보여준 바 있다. 「악마」는 이러한 주제를 이어받으면서, 그 애욕의 문제가 일상의 행복에 어떻게 개입될 수 있는지를 그려낸다. 소설은 두려움으로부터 시작된다.

사람의 일이란 알 수 없는 것으로, 어떠한 기회에 그 병을 얻을지, 이를테면, 조금 전에 반가히 악수를 하고 헤어진 사나이의 손에라도 그 추악한 균이 붙어 있어, 그것이 그대로 자기 손에 부착 되고, 그 손은 또 아모 거리낌도 없이 자기의 눈을 부비여, 어떻게 그렇게라도 가장 손쉬움게 실명을 하게 될지, 그것은 참말이지 아모도 모를 일이라고, 그러한 생각을 하니까, 학주는 자기의 눈이 갑잡이 어째 거북한 것만 같애, 속으로 당황하여 하다가, 문득 너무나

---

7   류수연, 「병인의 나르시시즘, 파리한 근대의 두 초상」, 『한국문예비평연구』 22집, 한국현대문예비평학회, 2007, 170쪽.

신경질한 자기 자신을 웃었든 것이나,[8]

주인공 학주는 우연히 들른 친구의 약국에서 임질에 걸린 중년신사를 보게 된다. 그리고 임질 균이 눈에 침입하면 실명이 될 수 있다는 친구의 말에 알 수 없는 두려움에 사로잡힌다. 이후 그는 거의 신경증에 가까울 만큼 임질에 대해 지나친 염려를 보이는데, 일상의 영역에서조차 병에 걸릴지도 모른다고 생각하는 그 공포는 오히려 도덕을 지키는 것과 타락하는 것 사이의 경계를 무너뜨려 버린다. 공포 자체가 유혹이 되고 만 것이다. 이 때문에 학주는 불안을 느끼면서도 공창에 가자는 동료들의 유혹에 너무나 쉽게 굴복하고 만다. 욕정의 분출구인 공창은 욕망과 그로 인한 불안을 가장 상징적으로 드러내는 공간이라 할 수 있다.

일종 침통하기 조차한 욕정에 타올오는 무수한 눈이, 첨하 밑에서 하로스 밤 애욕의 대상을 구하여 더듬느라면, 게집들은 또 게집들대로, 생활을 위하여서는 거즛 웃음도 쉽사리 떠올라, 눈은 또 눈을 쫓기에 바빳다. 사람들은 이곳에서 얼마든지 무례할수 있었고, 또 렴치 없을 수 있었고, 그리고그것은 향락을 구하는 이들의 질거움을 더하는 것이여서, 친구가 이끄는 대로 그곳을 잠시가치 헤매 돌았을 때, 학주의 마음은 쉽사리 유혹을 용납하려 들고, 어느 틈엔가, 자기 자신, 안해 없는 사이, 억압당하였든 욕정의 불길을 이르키기조차 하였다.[9]

성은 인간 본연의 욕망 중 하나이지만, 문명은 그것을 절제시키고

---

8   「악마」, 134쪽.
9   위의 글, 139~140쪽.

억압한다. 문명은 성생활의 기본을 정해 놓고 모든 사람들에게 똑같은
행실을 요구한다. 이러한 문명적 성도덕으로부터 신경병이 야기되는
데, 신경증이 현대인의 고질병이 된 이유는 바로 이 때문이다.[10] 성병
은 문명적 성도덕으로부터 이탈했음을, 이성이 욕망에 패배했음을 의
미한다. 이 때문에 성병은 성적인 타락에 대한 징벌까지 연상시킨다.
따라서 성병은 그 자체의 병증만으로도 문제가 되지만, 거기에 따른
사회적·도덕적 수치를 야기한다는 점에서 정신적으로 미치는 영향도
상당하다.

그러나 실제로 이 작품에서 보다 주목되는 것은 임질이라는 육체적
질병이 아니라 신경증이라는 정신적 질병이다. 임질에 대한 주인공 학
주의 불안과 청결에 대한 강박은 그 증상이라고 할 수 있다. 프로이트
(Sigmund Freud, 1856~1939)[11]에 따르면 신경증을 이루는 중요한 요소는
상처와 환상이다. 상처는 강렬한 유혹이 되는데, 환상은 그 유혹을 실
현하고자 하는 욕망의 동력이다. 상처로부터의 유혹이 강렬할수록 그
것을 억제하고자 하는 내적 억압도 강해지는데 그 사이에서 불안이 야
기된다. 신경증은 바로 이러한 불안을 안정시키기 위한 방어기제이다.
그것은 끊임없이 환상을 통해 유혹을 성취하고 극복하고자 하지만 근본
적인 해결이라고 할 수는 없다. 신경증은 끝없이 환상을 반복시킴으로
써 상처를 은폐하지만 그 유혹은 오히려 보다 강렬해지기 때문이다.[12]

학주가 임질이라는 질병에 대해 두려워하는 이유는 사실 그가 그 병

---

10 지그문트 프로이트, 김석희 역, 「'문학적' 성도덕과 현대인의 신경병」, 『문명 속의 불만』, 열
    린책들, 2003 참조.
11 오스트리아의 신경과 의사이며, 정신분석의 창시자. 히스테리 환자를 관찰하고 최면술을
    행하며, 인간의 마음에는 무의식이 존재한다고 하였다. 꿈·착각·해학과 같은 정상심리에
    도 연구를 확대하여 심층심리학을 확립하였다.
12 프로이트의 논문 「신경증과 정신증」, 「신경증과 정신증에서 현실감의 상실」(황보석 역, 『정
    신병리학의 문제들』, 열린책들, 2003)을 참조.

이 환기하는 성적 타락 혹은 욕망의 분출에 보다 강렬한 유혹을 느끼기 때문이다. 그 유혹을 자제하기 위해 그는 끊임없이 자신과 가족들 중 누군가가 임질에 걸리고 실명하게 될지도 모른다고 생각한다. 또 다른 한편으로는 실제로 그렇게 될 가능성이 아주 적다고 생각하며 스스로를 안심시킨다. 이것은 매우 전형적인 신경증의 증세이다.

이처럼 주인공 학주가 느끼는 불안은 사실 임질이라는 질병 자체에서 야기된 것이 아니다. 그 질병이 야기하는 욕망에 대한 유혹과 그것을 절제해야 한다는 도덕적 잣대 속에서 초래된 것이다. 임질에 걸린 학주는 자신과 아내, 가족들 중 누군가가 그 병균으로 인해 실명이 될지도 모른다는 두려움에 떤다. 그에게 실명은 곧 가정의 행복을 파괴하는 무서운 폭력으로 인식된다. 그것은 학주 혹은 학주의 가정이 경제적 능력을 상실하거나 능동적인 소비자의 위치로부터 탈락된다는 것을 의미하기 때문이다. 따라서 그것은 곧 '사회적인 죽음' 혹은 '사회적인 고립'을 의미하는 것이라 할 수 있다. 이 점에서 본다면 임질이라는 질병은 박태원 소설에서 등장인물들이 끝없이 환기하는 '고독'을 극단화시켜 호명한 것이라 할 수 있다.

그럼에도 불구하고 「악마」의 서사는 학주에게 그 어떤 연민도 보이지 않는다. 오히려 걷잡을 수 없는 불안에 시달리는 학주의 내면을 냉소적으로 응시한다. 학주의 막연한 공포는 강렬한 유혹이 되어 그를 공창으로 이끌었고, 그와 그의 아내가 병에 걸리기까지의 그 모든 과정은 정해진 수순을 밟아나간다. 임질에 대한 온갖 지식은 그 유혹 앞에서는 너무나도 무력했다. 또한 학주의 과도한 신경증은 독자의 감정이입마저 차단시킨다. 이 때문에 독자는 학주의 비극을 연민하기보다는 그의 어리석음을 비웃게 된다. 더 나아가 독자는 「악마」의 도입에 드러난 학주의 지나친 공포와 불안을 보면서 그가 필경 임질에 걸릴 것이라고 예측까지 하면서 독서하게 되는 것이다.

그렇다면 이 지점에서 「악마」에 나타난 진정한 악마가 누구인지를 살펴볼 필요가 있다. 여기서 악마는 두려움과 유혹을 동시에 제공하는 그 무엇이다. 학주의 욕정을 억압함으로써 오히려 그 유혹을 강화시키고 그 욕정을 야만의 흔적으로 단죄하는 것이 문명이라면, 그 주체는 학주를 응시하는 타인이다. 따라서 「악마」에서 학주가 진정으로 두려워하는 것은 타인의 시선이다. 그런데 이 작품에서 가장 뚜렷하게 드러나는 타인은 다름 아닌 독자이다. 따라서 학주의 타락을 예감하고 그것이 예정된 경로에 따라 진행되는 것을 지켜보고 비웃는 독자의 시선이야말로 악마의 진정한 정체라 할 수 있다. 학주가 '방안에 충만한 악마의 호흡'을 느낄 수밖에 없는 이유는 바로 여기에 있다. 독자는 서사가 진행되는 내내 바로 그의 곁에서 그를 지켜보고 있기 때문이다.

「악마」의 결말은 인간은 그 어떤 곳에서도 타인의 시선으로부터 자유로울 수 없음을 분명히 보여준다. 이를 위해 「악마」의 서사는 학주의 고통스러운 내면을 클로즈업하기보다는 롱-쇼트로 잡아낸다. 분명 소설의 서사는 학주의 내면적 고뇌를 성실하게 따라가고 있지만, 그의 비이성적인 강박을 지나칠 정도로 세밀하게 서술함으로써 학주에 대한 독자의 감정이입을 차단시키고 있는 것이다. 그 거리만큼 학주의 고통은 객관화되고, 독자는 학주와 같은 어리석음을 범하지 않는 자신의 현재에 안도하면서 그를 비웃게 된다. 한 개인의 고통스러운 내면이 타인에게는 우스갯거리가 될 수 있다는 이 상황은 「애욕」에 이어 「악마」에서도 또다시 반복되고 있는 것이다.

「악마」는 학주를 둘러싼 모든 비극을 조장하고 그 비극의 과정을 지켜보면서 관음증적 쾌락을 획득하는 독자 자신을 악마의 자리에 위치시킴으로써, 근대인의 근원적 소외감을 분명하게 보여준다. 따라서 학주를 지켜보는 독자의 웃음은 시원스럽지 않다. 오히려 그곳에는 씁쓸한 여운이 남겨진다. 근대도시 속에서 살아가는 사람들은 누구나 타인의 시선으로부터 완전히 자유로울 수 없다. 근대가 어쩔 수 없는 병증의 공간이라면 그곳에서 살아가는 모든 사람들은 그 병증을 향한 또 다른 열망과 공포를 간직할 수밖에 없는 존재들에 불과하기 때문이다. 그러므로 학주의 비극은 언젠가 그것을 지켜보고 있는 독자 자신의 것이 될 수 있다. 이 점에서 볼 때, 학주는 거울에 비친 근대인의 욕망 그 자체라 할 수 있다. 「악마」의 진정한 주제는 독자가 바로 이 거울을 인식할 때 그 힘을 발휘할 수 있다. 학주를 바라보는 독자의 시선, 그 속에 담겨진 '악마'를 발견하는 것이야말로 이 작품이 보여준 왜곡된 위트의 진실인 것이다.

2) '유-모아'와 탐정이 된 구보

사실 박태원 소설에서 '유-모아'가 처음 등장한 것은 「수염」[13]이다. 사실 「수염」은 작가 박태원이 처음 발표한 작품이다. 그럼에도 불구하고 이 작품을 박태원의 사실상 데뷔작이라고 명명하기 힘든 이유는 이 작품이 소설보다는 콩트에 가까운 성격을 지니고 있기 때문이다. 그러나 소품적 성격이 강하다는 이유로 외면하기에는 「수염」은 대단히 아까운 작품이다. 그 안에는 소설가 박태원의 여러 지향들, 특히 '유-모아'에 대한 그만의 감각이 발견되기 때문이다.

13　「수염」은 1930년 『신생』 10월호에 발표되었다. 본고에서는 권영민·이주형·정호웅 편, 『한국근대단편소설대계』 8(태학사, 1988)의 수록본을 인용하며, 이하 텍스트는 인용 쪽수만 표기.

사실 「수염」의 이야기 구조는 상당히 단순하다. 멋진 수염을 기르겠다는 욕심에 매일 거울을 보면서 자기 수염을 확인하다, 어느 한 순간 '깜숭'해진 수염을 발견하는 이야기이다. 주변의 놀림 속에서도 자신의 소박한 목표를 지켜나가고 거기에 의미를 부여하는 주인공의 모습은 상당히 흥미롭다. 별것 아닌 수염에 매달리는 주인공의 모습이 우스우면서도 한편으로는 그가 꼭 멋진 수염을 기르게 되기를 독자도 함께 소원하게 되는 것이다. 이러한 「수염」의 모티프는 작가 박태원의 세계가 사소하고 미시적인 세계로부터 시작되고 있음을 알 수 있게 한다. 작고 소박한 일상에 의미를 부여하는 것은 더 넓고 깊은 세계를 반영하는 것만큼이나 흥미로운 일이 될 수 있음을 작가 박태원은 이미 알고 있는 것이다.

「수염」의 세계는 그 작은 일상만으로도 충분히 완전하다. 주변의 놀림이라는 역경 속에서도 자신의 작은 목표를 지켜낸 주인공의 성취는 세상을 바꿀 만큼 위대한 것은 아니지만, 한 사람의 작은 열정을 지키는데도 얼마나 많은 의지가 필요한지를 잘 보여준다. 그 때문에 거울 속의 얼굴에서 '깜숭'한 수염을 발견하고 기뻐하는 주인공의 모습은 독자를 충분히 미소 짓게 만든다. 이는 결국 박태원의 '유-모아'가 일상에 대한 긍정이라는 단단한 토대 위에서 시작되었음을 알 수 있게 해준다. 이러한 측면은 그의 또 다른 콩트라 할 수 있는 「미남 정군의 방비(放屁)」[14]에서도 잘 드러나는데, 방귀 때문에 망신당한 미남자의 이야기를 통해 작가 박태원이 일상 속에서 권위와 가식을 전복시키는데 탁월한 재능을 가지고 있음을 발견할 수 있다.

이처럼 「수염」이 ─ 전형적인 자기희화화 방식이라면, 「미남 정군

---

14 「미남 정군의 방비」는 1934년 2월 『월간매신』에 발표되었다.

의 방비」에는 슬랩스틱 코미디적인 요소가 개입되어 있다. 그러나 두 작품 모두 본격적인 의미로 '유-모아'를 형상화시켰다고 하기엔 아직은 미흡한 면이 많다. 이러한 '유-모아'가 소설의 서사만이 아닌 그 전체 세계를 장악하게 된 작품이 바로 「최후의 억만장자」이다.

「최후의 억만장자(最後의 億萬長者)」[15]는 '映畵에서 어든 콩트'라는 타이틀 아래 쓰인 짧은 단편이다. 「악마」가 왜곡된 위트를 통해 타자의 삶을 단죄하는 악마적인 존재로서 근대인의 초상을 담아냈다면, 「최후의 억만장자」는 그 비판의 대상을 사회로 확대시킨다. 그러나 「악마」의 냉소와 달리 「최후의 억만장자」는 보다 발랄한 웃음을 보여준다. 그것은 이 작품의 직접적인 현실 기반이 조선이 아닌 허구적 세계에 놓여 있기 때문이다. 따라서 박태원이 추구했던 '유-모아'라는 기법은 이 작품에서 보다 흥미로운 '웃음'을 만들어내게 된다.

이 작품에 직접적인 모티프를 제공한 작품은 프랑스 영화감독인 르네 클레르(René Clair, 1898~1981)[16]의 〈Le dernier milliardaire(최후의 백만장자)〉[17]이다. 프랑스에서 제작된 작품이 단시간 내에 조선에 수용된 것도 흥미롭지만, 이 작품은 박태원뿐만 아니라 그의 절친한 친구인 이상에게도 상당한 영향을 주었다는[18] 점에서 주목할 필요가 있다.[19]

---

15 「최후의 억만장자」는 1937년 6월 25일부터 7월 1일까지 『조선일보』에 연재되었다. 본고에서는 권영민·이주형·정호웅 편, 『한국근대단편소설대계』 9(태학사, 1988)의 수록본을 인용하며, 이하 텍스트는 인용 쪽수만 표기.

16 르레 클레르: 영화감독이자 영화 이론가로서 프랑스 고전주의 영화 시기의 대표적인 감동 중 한 명으로 평가 받음.

17 〈Le dernier milliardaire〉: 1934년에 발표된 영화로 파시즘에 대한 정치적 풍자로 유명하다. 그 내용은 대략 다음과 같다. 이 영화의 배경은 모나코를 연상시키는 카시나리오라는 곳이다. 그곳의 사람들은 놀고먹어도 돈을 받기 때문에, 모든 사람들이 카지노에서 도박에 빠져 있다. 그러던 어느 날 카시나리오는 파산하게 된다. 회색 턱수염을 가진 한 백만장자가 나와서 그들을 빈곤으로부터 구제해주는 대신 카시나리오 여왕의 손녀인 공주와 결혼하게 된다. 그러나 공주는 백만장자가 아닌 그녀 곁에 있던 젊은이와 사랑에 빠지게 된다. 이에 대한 정보는 영화 전문 사이트인 http://www.flixster.com을 참조.

주지하다시피 르네 클레르는 리얼리즘적 경향이 두드러졌던 프랑스 고전주의의 대표적인 영화감독이었다. 그러나 우리가 간과할 수 없는 것은 르네 클레르의 영화가 리얼리즘적인 동시에 아방가르드(Avant-garde, 전위예술)적 경향을 두드러지게 나타내기도 했다는 점이다. 그의 영화는 '시에 가까운 영상, 익살, 꿈과 유사한 표현을 통해 현실과 환상 사이의 긴장을 조성'[20]하는 아방가르드적 기술과 양식이 나타나 많은 평자들의 관심을 받아왔다. 박태원이 르네 클레르에게 관심을 갖게 된 요인은 바로 이러한 그의 능동적인 실험 정신에 있다고 볼 수 있다.

그 때문인지, 박태원의 「최후의 억만장자」 역시 매우 실험적인 단편으로 완성되었다. 콩트에 가까운 짧은 단편이지만, 「최후의 억만장자」는 탐정소설이라는 장르소설에 대한 박태원의 관심과 더불어 그러한 장르소설로부터 그가 '유-모아'소설을 추출하고 있음을 짐작할 수 있는 텍스트라는 점에서 중요한 의미를 갖는다.

먼저 장르소설로서 「최후의 억만장자」는 탐정소설의 형식을 취하고 있다. 기타 모양의 조그만 섬인 '트레모로 國'은 30여 년간 파리 한 마리 없이 깨끗한 여름을 보내고 있었다. 그런데 어느 날 갑자기 파리가 등장하면서 트레모로 국의 평화와 안정이 위협당하기 시작한다. 트레모로 국의 영주인 안단테 모데라토 경은 파리의 발생 원인을 밝혀내기 위해 명사인 샤-록 호옴스를 초대하는데, 그는 낯선 동양 청년과의

---

18 최원식, 「서울·東京·New-York : 이상의 「실화(失花)」를 통해 본 한국 근대문학의 일각(一角)」, 『문학동네』 5권 14호, 문학동네, 1998 참조.

19 1938년 4월 7일자 『조선일보』에는 "世界的 大監督 '르네, 클레-르, 突然東洋來訪說"이라는 타이틀 아래 그가 동양에 내방할 예정이라며 큰 기대감을 비추고 있다. 이 기사에 따르면 기사 발표 시점인 1938년으로부터 4년 전인 1934년에 내무성구아국(內務省歐亞局)에서 그를 초빙하야 일본의 독특한 문화영화를 제작하려고 했었다는 내용을 보도하고 있다. 이를 본다면 이미 1934년 이전에도 르네 클레르는 일본 및 조선에서 상당히 유명한 감독이었음을 알 수 있다.

20 니논 헤세, 두행숙 역, 『헤세, 내 영혼의 작은 새』, 웅진닷컴, 2006, 431쪽 참조.

추리 대결에서 패배하고 만다. 여기서 흥미로운 것은 호옴스를 완패시킨 탐정, 이 동양청년의 이름이 바로 '구보'라는 사실이다.

> 靑年이 떠나려할때 안단테경은 생각난듯이 물었다.
> "君은 ○○ 누군가?"
> "저는 朝鮮의 小說家 仇甫입니다."
> 靑年은 다시한번 은근히 말하고, 알레그로 · 비바체孃과 서로 팔을 끼고 房을 나갓다.[21]

호옴스가 '아르쎈 · 루팡'이라고 착각할 만큼 놀라운 추리력을 가진 인물은 다름 아닌 '소설가 구보'이다. 구보는 소설적 허구 속에서 늘 작가인 박태원 자신을 연상시키는 분신과 같은 존재로 등장한다. 이러한 구보의 등장은 독자에게 소설적 허구와 현실 사이의 경계를 혼동 시켜 마치 '소설 속의 구보 = 박태원'이라는 등식이 성립하는 것 같은 환상을 받아들이게 한다. 이 때문에 박태원의 소설은 종종 그대로 '사소설'이라는 오인을 받기도 했다. 그러나 「최후의 억만장자」에 등장한 이 구보라는 인물은 박태원의 소설에 등장하는 '구보'와 박태원 자신이 본질적으로 전혀 다른 인물일 수밖에 없음을 단적으로 보여준다는 점에서 주목할 필요가 있다. 마지막에 자신의 이름을 '구보'라 밝힘으로써 독자의 허를 찌르는 박태원의 위트는 '유–모아'소설에 대한 그의 관심을 잘 보여주는 것이라고 할 수 있다.

바다 건너편 일본에서는 탐정소설이 한창 유행이다. 아즉 우리 문단에는

---

21 「최후의 억만장자」, 167쪽.

그러한 기미는 보이지 않지마는 필자의 기억에 남아 있는 것으로는 수법은 약간 구(舊)짜이나 『신민(新民)』 제13호에 실린 종명(鍾鳴) 씨의 '노름꿈' 같은 것은 호개(好箇)의 탐정 취미적 콩트인 것이며, 아직 발단만을 서술한 『조선문단』 부활 소재 계속물 빙허(憑虛) 씨의 「해뜨는 지평선」은 호號를 따라 사건의 진전을 보기 전에는 말하기 어려우나 탐정소설로 본격물에 가까운 경향을 보이고 있다. (…중략…) 그러나 내가 우리 문단에게 요구하는 작품의 일부는 우에 말한 탐정 소설이 아니다. 유－모아 소설이라는 것이다. 우리 문단에는 아직도 이러한 것을 발견치 못하였다. (…중략…) 내가 유－모아를 찬미하는 이유는, 그것이 인생에게 유쾌와 미소와 '환한 빛'을 재래(齎來)하는 까닭으로서이다. 필자는 어떠한 작품이, 어떠한 때, 어떠한 작가의 손에 의하여 내 눈앞에 출현하나 하는 것을 많은 흥미를 가지고 보고 있다.[22]

그렇다면 박태원이 말하는 '유－모아'란 무엇일까? 그것은 리얼리즘에서 말하는 '풍자'와 유사하지만 그것과 완전히 일치된다고 보기는 어렵다. 박태원이 말하는 '유－모아소설'이란 내용적인 차원보다는 기교적인 차원에서 파악되어야 한다. 이러한 '유－모아'는 언어의 음향 차원에서부터 시작된다. 박태원은 '아이스크림'과 '아이쓰쿠리'의 음향 차이를 통해 전자는 신사·숙녀를 후자는 노동자를 나타내는 표시가 될 수 있음을 구체적으로 쓴 바 있다.[23] 그에 따르면 "음향은 한 개의 분위기일 뿐만 아니라 더 나아가 내용까지 간섭"[24]하는 것이다. 박태원의 '유－모아'는 바로 이 지점에 나타난다. 그것은 사소한 어휘와 음향의

---

22 「병상잡설(病床雜說)」은 1927년 1월 『조선문단』에 발표된 수필이다. 본고에서는 류보선 편, 『구보가 아즉 박태원일 때』(깊은샘, 2005)의 수록본을 텍스트로 삼는다.

23 박태원, 「표현·묘사·기교」, 류보선 편, 『구보가 아즉 박태원일 때』, 깊은샘, 2005, 259쪽 참조.

24 위의 글, 259쪽.

차이가 전체 서사의 내용을 장악할 수 있다는 기교적 완성인 것이다.

이 점에서 본다면 「최후의 억만장자」는 이러한 어휘와 음향에 대한 그의 지극한 관심과 문학적 방법론을 수수께끼처럼 담아낸, 그 자체로 '유-모아'인 소설이다. 먼저 이 작품의 배경이 되는 공간을 다시 한 번 생각해 보자. '트레모로 國'은 기타 모양의 조그만 섬이다. 트레모로(tremolo)란 '주로 기악에 쓰이는 것으로 음 또는 화음을, 빨리 떨리는 듯이 되풀이하는 연주법'으로 이 섬의 인물들은 모두 연주법을 지칭하는 이름을 가지고 있다. 영주인 안단테 모데라토(andante moderato) 경은 '적당히 느리게 차분하게'라는 의미처럼 이 섬의 구세대를 대표하고 있고, 마지막에 구보와 연인이 되는 알레그로 비바체(allregro vivace) 양은 '매우 빠르고 생기 있게'라는 의미처럼 신세대를 대표한다. 이외에도 론디노, 토카타 등 등장인물의 이름부터 섬의 이름인 트레모로에 이르기까지 모두 악보에서 사용되는 용어들이다.[25] 또한 평안했던 트레모로 국을 위기로 몰아넣는 파리는 음표에 다름 아니다.

비록 짧은 콩트이긴 하지만 「최후의 억만장자」는 그대로 박태원이 생각하는 '유-모아소설'이 무엇인지를 명확히 보여주고 있다. 이후 『천변풍경』에서는 이를 보다 확장시킨 '수다'를 통해 다양한 '소리'들, 즉 청각적 모더니티를 단순한 기법을 넘어 소설의 서사 전체를 장악하는 감성으로 형상화시킨다. 이 점에서 본다면 「최후의 억만장자」는 그 자체로 '기교'에 대한 박태원 자신의 문학적 입장을 소설화한 작품이라고 할 수 있다.

이 작품의 중심 코드는 '웃음'이다. 이 웃음은 「악마」에서처럼 뒤틀

---

25 tremolo : 주로 기악에 쓰이는 것으로 음 또는 화음을, 빨리 떨리는 듯이 되풀이하는 연주법.
    rondino : 짧은 회전곡.
    toccata : 피아노나 오르간 따위의 건반 악기로 연주하는 화려하고 기교적인 전주곡.

려 있지 않고 경쾌하다. 그러나 이 웃음에는 독자와 동시대를 향한 박태원의 비판이 숨겨져 있다. 그는 작위적이라 할 만큼 정형화된 틀과 어휘들이 「최후의 억만장자」의 서사를 직접적으로 이끌어 가도록 구성하고 있다. 기교 자체가 내용을 장악할 수 있음을, 따라서 기교는 단지 기교가 아닌 소설의 서사를 이끄는 가장 중요한 요소이자 소설이라는 허구적 세계를 구성하는 근본 동력일 수 있음을, 그는 「최후의 억만장자」를 통해 보여준다. 따라서 오직 기교만으로 이루어진 이 소설은 자신의 작품에 나타난 여러 기법과 실험적 요소들을 평가해주지 않는 사람들을 향한 박태원의 위트라 할 수 있다.

그러나 같은 해에 발표된 「내 예술에 대한 항변」을 보면 이러한 그의 기대와 달리 현실은 그에게 만족할 만큼의 성과를 주지는 못했던 것 같다. 당대 유명감독이었던 르네 클레르의 「최후의 백만장자」로부터 직접적으로 모티프를 끌어오고 그 서사를 독자 대중에게 익숙한 탐정소설이라는 장르형식으로 구성하고, 사건 해결에 결정적인 기여를 하는 탐정으로 박태원 자신을 상징한다 할 수 있는 구보라는 인물을 등장시켰음에도 불구하고 「최후의 억만장자」는 논쟁의 대상으로까지 승격되지 못했기 때문이다. '영화에서 어든 콩트'라는 부제를 단 것으로 보아, 박태원 자신도 이 흥미로운 실험을 소설로까지는 인식하지 않았던 것 같다. 그러나 이 작품은 「적멸」로부터 이어진 장르소설에 대한 관심과 『천변풍경』의 '수다'를 통해 드러난 웃음의 코드가 함께 드러난 작품이라는 점에서, 박태원 소설의 창작기법에 대한 연구에서는 쉽게 간과할 수 없는 소설이다. 작은 소품 하나하나까지 '기교의 문학'을 실천하고자 했던 작가 박태원의 의식을 보여주는 또 다른 텍스트이기 때문이다.

2. 피사체가 된 이야기 : 『천변풍경』

1) 영상이 된 서사

『천변풍경(川邊風景)』[26]은 박태원의 소설 중에서도 외부 세계에 대한 묘사가 가장 치밀한 작품이다. 재봉이라는 중심 관찰자가 있기는 하지만, 실제로 『천변풍경』에서는 모든 등장인물들이 능동적인 관찰자가 된다. 그들 각각은 천변이라는 공간과 그곳에 모여드는 사람들에 대해 관찰하고 평가하는 역할을 담당한다. 자연스럽게 이 작품은 특정한 주인공이 없이 천변을 중심으로 살아가는 다양한 인물들의 삶을 파노라마처럼 펼쳐 보이게 된다. 따라서 이 작품의 진정한 주인공은 '천변'이라는 공간 그 자체라고 할 수 있다.

공간에 대한 사유가 작품 서사의 직접적인 출발점이 된다는 점에서 『천변풍경』은 '경성'이라는 공간을 주인공으로 했던 「소설가 구보씨의 일일」과 연장선상에 놓인다. 이는 두 작품이 '고현학'이라는 동일한 작가의식에 의해 창작된 작품임을 의미한다. 그런데 『천변풍경』에 오면 공간에 대한 의식이 훨씬 강화되어 있음을 확인할 수 있다. 물론 「소설가 구보씨의 일일」에서도 '경성'이라는 공간이 부각되었지만, 여전히 구보가 관찰자이면서 주인공의 역할을 담당했음은 부인할 수 없다. 그러나 『천변풍경』은 특정한 주인공도 정해진 관찰자도 없이 공간 그 자

---

26 『천변풍경』은 두 번에 걸쳐 연재되었다. 1936년 8월부터 9월까지 『조광』에 중편으로 연재되었고, 후에 1937년 1월부터 9월까지 『조광』에 다시 「속 천변풍경」이 연재되면서 장편으로 개작되었다. 본고에서는 권영민·이주형·정호웅, 『한국근대장편소설대계』 3(태학사, 1988)에 수록된 장편 『천변풍경』(박문서관, 1947)을 텍스트로 삼으며 이하 텍스트는 인용 쪽수만 표기.

체가 주인공이 되는 소설이다.

따라서 『천변풍경』에 부여되는 '세태소설'이라는 명칭은 사실상 『천변풍경』의 문학적 좌표를 구성하기 위한 가장 중요한 출발점이 된다. 김남천은 『천변풍경』에 대해 "시정 신변의 속물과 풍속 세태를 파노라마식으로 묘사"[27]한 것을 특징으로 보았다. '카메라 아이(Camera Eye)' 기법을 통해 천변이라는 고정된 공간에서 일어나는 다양한 사건들을 전개했기 때문이다. 이와 같은 풍경에 대한 세밀한 묘사에 대해 임화는 '세태소설'이라는 명칭을 부여하였다. 이들 두 사람은 모두 『천변풍경』의 가장 큰 문제점을 '사상성의 부재'라고 지적한다. 그런데 이러한 비판의 이면에는 이 작품에 반영된 근대적 삶과 풍속이 지닌 가치에 대한 주목이 담겨져 있다. 사상성에 대한 그들의 강조는 사실상 최재서가 말했던 '리얼리즘의 확대와 심화'와 연장선상에 있다. 그들은 『천변풍경』의 서사 속에서 근대적 삶과 풍속에 대한 묘사를 통해 현실성과 사상성이 함께 획득될 수 있는 뜻밖의 가능성을 보았던 것이다.

따라서 이러한 '세태소설'이라는 용어는 어쩌면 『천변풍경』을 둘러싼 박태원의 작가 의식을 가장 잘 표현한 말이라 할 수 있다. 박태원은 내용보다 기법을 훨씬 중요시했던 작가였고, 『천변풍경』은 이러한 그의 철학을 바탕으로 기법이 곧 작품 전체의 서사를 장악한 작품이었기 때문이다. 잘 알려졌다시피 『천변풍경』은 「천변풍경」과 「속 천변풍경」으로 두 시기에 걸쳐 연재된 작품이다. 「소설가 구보씨의 일일」에서 이중의 관찰을 위한 서사적 트릭으로 사용되었던 다양한 기법들은 『천변풍경』에서는 보다 단순해진다. 「소설가 구보씨의 일일」에서 나타난 복잡한 카메라의 시선도 『천변풍경』에서는 천변이라는 공간에

---

27 김남천, 「세태, 풍속, 묘사, 기타」, 『비판』 62호, 1938.5.

고정되었기 때문이다. 대신 기법을 활용하는 범위는 이전보다 확대되었다. 「소설가 구보씨의 일일」에서 구보라는 카메라가 경성을 추적했다면, 『천변풍경』에서는 경성의 삶이 완벽하게 계산된 미장센을 갖추고 천변에 고정된 카메라 앞에 등장하기 때문이다. 이처럼 기법 자체가 한 작품의 세계관 전체를 장악할 만큼 본격적이고 의도적으로 사용되었다는 점에서는 『천변풍경』이 단연 독보적이라고 할 수 있다.

천변이라는 고정된 공간에서 일어나는 다양한 사건들을 통해 1년이라는 시간의 경과를 표현한 이 작품의 서사는 박태원의 이전 서사와 비교한다 해도 상당히 새롭다. 『천변풍경』에서 서술자의 카메라는 천변이라는 공간에 고정되어 있음에도 불구하고 그것을 통해 서술되는 소설의 서사는 끊임없이 약동하는 리듬감을 확보한다. 더 이상 공간은 그 자체로 고정된 것이 아니다. 이제 천변은 시간에 의해 빠르게 성장하고 변모하는 유기체적 공간으로 탈바꿈된다.

그런데 여기서 흥미로운 것은 이렇게 독특한 『천변풍경』의 서사를 직접적으로 수행하는 것이 바로 등장인물들의 '수다'라는 사실이다. 천변이라는 공간의 속성을 시청각적인 정보를 통해 형상화하는 이 '수다'는, 천변을 거의 영상의 수준으로 독자에게 각인시키는 역할을 담당한다.

바흐찐(Mikhail Bakhtin, 1895~1975)에 따르면 소설이라는 장르는 유독 "독서에 유기적으로 민감"[28]한 장르이다. 이는 소설이라는 장르가 기본적으로 누군가가 그것을 읽을 것이라는 사실을 전제로 창작된 문학 작품이라는 사실을, 즉 출판을 전제로 한 문학 장르임을 알 수 있게 한다. 이것을 통해 우리는 시를 필두로 한 여타 문학 장르와 소설의 근본

---

28 미하일 바흐찐, 전승희·서경희·박유미 역, 『장편소설과 민중언어』, 창작과비평사, 1988, 19쪽.

적인 차이를 발견할 수 있다. 소설은 소수 문인들의 예술적 만족을 위해서만 존재할 수는 없는 장르이다. 소설은 기본적으로 독자라는 독서 주체와의 긴밀한 관련 속에서 창작되는 것이다. 따라서 소설은 태생적으로 여타 문학 장르보다 독자층의 변화에 더욱 민감한 장르일 수밖에 없다. 소설에는 창작의 순간부터 독자의 요구가 개입될 수밖에 없는 것이다. 그렇기에 소설은 그 어떤 문학 장르보다 시대적 변화와 동시대적 감수성을 예민하게 형상화할 수 있는 장르일 수 있다.

물론 독자의 요구가 문학 창작에 있어서 절대적인 조건이 될 수는 없다. 그러나 동시대 독자의 변화는 어쩔 수 없이 소설 창작에 일정하게 개입될 수밖에 없다. 또한 한 작가의 작품에 두드러진 변화가 발생했다면 우리는 그 변화의 원인을 동시대 독자들과의 소통 속에서 추적해 들어갈 필요가 있다. 특히 근대소설에 있어서 독서는 소설을 향유하는 근본적인 방식이었기에 독자는 소설 창작의 중요한 전제가 될 수밖에 없었다. 이런 지점에서 『천변풍경』에 새롭게 등장한 '수다'라는 서사방식은 유의미하다 할 수 있다.

그런데 모더니스트인 박태원의 소설적 실험 속에서 '수다'가 중요한 요소로 사용되고 있다는 것은 일면 모순적이다. 수다라는 것은 기본적으로 청각적인 정보에 집중되는 것이다. 그것은 기본적으로 독서보다는 낭송에 가까운 감각이다. 따라서 수다는 어떤 면에서 가장 모던하지 않은, 엄밀히 말해 '소설적'이라고 말하기 어려운 감각이라고 할 수 있다. 그럼에도 불구하고 독자는 이러한 『천변풍경』의 수다 속에서 박태원만의 모던한 감각을 읽어낼 수 있다. 그것은 수다가 또 다른 근대의 풍경을 문학적으로 형상화하는 역할을 담당하기 때문이다.

2) '수다'의 고현학

『천변풍경』에 대한 기존 연구는 일단 이 작품이 외부 묘사가 중심이
된 작품이라는 데는 그 의견을 일치하였다. 물론 『천변풍경』에서 공간
과 풍속에 대한 묘사가 매우 중요한 요소를 차지하고 있음은 부정될
수 없다. 그러나 우리는 『천변풍경』을 관통하는 작가(혹은 서술자)라는
카메라가 진정으로 담고자 하는 것이 무엇이냐에 대해서 의문을 제기
할 필요가 있다. 여기서 카메라는 단지 시각적인 정보만을 담아내고
있는 것이 아니다. 천변에서 일어나는 다양한 삶의 풍경은 시각적인
정보만으로 구현될 수 없다. 따라서 그 공간이 가진 속성을 드러내는
데는 왁자지껄한 다양한 소리들, 즉 청각적인 정보들이 중요한 역할을
담당하고 있다.

이 지점에서 『천변풍경』의 서사를 찬찬히 다시 읽어볼 필요가 있다.
사실상 이 작품에서 카메라가 집중적으로 담아내고 있는 것은 단순히
빨래터와 이발소라는 공간이 아니라 그 공간에서 일어나고 있는 사람
들의 수다 자체이다. 작품 속에서 발화되고 있는 모든 이야기가 그대
로 카메라의 직접적인 피사체가 되는 것이다. 따라서 『천변풍경』에서
인물들의 수다는 독자의 독서행위에 끊임없이 개입해서 독자로 하여
금 눈만이 아닌 입으로 독서할 것을 요구한다. 도입에서 천변이라는
공간을 살아서 꿈틀거리게 하는 수다는 대사 하나하나를 낭송하여 그
'입말'에서 오는 맛을 느껴야만 온전히 이해될 수 있는 것이다.

　"아아니, 요새 웬 비웃이 그리 비싸우?"
　죽은깨투성이 얼골에 눈, 코, 입이, 그의 몸매나 한가지로 모다 조고맣게 생긴
이뿐이 어머니가, 왜목 요잇을 물에 흔들며, 옆에 앉은 빨래꾼들을 둘러보았다.

"아아니, 을말 주셨게요?"

그보다는 한 십년이나 젊은듯 갓설흔이나 그밖에는 더 안 되어 보이는 귀돌어멈이 빨랫돌 우에 놓인 자회색 바지를 기운차게 방망이로 두들이며 되물었다. 왼편목에 연주창 앓은 자죽이 있는 그는, 언제고, 고개를 약간 왼편으로 갸웃둥한다.

"글세, 요만밖에 안되는걸, 십삼전을 줬구료. 것두 첨엔 어마허게 십오전을 달라지? 아, 일전만 더 깎재두 막무가내로군."

지금 생각하여보아도 어이가 없는 듯이, 빨래 흔들던 손을 멈춘채, 입을 딱 버리고 옆에 앉은이의 얼굴을 치어다 보려니까, 그의 건너편으로 서너 사람째 앉은 얽음뱅이 칠성어럼이,

"그, 웬걸 그렇게 비싸게 주구 사셨에요? 어제 우리 안댁에서두 사셨는데 아마 한 마리에 팔전꼴두 채 못된다나 보든데……."

그리고 바른손에 들었던 방망이를 왼손에 갈아들고는 한바탕 세차게 두들이든것을, 언제 왔는지 그들의 머리위 천변길에가, 우선, 그 얼굴이 감때사나웁게 생긴 점룡이어머니가 주춤하니 서서,

"어유우, 딱두 허우. 낱개루 사먹는 것허구, 한꺼번에 몇 두룸씩 사먹는 것허구, 그래 곁담? 한 마리 팔전씩만 헌담야 우리겉은 사람두, 밤낮, 그 묵어빠진 배추김치좀 안 먹구두 사알게?"

사내같이 우락부락한 소리로 하는말에, 이쁜이 어머니는 고개를 끄덕이어 동의를 표하기는 하면서도, 반은 혼잣말로,

"그 묵은 통김치나마 넉넉하게나 있었으면 좋겠수. 우린 그나마두 낼만 먹으면 그만야."

요잇을 빨랫돌 우에 올려 놓은채, 잠깐 손을 쉬고 한 그 말에는 대답이 없이,

"그, 저어번에 입었든 국사 저고리 아뉴?"

점룡이 어머니는 허리를 굽히고, 그의 옆에 놓인 빨래 광주리를 나려다본다.

“이거어?”

이뿐이 어머니는 일부러 몸을 돌려, 광주리에서 점룡이어머니의 주의를 이끈 빨래 가음을 집어들고,

“글세, 한번 입구, 오늘 첨 빤게 이꼴이구료? 모두 왼통 째지구. 내 기가 맥혀……”

“그러기에 나 먹은 사람은 호살 말라는 게지. 딸은 안해주구, 저만 해 입으니 그럴밖에…… 그거, 인조야?”

“인존, 웨에? 이꼴에 이게 한자 사십전짜리 교직이라우.”

“그게 사십전예요오.”

귀돌어멈은 새삼스러이 그의 편을 돌아 보고,

“질기긴 외레 인조가 낫죠. 교직은 볼품은 있어두, 그저 첨 입을 그때뿐이지, 한번 입으면 그만이니……”

그리고 다음은 상반신을 외로 틀어 흐웅 하고 코를 푼다.

요란스러이 종을 울리며 자전거가 지난다. 인력거가 지난다. 그러나, 이곳, 천변길에 노는 아이들은 그러한 것에 결코 놀라지 않는다.[29]

『천변풍경』의 도입은 천변을 전경화 함으로써 시작된다. 그러나 천변이라는 공간에 대한 묘사는 전무하다. 서술자는 단지 천변에서 빨래를 하고 있는 여인들의 대화 사이사이에 그 여인들의 얼굴표정을 묘사할 뿐이다. 그럼에도 불구하고 독자는 이러한 도입을 통해 천변이라는 공간이 가진 어떤 특수성을 인식할 수 있는데, 그것을 가능하게 하는 것은 바로 여인들의 수다이다. 소설은 연극이나 영화와 달리 오직 서사만으로 모든 것을 독자에게 설명해야 한다. 그런데 『천변풍경』에서

---

29 『천변풍경』, 3~5쪽.

나타나는 모든 형태의 '수다'는 눈으로만 읽어서는 그 맛이 제대로 설명되지 않는다. 수다로 규정할 수 있는 모든 인물들의 대사는 마치 연극 중에 인물들이 주고받는 대사처럼 부연하는 서사 없이도 그 대사 자체만으로 충분히 이야기를 끌어나가고 있다. 분명 문자라는 표기기호에 의해 전달되지만 그것을 읽는 동안 독자는 자연스럽게 실제 '말'이라는 음성기호로 이어지는 의사소통의 한 장면을 머릿속에 떠올리게 되는 것이다. 이 때문에 이 작품에서 모든 인물의 대사는 소리를 내서 읽을 때 좀 더 그 묘미가 살아난다.

동시에 수다는 『천변풍경』의 공간을 생동감 있게 형상화하는 '동시녹음'의 효과까지 제공한다. 수다는 그 자체로 왁자지껄한 빨래터의 풍경에 생동감과 현장감을 부여하는 음향의 역할을 담당하기도 하는 것이다. 박태원은 이러한 수다를 통해 소설이라는 시각적인 매체에 청각적인 감수성을 야기함으로써 독특한 화법을 완성한다.

따라서 독자는 '천변'이라는 공간이 가진 성격을 수다를 통해 머릿속에 그려볼 수 있다. 비웃(청어) 가격을 통해 물가가 올랐음을 환기하는 이뿐이 어머니의 말로 빨래터의 수다는 시작된다. 청어에서 시작된 여인네들의 수다가 옷감으로 이어지는 사이, 천변이라는 공간은 수다를 이어나가는 여인들에 대한 묘사 속에서 자연스럽게 환기되는 것이다. 때문에 이 부분에서 천변은 전혀 묘사되지 않으면서도 동시에 가장 세밀하게 묘사되고 있다고 말할 수 있다. 여인네들이 자연스럽게 시장 물가를 논하고 자전거와 인력거 소리에도 아무도 놀라지 않는 곳. 근대의 시장제도가 일상 속에 자연스럽게 들어와 생동하는 공간이 바로 천변인 것이다.

그런데 수다의 역할은 이것에 그치지 않는다. 그것은 소설 속에 시간의 흐름을 만들어 내는 역할까지 담당하고 있다. 『천변풍경』의 도입은 여인들의 대화를 제외하고는 오직 인물에 대한 묘사만으로 구성되어 있다. 묘사라는 것은 기본적으로 시간이 정지되는 것이다. 이 정지된 시간이 발화와 발화 사이를 매개한다는 것은, 소설적 시간이 오직 등장인물들의 발화 즉 수다의 길이에 의존하여 진행되고 있음을 알 수 있게 한다. 이러한 발화 사이의 정지는 카메라 워크와 유사한 움직임을 보이기 때문이다. 인물에 대한 묘사 부분에서 시간이 정지된다는 것은, 그러한 묘사가 인물의 대사와 동시적으로 진행되고 있음을 의미한다. 그렇다면 이 부분에서 나오는 묘사는 카메라가 한 인물에게서 다른 인물에게로 바뀌는 과정을 보여주는 것이라고 판단할 수 있다. 이 때문에 묘사는 사실상 인물들의 수다와 동시적으로 진행되는 것이며, 소설적 시간은 오직 한 사람이 발화하는 시간만큼만 흘러가게 되는 것이다.

이처럼 『천변풍경』에서 수다는 그 자체로 피사체로서 묘사의 대상이 되었고, 더 나아가 작품의 서사를 이끄는 중심적인 축으로 작용하게 된다. 여기서 수다는 등장인물의 음성이고, 왁자지껄한 음향이며, 천변이라는 공간을 생동감 있게 만들어주는 배경음악이 되고 있다. 『천변풍경』의 도입은 이러한 수다라는 청각적인 정보를 통해 새로운 소설적 서사를 독자에게 체험시키고 있는 것이다. 따라서 천변은 이 빨래터의 수다와 본질적으로 떼어놓고 생각할 수 없는 공간이 된다. 결국 『천변풍경』 안에서 카메라가 천변이라는 공간을 포착하고 있다는 것은, 여인네들의 수다 그 자체를 피사체로 하고 있는 것임을 다시 확인할 수 있다.

이러한 수다는 천변에서 살아가는 모든 사람들의 일상에 대한 세세한 관찰 보고서의 역할을 톡톡히 한다. 사실 『천변풍경』의 카메라는 천변이라는 허구적 세계에 고정되어 있다. 그러나 인간의 삶은 한 공간에 묶여 있지 않다. 특히 근대인의 삶은 끊임없이 한 공간에서 다른 공간으로 이동된다. 「소설가 구보씨의 일일」에서 보여준 구보의 배회는 바로 그러한 근대인의 삶을 잘 보여준다. 그런데 『천변풍경』에서 카메라는 천변이라는 공간 밖으로는 거의 이동하지 않는다. 천변이라는 고정된 공간에서 보여줄 수 있는 삶이란 사실상 부분적인 것일 수밖에 없다. 그럼에도 불구하고 독자는 『천변풍경』의 서사 속에 나타난 천변을 고립된 공간이라고 느끼지 않는다. 그 한계를 보충해 주면서 천변이라는 공간에 생명력과 총체성을 부여하는 것이 바로 '수다'이기 때문이다.

수다로 인해 『천변풍경』은 끊임없이 구보라는 카메라를 상기시켰던 「소설가 구보씨의 일일」과 달리, 독자로 하여금 천변을 관찰하는 카메라를 잊은 채 그 공간 자체를 마주하게 한다. 이 때문에 독자들은 천변을 고립된 공간으로 느끼지 않게 된다. 수다가 천변에 고정된 카메라를 숨겨주는 동시에, 그 고정된 카메라로는 담아낼 수 없는 수많은 이야기들을 천변이라는 공간 속에 풀어내는 역할을 담당하기 때문이다. 즉, 카메라의 사각지대를 담아내는 또 다른 카메라로서 고현학적 관찰을 수행해내는 것이다. 따라서 천변은 곧 수다의 공간이며, 수다는 곧 천변이라는 공간이 가진 구체적인 인격이라 할 수 있다.

여기서 우리는 『천변풍경』이 가진 독특한 모더니티의 근원을 확인할 수 있다. 그것은 시각적 모더니티에 집중해 있던 한국 근대문학이 그 저변을 시청각적인 영역으로 확장했음을 보여준 것이다. 이것이 가능할 수 있었던 이유는 영화의 등장과 연관 지어 생각해 볼 수 있다. 영화는 영상을 통해 서사를 진행한다. 영상이란 시각적인 정보와 청각적인 정보가 동시에 전달되는 매체 형태이다. 이것은 비단 유성영화의 경우에만 해당되는 것은 아니다. 무성영화 시대에도 극장 상영 시에는 음향효

과가 어느 정도는 제공되었으며, 우리의 경우에는 변사를 통해 청각 정보가 관객에게 제공되었음을 상기할 필요가 있다. 따라서 영화의 영상이란 기본적으로 시청각적인 정보를 망라하는 서사 형태임을 알 수 있다. 이러한 영화의 영상을 통해 익숙해진 시청각적인 감수성이 바로 『천변풍경』에서 이러한 서사를 가능하게 했던 것이다. 따라서 도입부의 빨래터 장면은 그 자체로 소설적으로 해석된 영상이라고 볼 수 있다.

이러한 수다를 통해 『천변풍경』은 박태원의 고현학을 한층 성숙하게 만든다. 노골적으로 관찰행위를 드러냈던 이전 작품과 달리 『천변풍경』은 카메라를 노출시키거나 배회시키지 않고도 천변을 둘러싼 모든 정보를 흡수할 수 있었다. 천변이라는 공간을 묘사하지 않고도 그 공간을 마치 영상처럼 독자들에게 각인시키는 『천변풍경』의 서사는, 수다를 통해 공간을 관찰하는 '수다의 고현학'이라고 지칭될 수 있을 것이다.

이 지점에서 수다의 의미를 좀 더 세밀하게 파악할 필요가 있나. 수다는 가십거리의 집합이다. 이 때문에 우리는 흔히 수다를 여러 소문이나 신변잡기에 대해 떠드는 잡담에 가까운 것으로 치부하고는 한다. 그러나 박태원은 오히려 수다를 다양한 사람들의 시각에서 수집된 정보, 은폐된 진실에 대한 정보를 공유할 수 있는 의사소통으로 바라본다. 이는 박태원이 수다가 성립되기 위한 내밀한 조건들을 예민하게 감각하고 있기 때문이다. 특정한 주도자가 없고 자유롭게 떠드는 것처럼 보이는 수다는 사실 굉장히 폐쇄적이고 배타적인 의사소통 형태이다. 수다는 그 안에 속해 있는 사람들 사이의 긴밀한 연대감을 형성해 주지만, 낯선 타인이 섞여 있는 자리에선 속 깊은 수다는 일어나지 않는다. 따라서 수다에는 두 개의 차원이 있다고 말할 수 있다. 우리의 선입견대로 신변잡기를 떠드는 가벼운 수다와 개인적인 관찰을 통해 얻어진 다양한 정보를 교류하는 수다가 그것이다. 『천변풍경』은 이 두 층위의 수다를 통해 고정된 카메라 밖에서 일어나는 정보들이 천변이라는 공간 안에서 소통되도록 배치한다.

이러한 수다는 관찰의 주체자야말로 관찰의 대상자가 될 수 있다는 「소설가 구보씨의 일일」의 이중 관찰을 자연스럽게 보여준다. 실제로 『천변풍경』에서 등장하는 인물들은 어느 누구도 수다의 대상이 되지 않을 수는 없다. 수다의 주체였던 인물이라 해도 그 공간만 벗어나면 수다(혹은 가십)의 대상이 되고 마는 것이다. 더구나 독자는 작가가 배치한 가상의 카메라를 통해 그 은밀한 수다를 훔쳐보고 있지 않은가? 독자는 이러한 여러 인물들의 수다를 엿보면서(혹은 엿들으면서) 객관적인 태도로 수다의 대상들을 관찰할 수 있는 위치를 확보하게 되는 것이다.

이는 '밀실과 창'이라는 고현학적 관찰의 전제조건을 무의미한 것으로 만든다. 물론 『천변풍경』에는 확실한 밀실과 창을 가진 재봉이라는 인물이 등장한다. 이발소 조수인 그는 빨래터의 인물들이나 이발소 안의 인물들을 가장 쉽게 관찰할 수 있는 위치에 있다. 그러나 그가 능동적인 관찰자가 될 수 있는 이유는 단지 그 때문은 아니다. 그가 진정으로 흥미진진한 관찰의 수행자가 될 수 있는 이유는 그가 그 창 뒤에 숨어 있는 관찰자가 아니기 때문이다. 삶에서 유리되어 자신만의 밀실에 갇힌 관찰자는 올바른 관찰자가 되기 어렵다. 밀실에서 얻은 정보란 총체성을 상실한 부분적인 것이기 때문이다. 따라서 그것만으로는 객관적인 정보를 발견할 수 없다. 『천변풍경』 이전 작품에서 등장했던 박태원의 모든 관찰자들(「소설가 구보씨의 일일」의 구보, 『적멸』의 '나' 등등)은 타인을 관찰하면서도 자신이 그들의 관찰 대상이 되는 것을 거부하고자 했기 때문에 재봉이만큼 확고한 관찰자가 될 수 없었다. 밀실에 스스로를 은폐한 관찰자는 탐정이 아니라 범죄자일 뿐이다.[30] 따라서 진정한 의미의 고현학적 관찰자는 밀실에 갇혀 있지 않으면서도, 언제나 자신만의 밀실을 어디에서나 만들 수 있는 자인 것이다. 그러기 위해 관찰자는 일상 속에서 살아가는 생활인이 되어야 한다. 따라서 생활인이 되고자 했던 구보의 다음 행보는『천변풍경』을 통해 실현되었다고 볼 수 있다.

3) 선택과 배제의 공간으로서의 '천변'

수다는『천변풍경』의 천변에 생동감 있는 리얼리티를 부여하지만, 동시에 이 작품이 만들어낸 최대의 아이러니는 바로 수다, 즉 '이야기' 자체를 피사체로 하고 있다는 점이기도 하다. 천변이라는 공간은 이야기의 공간이며, 오직 이야기를 통해서만 그 실체가 구체화될 수 있는 공간이다.『천변풍경』의 서술적 화자는 독자에게 천변을 구체적인 모습으로 보여주기보다는 그곳에 떠도는 수많은 이야기들에 대한 정보를 제공함으로써 독자 스스로 그곳을 상상하여 구체화할 수 있도록 만들고 있다. 그곳은 발화를 통해 눈앞에 그려지는 공간, 즉 청각적 정보를 통해 시각적 화면으로 구성되는 독특한 공간인 것이다.

이처럼『천변풍경』에서 박태원은 '수다'를 통해 고현학적 관찰 대상의 범위를 확대시켰다. 따라서『천변풍경』은 '수다의 고현학'을 통해 형상화되었다고 말할 수 있다. 그런데 이러한 수다가 갖는 의미를 정

---

30 이는 에도가와 란포의 「다락방의 산보자」를 보면 알 수 있다. 이 작품의 주인공인 쿄우다 사부로위鄕田三郞는 권태로움에 지친 나머지, 하숙집 다락을 기어 다니며 타인의 삶을 관찰한다. 그는 타인으로부터 완벽하게 은폐된 채 타인을 관찰하는 밀실(다락방)을 획득했지만, 그가 관찰을 통해 얻어낸 정보는 살인이라는 범죄를 위해 사용된다.

리하면서 본고는 다시 한 가지 의문을 제기하지 않을 수 없다. 수다를 통해 관찰자와 밀실의 관계가 좀 더 유연하게 변화되었음에도 불구하고, 여전히 천변이라는 공간이 수다만으로 완전히 설명될 수 있었는가에 대해서는 확실한 대답을 줄 수 없기 때문이다. 따라서 천변이라는 공간이 가진 속성을 되짚어 볼 필요가 있다.

『천변풍경』은 천변이라는 공간 자체가 주인공이 되는 소설이기 때문에 천변이 가진 속성은 그곳에서 살아가는 사람들의 삶을 운명 짓는 역할을 한다. 이 때문에 이 작품에서 제시되는 세계는 천변을 중심축으로 해서 두 개의 공간으로 나누어진다. 먼저 천변 밖의 세계는 박태원의 이전 소설에서 그려졌던 경성의 보편적인 삶을 대변한다. 그곳은 '돈'이라는 교환가치로 모든 것에 등급을 부여하는 사회이며, 오직 '소비'를 통해서만 자신의 공간을 확보할 수 있다는 점에서 근본적으로 소외의 공간이다.

반면 천변 안의 세계는 비록 근대적 자본의 속물성이 존재하기는 하지만, 여전히 인간적 애정이 남아있는 공간으로 형상화되어 있다. 그 때문인지 천변을 중심으로 살아가는 사람들은 오직 천변의 내부에 남겨져 있을 때만 행복할 수 있다. 신전집, 만돌어멈, 하나꼬 등 천변을 떠난 사람들이 비극적인 삶을 살아간 것에 비해, 천변으로 우연히 들어오게 된 금순이는 기미꼬의 도움 아래 천변에 뿌리를 내리면서 행복해질 수 있었다. 결국 『천변풍경』의 서사는 천변만이 진정한 의미의 삶을 구현할 수 있는 공간으로 형상화하고 있는 것이다.

이러한 천변의 속성은 대단히 이중적이다. 분명 이 공간은 화폐라는 근대적 교환가치에 포섭된 공간이다. 그러나 동시에 그곳은 공동체적 삶에 근거한 전근대적 가치가 근대적 속물성 속에서도 여전히 살아남아 있는 공간이기도 하다. 이 점에서 빨래터는 이 모순된 가치를 상징적으로 드러내는 공간이라 할 수 있다. 빨래터에서 빨래를 하기 위해서는 일정한 돈을 지불해야 한다. 그렇다면 빨래터는 카페와 마찬가지로 일시적으로 공간을 점유할 수 있는 자격을 소비하도록 만드는 근대적 공간이라 할 수 있다. 그러나 빨래터는 '무관심'을 소비하는 공간은 아니다. 빨래터는 일단 그 안에 모이는 순간, 무엇인가에 대해 관심을 가지고 끊임없이 수다 떨도록 만드는 공간이기 때문이다. 이러한 빨래터는 끊임없이 타인을 환기하고 타인의 삶에 관여하고자 한다는 점에서 근원적으로 소외의 공간은 아니다. 적어도 그곳에서는 설사 가십의 대상일망정, 부재한 사람들의 자리가 마련되어 있다. 그런데 이러한 천변은 앞에 살펴보았던 「소설가 구보씨의 일일」에 반영된 경성과 비교하면 상당한 이질감이 느껴진다. 『천변풍경』의 천변에서 느껴지는 공동체적 삶의 모습은 「소설가 구보씨의 일일」에서의 경성이라고 생각하기 어렵기 때문이다.

공간 그 자체가 주인공이 된다는 점에서 『천변풍경』은 「소설가 구보씨의 일일」과 연장선 위에 놓여 있다고 볼 수 있다. 더구나 두 작품은 고현학적인 관찰이라는 작가의 동일한 세계인식 속에서 진행된 서사이다. 그러나 그것은 두 작품 세계가 완전히 닮은꼴이라는 것을 의미하지는 않는다. 오히려 두 작품은 한 배에서 동시에 잉태되었지만 전혀 다른 성격과 유전자를 가진 이란성 쌍둥이에 가깝다. 그것은 두 작품을 관통하는 관찰의 주체인 작가의 눈, 즉 그 카메라의 시점이 완전히 상이하기 때문이다.

박태원은 「소설가 구보씨의 일일」에서의 '경성'보다 『천변풍경』에서의 '천변'이라는 공간에 더 구체적인 인격을 부여한다. 「소설가 구보씨의 일일」에서의 경성은 거리와 거리, 한 공간과 다른 공간 사이를 배회하는 구보라는 카메라를 통해서 끊임없이 '선택'되고 혹은 '배제'되었다. 경성은 그 자체로 하나의 인격을 갖춘 것이라기보다는 구보라는 카메라의 인격에 의해 의미가 부여되고, 혹은 간과되고 거부되었다. 그러나『천변풍경』에서 천변은 개별 인물이나 카메라에 의해 배제될 수 없는 공간이다. 작가 박태원은 천변이라는 공간을 바라볼 수 있는 허구적 위치에 카메라를 설치하고 그 카메라 앞을 지나치는 모든 대상들, 그리고 모든 변화들을 관찰한다. 그 카메라는 사람들을 따라 움직이는 것이 아니라 애초에 배치된 그 위치에서 다양한 앵글과 쇼트를 통해 대상을 보여주고 있을 뿐이다. 따라서 이 작품에 등장하는 개별적인 인물들과 그들의 행적은 오직 카메라의 시선 안에 들어올 때만 비로소 관심의 대상이 될 수 있다.

『천변풍경』에서 천변이라는 공간이 이상화될 수밖에 없는 이유가 여기에 있다. 어떤 '배제'도 없이 그대로 드러나는 공간이란, 어떤 면에서 다른 모든 공간을 이미 배제시킨 상태에서 '선택'받은 공간이기도 하기 때문이다. 따라서 그 선택과 배제를 모두 내포한 고립된 공간으로서의 천변이야말로, 박태원이 형상화한 최상의 기법 그 자체라 할 수 있다. 그런데 그 이상화의 본질을 추적해 들어가면 흥미로운 사실을 발견할 수 있다. 천변을 이렇게 이상적 공간으로 만드는 요소는 전근대적인 요소들이기 때문이다.

『천변풍경』에서 천변은 분명 다양한 상점과 유흥 시설이 혼합된 근대적 공간으로 그려진다. 그런데 이 작품의 서사에는 근대적인 것보다는 그 근대적인 것에 의해 사라져 버린 지난 시간의 흔적들이 더 많은 비중을 차지하고 있다. 수다는 바로 그 흔적들을 서사 속에 끌어들이는 데 결정적인 역할을 담당한다. 따라서 천변을 이상적 공간으로 만드는 것은 근대가 아닌 전근대의 속성이다. 이러한 요소들은 경성이라는 도시의 다른 곳들에서는 이미 사라져 버린 것들이고, 또 언젠가는 천변에서조차도 사라져 버릴 것들이다. 그러므로 천변은 완전히 근대로 편입된 공간이기보다는 이제 막 근대로 편입하기 시작한 공간이라고 보는 편이 더 타당할 것이다.

결국 이상향으로서의 천변은, 도시에서 태어나 도시에서 성장한 도시세대로서의 박태원이 도시의 생성과정을 지켜보면서 간직했던 향수를 담아낸 공간으로 형상화되어 있다. 그곳은 이 속물적 사회에서 화폐로 인해 소외되지 않으면서 '행복'을 일구어낼 수 있는 유일한 장소이다. 이것이 가능할 수 있었던 이유는 천변이 바로 박태원의 고향이었기 때문이다. 어린아이에게는 자신이 사는 곳이 세상의 전부이고 가장 완벽한 세계이다. 이 때문에 『천변풍경』은 작가 박태원이 자신의 어린 시절에 바치는 일종의 연서라 할 수 있다. 이야기가 분수처럼 터져 나오는 삶이 너무 매력적이어서 끊임없이 무엇인가를 기록하고자 했던 작은 아이였던 박태원의 추억은 『천변풍경』에서 재봉이가 바라보는 천변의 모습으로 형상화되어 있는 것이다.

이 지점에서 이 작품에 부여되었던 '모랄의 부재'라는 말은 거두어져야 할 것 같다. 오히려 박태원이 『천변풍경』을 통해 꿈꾸었던 것은 이미 사라져 버린 것 같은 모랄을 재건하는 것이었기 때문이다. 그것을 주도하는 사람들은 누구인가? 그것은 바로 천변에서 살아가는 여인들이다. 사실 이것은 대단히 모순적이다. 「적멸」, 「소설가 구보씨의 일일」, 「거리」 등에서 주인공들이 끊임없이 벗어나고자 했던 것은 가족이었고, 어머니의 모정은 그러한 가족으로부터 그들을 벗어날 수 없게 만드는 질긴 끈과 같은 것이었다. 여기서 어머니는 전근대적 삶의 양식─공동체적 삶의 방식과 인내의 표상이었다. 그래서 어머니는 늘 주인공에게 갑갑함을 주는 대상이었고 어머니와의 지나치게 가까운 거리는 심리적 단절감을 주기도 하였다. 그러나 『천변풍경』은 기미꼬라는 여성을 통해 이러한 모성을 긍정하기에 이른다.

기미꼬에 의해 구성되는 금순이, 하나꼬, 기미꼬라는 여성 공동체는 순전히 기미꼬 개인의 특별한 성격에 의해 우연히 기획된다. 카페의 여급인 기미꼬는 속악한 근대에서 타락한 방식으로 돈을 벌어야 하는 인물이다. 그러나 박태원은 이러한 기미꼬에게서 그러한 속악한 근대 속에 함몰되지 않고 따뜻한 휴머니티를 유지하는 인간형을 발견한다. 천변이 그것을 착하게 유지하려는 사람들을 통해 이상적 공간으로 형상화된 것이라면, 기미꼬는 그러한 천변을 그대로 상징하는 인물인 것이다. 이 점에서 본다면 기미꼬는 모성을 지칭하는 또 다른 이름이 된다.

그러나 이러한 이상화는 천변을 1930년대 후반기 식민지 조선의 현실로부터 동떨어진 공간으로 만들어버리고 만다. 천변을 떠나 불행해졌던 사람들은 다시 천변으로 되돌아왔고, 천변에서 완전히 떠나버린 만돌이네의 수만큼 새로운 사람들—금순이 가족이 천변에 뿌리내렸다. 1년이라는 긴 시간이 흘렀음에도 불구하고 천변은 여전히 그 자리에서 변화되지 않은 모습으로 남겨진 것이다. 이것은 천변이 근대적 시간, 즉 끝없이 앞으로 나아가는 시간의 궤도로부터 벗어난 공간임을 반증한다. 이러한 천변은 박태원이 창작기법으로 선택했던 고현학이 가장 이상화된 모습으로 구현된 것이면서, 동시에 그 기법 자체가 가지고 있는 한계를 그대로 드러낸 것이라 할 수 있다.

어느날, 그는 개천가에서 동네 아이들이 난데 없이 '아하하하' 웃고 떠드는 소리에 놀라, 부리나케 문을 열고 내다 보았다. 개천 속을 들여다 보는 아이들 등 뒤에가 포목전주인이 맨머리바람에 임바네쓰를 두르고, 가치 아래를 굽어 보는 것이 눈에 띠자, 그는 곧 신기하게 눈을 깜박거리며 밖으로 뛰어 나갔다. (…중략…) 재봉이는 중산모가 그의 머리에서 굴러 덜어지는 현장을

목격하지 못한 것이 아무래도 유감이었다.[31]

천변의 일 년은 다시 시작되었다. 재봉이가 그토록 기다렸음에도 불구하고 포목점 주인의 중산모자가 떨어지는 것을 목격하지 못한 이유는 『천변풍경』의 서사를 완성하기 위함이다. 이상적 공간으로서의 천변은 재봉이의 기다림과 함께 다시 일 년을, 그러나 실제로는 언제나 반복되는 시간을 시작할 것이기 때문이다.

이러한 천변의 속성은 고현학이라는 방법론이 가진 특수성과 밀접하게 연결된다. 앞에서 고현학이란 현재를 세밀하게 묘사하는 방법론이지만, 언제나 그러한 묘사가 끝난 후에는 그것이 과거의 기록으로 변해버린다는 사실을 지적한 바 있다. 따라서 본질적인 의미에서의 고현학은 언제나 이상(理想) 속에서만 가능하다. 천변이 이상화된 공간일 수밖에 없는 이유는 바로 여기에 있다. 그래서 박태원은 고현학적 관찰을 통해 천변의 하루하루를 정지된 영상처럼 그려낼 수 있었던 것이다.

그러나 근대라는 현재의 시간 속에서 전근대적 기억을 조화시킨 천변의 이 평화는 여전히 위태롭다. 천변의 일 년은 빠르게 질주하는 근대의 시간을 한순간 정지시킬 수는 있었지만, 그를 둘러싼 경성의 현실은 결코 멈출 수 없는 시간의 궤도 위에 서 있었기 때문이다. 근대와 전근대의 행복한 조화는 오직 천변이라는 이상화된 공간 속에서만 가능했을 뿐, 허구적 세계 밖에서 실천될 수 있는 것은 아니었던 것이다.

더구나 그 공간을 형상화하는 수다란, 전근대와 근대가 혼용된 빨래터나 이발소와 같은 천변의 특수한 공간에서만 가능한 것으로 "근대사회의 폐쇄적인 소통구조"[32]를 뛰어넘지 못한다. 소비에 의해서만 주어

---

31 『천변풍경』, 489~490쪽.
32 손유경, 「'소문'으로 다시 쓰는 박태원의 『천변풍경』」, 『박태원 문학 연구의 재인식』, 예옥,

지는 자리라는 것은 근원적으로 소외의 공간일 수밖에 없기 때문이다.
이는 『천변풍경』에서 수다의 본질이 소통이 아닌 고현학의 한 방법이
었다는 점에서 이미 예견된 방법론적 한계이기도 했다. 따라서 『천변
풍경』 이후 박태원의 서사는 필연적으로 그 관찰의 영역을 천변 밖으
로 확대하게 된다. 다음 장에서는 이 '확장된 산책'의 의미를 보다 구체
적으로 살펴보고자 한다.

2010, 262쪽.

제4장 확장된 산책

1. 유쾌한 관찰자, '악동'의 등장 : 「특진생」, 「소년탐정단」

'천변'이라는 공간을 주인공으로 했던 『천변풍경』에서 가장 생동감 있게 그려진 인물은 다름 아닌 이발소 소년 재봉이었다. 여기서 재봉이는 귀동냥으로, 눈동냥으로 천변을 둘러싼 온갖 가십과 그것을 둘러싼 정보를 포착한다. 재봉이는 천변을 둘러싼 사람들에게 깊은 관심을 가지고, 그들의 약점을 파악하고 지켜보며 장난을 칠 궁리에 가득하다. 누군가에게 해를 끼치지는 않지만, 다른 사람의 사소한 잘못을 골릴 기회를 노리고 있다는 점에서 재봉은 '악동'형 인물 혹은 '말썽꾸러기'형 인물이라고 평가할 수 있다.

이러한 재봉이라는 인물의 성격은 박태원 소설에 주로 등장하는 지식인 주인공들과는 반대 지점에 놓여 있다. '구보'로 대표되는 지식인 주인공들이 끊임없이 생각을 반복하고 행동에 머뭇거리는 동안, '재봉'으로 대표되는 악동들은 생각하자마자 바로 행동한다. 아니 보다 엄밀히 말하면 생각과 행동이 동시적으로 일어난다. 이것은 단지 어른과 아이, 모범생과 악동이라는 차이로 말할 수 없는 대비이다. 우리 문학사 안에서 박태원 소설이 지식인 소설의 범주 안에 놓이는 동안, 그의 소설에 등장하는 이러한 악동형 인물들에 대해서는 간과된 측면이 강하다. 『천변풍경』의 재봉이, 「최후의 억만장자」에서의 청년 '구보'가 모두 악동형 인물이었다는 점을 기억한다면, 「특진생」[1]과 「소년탐정단」 역시 이러한 계보 안에서 분석되어야만 할 텍스트라고 생각된다.

봉구는 중학(中學)다리를 건느며, 더욱 신이나게 휘파람을 붑니다. 제가 그러케 소리첫슬 때 호인이 덤벙대든 꼴이 눈에 서언합니다.

"이거 뭐야? 이런걸 사람 먹으라구 팔어?"

그리고 한바탕 야단을 치고, 요○하게 두 개 값만 치르고……, 그야 물론, 몇 번을 생각 하여보든, 오흔일은 아니엿습니다만은 그래도 제가 속인 것이 호인은, 어째 좀 속여도 괜찬흔 것 같애서 그래 그러케 자꾸 휘파람이 불어집니다.[2]

봉구의 아버지는 전에도 봉구의 일로해서 여러번이나 학교로 불려가신 일이 잇섯습니다. 대개는 봉구의성적(成績)이 하도 불량(不良)하다고 학기말(學期末)에나 학년말(學年末)에는 의례히 한번씩은 불려가셧으니까 이번에도 혹 그것 때문이나 아닐까 생각하셧습니다마는 언젠가는 동무아이들끼리 장난들을 심히 하다가 싸움한 것도 아니건만 어떠케 잘못하야 봉구가 같은반 이아 머리를 깨트려 주엇다고 그래 불려가신 일도 잇스므로 봉구의 아버지는 역시 여러 가지로 염려가 되셧습니다.[3]

---

1   「특진생」은 1935년 2월부터 4월까지 『소년중앙』 1권 2~4호에 연재된 작품이다.
2   「특진생」, 『소년중앙』 1권 2호, 1935.2, 18쪽.
3   「특진생」, 『소년중앙』 1권 4호, 1935.4, 46쪽.

시계 도둑으로 몰리게 된 주인공 봉구가 자신의 누명을 벗고자 노력하는 과정을 담아낸 「특진생」은 소년을 주인공으로 한 탐정소설이다. 주인공 봉구는 호떡 값이 부족하자 호인을 속여 궁지에서 벗어나는 모습으로 등장한다. 또한 평소에도 성적이 나쁘거나 말썽을 부리거나 해서 자주 아버지가 학교에 불려갔던 일이 있는 것으로 보아 모범생과는 거리가 먼 성향을 지닌 학생임을 알 수 있다. 모자를 찾으러 학교로 돌아왔던 봉구가 정황만으로 쉽사리 시계 도둑으로 몰리게 되는 것도 바로 악동으로 평가받는 아이였기 때문이다. 「특진생」은 이렇게 개구쟁이이지만 영특한 봉구가 우연히 시계도둑으로 몰리게 되는 과정을 담아내며, 독자에게 앞으로 아이가 어떻게 자신의 누명을 벗을 수 있는지에 대해 기대하게 한다.

이러한 봉구의 모습은 기존의 박태원 소설 속 주인공들과는 상당한 차이를 보인다. 봉구는 예비 지식인이라 할 수 있는 중학생 신분이지만, 아직은 지식인이라는 범주 안에는 넣을 수 없는 소년이다. 그러나 바로 그 때문에 주인공 봉구는 구보와 같은 지식인 주인공이 할 수 없는 다른 유형의 사건들을 만들어낸다. 따라서 주인공 봉구가 담아내는 경성의 풍경은, 구보의 카메라가 담아낼 수 없는 일상의 또 다른 모습들이다. 특히 봉구는 앉아서 생각하는 인물유형이 아니라 생각과 행동을 동시에 진행하는 능동적인 인물이라는 점에서 주목할 필요가 있다. 봉구가 도둑으로 오해를 사게 되는 것 역시, 행동하는 인물이기 때문이다.

그런데 이렇게 봉구를 통해 담겨지는 경성의 풍경은 사뭇 달라져 있다. 이 점은 「소설가 구보씨의 일일」과 비교하면 보다 명확해진다. 구보와 봉구, 서로 다른 두 주인공을 유사한 식민지 공간 앞에 세웠을 때, 이러한 차이는 더욱 두드러진다.

電車가 왔다. 사람들은 나리고 또 탔다. 仇甫는 잠깐 머엉하니 그곳에 서있었다. 그러나 自己와 더부러 그곳에 있던 왼갓 사람들이 모다 저車에 오른다 보았을 때, 그는 저 혼자 그 곳에 남아있는 것에, 외로움과 애닮흠을 맛본다. 仇甫는, 움즉인 電車에 뛰어 올랐다.

電車안에서 仇甫는, 우선, 제 자리를 찾지 못한다. 하나 남았던 座席은 그보다 바로 한 걸음 먼저 車에 오른 젊은 女人에게 占領당했다. 仇甫는, 車掌臺가까운 한구석에가 서서, 자기는 대체, 이 東大門行 車를 어디까지 타고가야 할 것인가를, 대체 어느 곳에 幸福은 자기를 기다리고 있을 것인가를 생각해본다. [4]

그러나 총독부(總督府)앞 전차길까지 나왔슬 때, 봉구는 문득 휘파람 불기를 끝이고, 그곳에가 우두머니섯습니다. 호인 속인 것이 하-도 신기하야, 휘파람만 부느라고 잊고 잇섯든 일이 — 반에서 제 모자를 동무한테 빼앗긴 일이 — 새삼스러이 그의 머리에 떠올른 까닭입니다. [5]

공간이 소설 서술의 가장 중요한 위치에 서 있었던 「소설가 구보씨의 일일」과 달리, 「특진생」에서 공간은 단지 배경으로서만 존재한다. 따라서 봉구는 공간을 사유하지 않는다. 봉구는 우연히 특정 공간 위에 서 있는 것이고, 봉구의 사유나 행위는 공간과 상관없이 진행된다. 그렇다면 관찰은 포기된 것일까? 그럼에도 불구하고 「특진생」에서도 여전히 고현학적 관찰은 소설 서사에서 가장 중요한 부분을 차지하고 있다. 아니, 엄밀히 말하자면 그렇게 되리라는 것이 암시되고 있다. 단지 그 관찰대상이 공간이 아닌 사람으로 무게 중심을 옮겼을 뿐이다.

4　「소설가 구보씨의 일일」, 242쪽.
5　「특진생」, 『소년중앙』 1권 2호, 18쪽.

봉구는 의아스러히 김서방 얼굴을 치여다보고, 공연히 가슴이 두근거리며,
그가 가자는 대로 딸어서 사무실쪽으로 갓습니다.

<u>그것을 대문에서 보고잇는 생도가 잇섯습니다. 지금쯤은 제집에 가 잇서야
올흘 기환이-봉구의 모자를 빼아섯든 기환입니다.</u>[6]

선생님은, 일변 그의 신체검사를 하시며, 일변 김서방을 봉구집으로 보내
여 봉구의 아버지더러 곳좀 학교로 오시라고하시며, 하엿습니다.

김서방이 봉구의 집에 일으러, 그말을 전하엿슬 때, 마당에서 팽이를 돌리
고 잇는, <u>봉구의 아우, 봉학이가 얼골을 실죽 실죽 하드니,</u> 아버지가 근심스
러히, 두루마기를 입으시고, 김서방을 딸아 집이서 나가실 때, <u>그만 '으아-'
소리를 내고 울음이 터젓습니다.</u>[7]

이튼날 봉구는 봉학이를 다리고 학교를 가는 도중에 문득 어제 제가 매마
질때 봉학이가 그토록이나 섭게 울고 또 밤에 잠자다 오줌이마려 깨엿슬 때
곤하게 자고 잇든 <u>봉학이가</u> 무슨꿈을 꾸고 잇는지 얼골을 잔뜩 찡그리고,
<u>"내 말 안 할께 내 말 안 할게"
하고 겹집어 먹은 소리를 하든 것을 생각해내고.</u>[8]

「특진생」은 매회 끝날 때마다 봉구 주변 인물들의 이상행동을 자세
하게 서술하고 있다. 이는 독자에게 현재 일어나고 있는 사건에 대해
의문을 품도록 하여 다음 회에 대한 궁금증을 야기하는 것임과 동시에,
봉구가 아닌 주변 인물 중에 진짜 범인이 숨어 있을 것이라는 암시를

---

6 「특진생」, 『소년중앙』 1권 2호, 24쪽, 밑줄은 인용자.
7 「특진생」, 『소년중앙』 1권 3호, 29쪽, 밑줄은 인용자.
8 「특진생」, 『소년중앙』 1권 4호, 54쪽, 밑줄은 인용자.

주고 있다. 탐정소설의 핵심이 '진범 찾기'에 있다는 점을 생각한다면 인물에 대한 이러한 관찰은 조금도 이상할 것이 없다. 그러나 또 다른 측면에서 탐정소설이라는 장르가 어떻게 진범을 찾아나가는가에 대해서도 관심을 가질 필요가 있다.

탐정소설이라는 장르에서 중요한 요소는 범인이라는 인물만이 아니다. 그 인물이 남긴 흔적들 역시 중요하다. 탐정소설을 진정 매력적인 장르로 만드는 것은 이 흔적들을 통해 증거를 포착해서 사건을 재구성하는 과정이다. 따라서 '탐정소설'을 표방한 「특진생」이 공간이 아닌 사람에게 그 초점을 두고 있다는 것은 그 장르적 성격에서 비껴나가는 지점이 있다. 탐정소설의 핵심은 그 무엇보다도 근대적 공간에 남겨진 (범죄의) 흔적들을 찾아나가며, 그 공간을 미학적으로 접근하는 것이기 때문이다. 따라서 「특진생」에서 박태원의 의도가 공간에 대한 세밀한 탐구 대신 인물에 대한 묘사로 그 자리를 차지하게 하는 것이었다고 보는 것은 섣부른 판단에 불과하다. 무엇보다 「특진생」이라는 작품이 본격적인 추리가 시작되기 전까지만 전개된 채, 미완으로 끝났기 때문이다. 오히려 작가 자신이 이 작품은 탐정소설로 규정한 이상, 진범을 찾기 위한 본격적인 추리는 봉구가 학교에 들어섰던 그 시점을 전후로 학교라는 공간을 재구성하는 데서 시작될 것임이 분명하다.

이렇게 사건이 시작되는 단계에서 미완으로 끝났으므로, 「특진생」은 탐정소설이라는 장르 안에서 평가되기 어려운 점이 많다. 본격적으로 장르적 성취를 드러내는 단계까지 진행되지 못했기 때문이다. 그럼에도 불구하고 여전히 「특진생」은 다른 의미에서 그 의의를 갖는다. 그것은 바로 박태원 소설의 주인공이 청소년층이라는 새로운 영역으로까지 확대되었다는 데 있다. 특히 기존 질서의 틀에 즐겁게 반항하는 봉구의 등장은 '악동형 인물'이 구보형 인물과는 또 다른 축을 이루

며 서사의 중심으로 부각되었음을 보여주는 중요한 전환점이라는 것
에 주목할 필요가 있다.

그렇다면 이러한 악동형 인물의 등장이 가지는 의미는 무엇일까?
그 무엇보다도 유쾌한 관찰자의 등장이라는 점이다. 박태원 소설에서
가장 중요하게 다루어지는 행위는 다름 아닌 '관찰'이다. 특히 구보와
같은 지식인 주인공 소설에서 이러한 특징은 두드러진다. 박태원 소설
의 지식인 주인공들은 항상 무엇인가를 적고자 하는 관찰자임을 자처
했다. 그러나 실제로 그들의 관찰은 언제나 타인의 시선 앞에서 머뭇
거렸고, 그들의 노트는 외면에 대한 관찰 이상의 진실을 포착해내지
못했다. 그것은 그들이 능동적인 관찰자로서 제 역할을 수행해내지 못
했기 때문이다. 그 때문에 관찰 자체가 중요한 사건으로 다루어지고
있음에도 불구하고 그 관찰은 주인공의 사유를 이끌기 위한 수단 이상
은 되지 못했다.

그러나 악동형 인물들의 관찰은 다르다. 그들은 관찰자임을 자처하
지도 않고, 따라서 그들에게는 관찰을 기록하고자 하는 노트라는 강박
도 없다. 그럼에도 불구하고 그들은 항상 관찰자 '구보'보다 더 능동적
인 관찰을 수행하고, 그 관찰의 결과는 늘 어떤 행동을 촉발한다. 악동
형 인물들의 관찰이 이렇게 능동적일 수 있는 이유는 그들 앞에 놓인
현실이 특별하기 때문이다. 관찰을 보다 능동적으로 만들어 줄 수 있
는 환경, 그것은 바로 '미스터리'라는 숨겨진 의문들이다. 일상에서 의
문을 발견하는데 더 적극적인 악동형 주인공들은 바로 그 의문을 풀어
내기 위해 저 자신도 모르게 행동하는 관찰자로 변모되고 있는 것이
다. 박태원은 탐정소설이라는 장르를 통해 이러한 악동형 소년들의 건
강한 관찰을 형상화한다. 사건을 둘러싼 진실을 탐구하는 데 망설이지
않는 소년의 진취적인 모습은 그의 또 다른 작품인 「소년탐정단」에 이

르면 더 적극적으로 그려진다.

「특진생」이 탐정소설로서 본격적인 전개를 진행하지 못한 채 미완되었다면, 「소년탐정단」[9] 역시 미완이긴 했지만 그보다는 탐정소설로서의 면모를 더 많이 드러냈다는 점에서 주목할 필요가 있을 것 같다. 조판서 집에 도둑이 들고, 그 도둑에게 걸린 현상금을 타기 위해 범인을 잡겠다고 결심한 준룡과 그 친구들의 모습은 탐정소설의 전형성을 보여주는 것이기 때문이다. 마을 최고의 부자인 조판서 집의 위기라는 균열을 준룡을 필두로 한 '소년탐정단'[10]이 해결해주는 것이 그 중요 테마이다. 이것은 범죄라는 위기로부터 범인을 찾아내고, 그 결과 부르주아 사회의 안전을 회복시키는 탐정소설의 핵심 조건을 충족시킨다.[11] 누명이라는 개인적인 위기를 극복해야만 한다는 「특진생」보다 장르적 성격을 더 분명히 한 것이다.

아까, 철룡이가 도적놈 잡던 이야기를 할 때, 자기 옆에서 그렇게 열심으로 듣고 있던, 그 거지 같은 노동자를 위선 준룡이는 수상쩍게 생각하였던 것이지만, 그 수상한 사내가 또 이 쓰레기통 앞에 와서 그 속을 들여다 볼 때, 이상과 같은 엄청난 상상이 번개 같이 준룡이 머리에 떠오른 것이다.

(어쩌면 이 사내가, 그 잡힌 도적놈의 동무로, 쓰레기통 속에 감춰 놓은 물건을 제가 찾아가려고 온 것인지도 모를 일이 아니냐?……)[12]

9　「소년탐정단」은 1938년 6월부터 11월까지 『소년』(최남선이 주도한 『소년』과는 다른 잡지임)에 총 4회에 걸쳐 연재되었으나, 미완으로 끝났다.

10　'소년탐정단'이라는 명칭에서 박태원의 탐정소설이 일본 추리소설의 거장 에도가와 란포의 『소년탐정단』 시리즈와 코난 도일이 창조한 위대한 탐정 셜록 홈즈가 조직한 '베이커 거리의 소년 유격단'의 영향을 받았음을 짐작할 수 있다.

11　에르네스트 만델, 이동연 역, 『즐거운 살인』, 이후, 2001, 26쪽 참고.

12　「소년탐정단」, 『소년』, 1938.10, 71쪽.

준룡은 단지 움직이는 것이 아니라 세밀한 관찰을 통해 정보를 수집하고, 그 정보를 분석하고 종합하는 실질적인 탐정의 역할을 담당하고 있다. 따라서 준룡을 중심으로 한 이 소년탐정단의 활약은 실제 범죄의 진실로 아이들을 이끌며 위기감을 고조시킨다. 더구나 상황을 분석해서 진실을 포착할 수 있는 영특함을 지녔지만, 여전히 아이라는 신체적 열세는 독자에게 더 큰 긴장감을 제공한다. 그러나 모든 탐정소설이 그렇듯이, 탐정의 위기는 언제나 해소되어야 하고 탐정소설의 결말은 탐정의 추리가 범죄의 진실을 밝혀내어 범인을 막다른 골목까지 몰아넣는 통쾌한 추리극이 될 것이라는 복선 역시 작품 곳곳에서 읽어낼 수 있다. 무엇보다 작가는 아이들만으로 구성된 소년탐정단의 안전을 위해 든든한 조력자를 제공한다.

> 의원아저씨는 바루 어머니 동생이다. 그러니까 준룡이의 외삼촌……, 대학병원에서 의사노릇을 하고 있으니까 '의원아저씨'라고 부르는데, 나이는 이제 갓설흔 밖에 안 되었지만, 아주 용한 의원이라고 이름이 난 사람이다. 용하기로 말하면 병만 잘 고쳐내는 것이 아니라, 학생적에도 운동선수로 유명하였지만, 지금도 힘이 장사다.[13]

머리도 좋고 힘까지 센 준룡이 외삼촌인 의원아저씨의 등장은 절도에 살인까지 저지른 위험한 악당을 상대해야 하는 아이들을 보는 독자의 심리적 불안감을 해소시키는 역할을 하게 된다. 이러한 복선은 소년탐정단의 범인 추적 과정에서도 나타난다.

---

13 「소년탐정단」, 『소년』, 1938. 10, 74쪽.

운동화를 신으려다 문득 고개를 들어보니 어느 틈엔가 의원아저씨가 섬돌 아래 서서 싱슬싱글 웃는다. 제풀에 얼굴이 벌개졌으나 의원아저씨가 채 무어라기 전에 얼른 밖으로 뛰어 나와 버렸다. (…중략…)

아이들에게 고만한 모험심은 있어도 좋을 것이 아니냐?……

(그러나, 물론 그리로 저희들만 보낸다면 위험하기 짝없는 일……)

그래 의원아저씨는 아이들 모르게 자기가 뒤를 따라가서 학편으로 소년들을 보호하며 또 한편으로는 그들을 도와 도적을 잡기로 결심하였다.[14]

작가는 아이가 본격적으로 위험에 뛰어들기에 앞서 그 행동을 의원아저씨에게 들키게 함으로써, 아저씨가 아이들을 구하러 올 수 있도록 여지를 남긴다. 그것은 아이들의 모험을 응원하면서도 자칫 아이들이 지나친 위험에 빠질까 염려하는 독자에 대한 배려이며, 동시에 좀 더 안전하게 범인의 체포라는 결말을 이끌 수 있는 전제이기도 하다.

그러나 이 작품에서 특별히 주목할 부분은 바로 결말의 반전이다. 의원 아저씨와 더불어 아이들의 조력자로 제시되었던 "대모테 안경에 단장을 짚은 신사"가 거짓 조력자로 밝혀지는 것은 흥미롭다. '단장'은 그대로 박태원의 분신인 구보를 연상하게 하는 대표적인 표상이기 때문이다. "작가를 상징하는 분신이 '도둑'으로 상징되는 악한과 결합하거나, 혹은 조력자로 기능할 수 있다는 내면갈등"[15]은 일상화된 범죄에 대한 불안 심리를 극대화시키는 한편, 여전히 그가 고현학이라는 방법론적 실험을 멈추지 않고 있음을 알 수 있게 하는 지점들이기도 하다. 구보는 그대로 가장 뚜렷한 고현학적 표상이기 때문이다.

두 작품에서 아이들의 시선에 담겨지는 식민지 경성의 풍경은 여전

---

14 「소년탐정단」, 『소년』, 1938.11, 64쪽.
15 오현숙, 「일제 말기 박태원 소설의 장르 전이 양상 연구」, 『한국문화』 55, 2011, 295쪽.

히 매력적이다. 「특진생」에서 봉구는 기존 박태원 소설의 주인공들이 갈 수 없었던 곳으로 소설의 무대를 확장시킨다. 그리고 그것은 식민지 경성의 일상적 풍경을 더 가깝게 소설 속으로 끌어당긴다. 「소년탐정단」에서도 마찬가지이다. 골목골목에서 벌어지는 삶의 풍경이나 아이들이 모여 노는 마을 앞 공터 등은 더욱 생동감 있게 나타나고, 전차를 통해 광화문통에서 효자정으로 사직골로 이어지는 추적은 공간을 재편하는 근대의 속도감을 느껴지게 한다.

그러나 그러한 공간적 정보들은 바로 아이의 눈을 통해 들어오기 때문에 세밀하게 분석되지 못한 채, 관찰의 대상에서 멀어진다. 화교들이 하는 호떡집, 아이들의 공간이 학교 등 일상은 훨씬 친밀한 공간으로 당겨지는 반면, 식민지라는 외면적, 정치적, 사회적 현실은 오히려 희석된다. 더구나 「특진생」과 「소년탐정단」 두 작품은 미완으로 끝나기도 했지만, 공간을 장악하지 못한 어린 탐정들로 인해 탐정소설이라는 장르소설의 묘미를 충분히 살리지 못 했다는 아쉬움을 남긴다. 따라서 박태원의 장르인식과 식민지 경성이라는 근대적 공간과 범죄에 대한 보다 심도 있는 탐색은 『우맹』을 통해 보다 구체적으로 확인할 수 있다.

2. 범죄를 통해 읽은 '근대' : 『우맹』

1) 탐정소설과 구보형 인물

박태원의 『우맹(愚氓)』[16]은 박태원 소설 세계에서 독특한 위치를 점하고 있는 작품이다. 그가 창작한 본격적인 장르소설이면서, 고현학(考現學)으로 대표되는 그의 서술기법이 통속적인 코드와 함께 능동적으로 발현된 작품이기도 하다. 1930년대 사회를 경악시켰던 백백교(百百教)[17] 교단의 잔인한 살인사건을 모티프로 한 이 작품은 탐정소설(혹은 범죄소설)이라는 장르소설의 외피를 두르고 있지만, 작품의 직접적인 서사는 백백교 교주의 아들인 학수가 겪는 죄의식과 내면적 고뇌에 보다 집중되어 있다. 따라서『우맹』의 본질적인 주제는 식민지 근대가 갖는 사회적 모순에 집중한 것으로, 서사의 진행과 함께 오히려 그 통속적 외피를 외경화한다.

그럼에도 불구하고 이러한『우맹』은 그동안 박태원 연구사에서 크게 주목을 받지 못했다. 통속소설의 측면에서 진행된 박태원 연구는 주로 연애담을 다룬「애경」,『명랑한 전망』,『여인성장』등의 작품을

16　『우맹』은 1938년 4월 7일부터 1939년 2월 14일까지『조선일보』에 연재된 작품이다. 이후『금은탑』(한성도서주식회사, 1949)으로 개작되어 1949년 단행본으로 출판되었다. 인용문은 해당 신문의 일자만 표기.

17　백백교의 기원은 20세기 초 등장했던 백도교(白道教)로 거슬러 올라간다. 백도교는 백백교의 교주인 전용해의 부친인 전정운에 의해 1912년 개창되었다. 백도교는 강원도를 중심으로 포교에 힘써 1915~1916년에는 교도가 1만 명을 헤아렸다. 1919년 교주 전정운의 죽음 이후 교단이 분열되는데 세 아들이 각각 교단을 하나씩 개창하게 된다. 각각 맏아들 전용수는 인천교(人天教, 1923.5), 둘째아들 전용해는 백백교(百百教, 1923.7), 셋째아들 전용석은 도화교(桃花教)를 창립했다. 이 중에서 전용해의 백백교가 가장 교세를 확장시켰다. 경기도 가평에서 출범한 백백교는 백도교의 성지 함남을 거쳐 강원도, 황해도, 평안도, 충청도까지 교세를 떨쳤으나 1930년 7월 발생한 '금화 사건'으로 인해 한풀 꺾이게 된다. 금화 사건은 1920년 무렵 백도교 교주 전정운이 금화군 오성산에 그의 애첩 4명을 산 채로 파묻은 사실이 폭로된 사건을 말한다. 이 사건으로 인해 백백교는 표면상으로는 소탕된 것으로 보였으나 지하로 잠복해 밀교로 이어지게 되었다. 그러나 1937년 2월 16일 전용해를 암살하는데 실패한 유곤용이 동문서 왕십리주재소에 신변 보호를 요청하면서 만천하에 알려지게 되었다. 교주인 전용해는 도주 도중 시체로 발견되었고, 이후 3년에 걸친 수사와 예심 끝에 전용해와 공모하여 신도 314명을 살해한 간부 18명은 사형을 구형받았다. 이 중 가담 정도가 경미한 피고인 4명은 징역 7~15년으로 감형 받았고, 나머지 14명에게는 사형이 선고되었다. 이 사건을 계기로 교단은 급속히 소멸되었다. 전봉관,「살인마 백백교 사건」,『경성기담』, 살림, 2006 참조.

중심으로 진행되었고, 서술기법에 대한 연구는 「소설가 구보씨의 일일」과 『천변풍경』에 집중되었기 때문이다. 이 과정에서 양자의 속성을 모두 가진 『우맹』은 사실상 소외되어 있었다. 그러나 『우맹』은 장르소설의 외장을 두르고, 박태원 창작기법인 고현학을 통속적 코드와 결합시켜 극단까지 밀어붙인 결과물이라는 점에서 박태원 연구사에서 간과될 수 없는 중요한 의미망을 확보한다. 백백교 사건이라는 희대의 종교 사기극의 전모를 파고드는 서술자의 시선과 등장인물들의 추리야말로 그가 고현학을 통해 추구하고자 했던 관찰자, '탐정의 눈'을 통해서만 가능한 것이기 때문이다. 따라서 『우맹』은 장르소설의 통속적 기법을 차용함으로써 1930년대 후반기 사회의 총체적인 모순을 담아낸 서사로서 그 의미를 재조명할 필요가 있다.

범죄는 인류의 역사와 함께 해 온 신화적 원형이며 가장 중요한 문학적 주제라 할 수 있다. 서양 문화의 근간이 되는 그리스·로마 신화에서 제우스는 그 부친을 살해하는 범죄를 통해 신들의 왕이 될 수 있었고, 기독교 신화에서도 최초의 살인자인 카인은 '원죄'를 나타내는 중요한 상징으로 작용하고 있다. 범죄소설은 이러한 오랜 역사적 기반 속에서 발전된 장르이며, 그것을 구체적으로 정의하자면 "하나의 범죄에 대하여 사건의 전말을 전개하는 것"[18]이라 할 수 있다. 이러한 범죄소설이 근대 이후 통속문학에서 중요한 자리를 차지하게 된 까닭에는 "사유 재산에 대한 공격을 범죄시함으로써, 이데올로기적으로 이러한 공격 자체를 사유 재산에 대한 찬성으로 뒤바꿔"[19] 놓으려는 부르주아 계급의 이해가 반영되어 있다.

---

18 울리히 브로이히, 진상범 역, 「추리문학에 대하여」, 『추리소설이란 무엇인가』, 국학자료원, 1997, 11쪽.
19 에르네스트 만델, 이동연 역, 『즐거운 살인』, 이후, 2001, 26쪽.

이러한 범죄소설이 좀 더 상위적 개념이라면, 그 하위개념으로는 추리소설, 미스터리 소설, 탐정소설 등이 있다. 그중에서 추리소설은 가장 외연이 넓은 개념이라 할 수 있는데, "한국에서는 미국의 '미스터리 소설(Mystery story)', 영국의 '탐정소설(Detective story)', 프랑스의 '경찰소설(Roman policier)'를 모두 추리소설로 번역"[20]하기 때문이다. 추리소설의 가장 큰 특징은 '추리'라는 과학적 검증 과정에 있다. 추리는 사건을 둘러싼 서스펜스를 풀어나가는 방식을 의미하는데 그것은 모든 우연을 필연으로 바꾸는 과정이라는 점에서 과학적이고 근대적이라 할 수 있다.[21] 이러한 추리소설은 의도된 서스펜스를 추구한다는 점에서 고전적인 의미의 범죄소설과는 구분될 수 있지만, 넓은 의미에서는 범죄소설의 한 영역으로 자리 잡는다. 이처럼 범죄를 둘러싼 논리적 추론 과정을 중시하는 경우에는 추리소설이라는 용어를, 초자연적이고 불가해한 사건을 다루는 작품의 경우에는 미스터리란 용어를, 탐정(때때로 경찰)과 같이 특정한 인물이 주인공이 되어 작품전체의 서사를 이끌면서 범죄를 둘러싼 미스터리를 풀어나가는 경우에는 탐정소설이라는 용어가 사용된다.[22]

그러나 박태원의 『우맹』을 이러한 현대적인 장르소설 유형 분류에 따라 구분하는 데는 어려움이 따른다. 이 작품은 '백백교'를 둘러싼 희대의 범죄사건의 개요를 추적하고 있다는 점에서 범죄소설의 외연을 가지고 있다. 숨겨진 미스터리를 추적하고 그것을 논리적으로 설명하고자 한다는 점에서 본다면, 추리소설적인 요소도 다분하다고 할 수 있다. 문제는 박태원이 이 작품을 창작한 1939년에는 아직 추리소설이

<hr>

20 김학균, 「염상섭 소설의 추리소설적 성격 연구」, 서울대 박사논문, 2008, 11쪽.
21 토마 나르스작, 김중현 역, 『추리소설의 논리』, 예림기획, 2003, 21~23쪽 참조.
22 조성면, 『대중문학과 정전에 대한 반역』, 소명출판, 13~14쪽 참조.

라는 용어가 보편적으로 사용되지 않았던 시대였다는 데서 발생된다. "미스터리의 번역어로 또한 모든 탐정소설의 상위개념으로 사용되는 추리소설이라는 말은 1945년 일본에서 처음으로 사용된 것인데, 이는 1945년 종전 이후 일본 정부가 당용한자(當用漢字)에서 '정(頂)'자를 누락시켰기 때문이다."[23] 따라서 1930년대 당시에는 '탐정소설'이라는 용어가 근대적 범죄소설을 지칭하는 것으로 보다 폭넓게 사용되었음을 감안할 필요가 있다. 본고가 탐정소설이라는 용어를 사용한 이유는 바로 이 때문이다.

탐정은 "불가해한 범죄나 미궁에 빠진 사건을 논리적으로 해결하는 이성적 영웅"[24]이다. 이러한 탐정의 등장은 범죄소설을 보다 과학적인 논증을 요하는 텍스트로 탈바꿈시킨다. 고전적인 범죄소설이 사건의 인과를 그대로 풀어나가는 형식을 지니고 있다면, 탐정형 인물의 추리를 통해 분석되는 탐정소설(혹은 근대적 범죄소설)은 사건의 인과를 인위적으로 비틀어 의도된 서스펜스를 야기하기 때문이다.

이러한 탐정소설은 근대 이후 밀려든 서구 사조의 세례를 직접적으로 받은 것이지만, '송사소설'과의 관계도 일정하게 고려될 필요가 있다. "송사소설은 송사 모티프가 작품 전체의 플롯을 주도하는 소설을 말한다. 송사 모티프는 '송사사건의 발생, 처리과정, 판결과 그 결과' 등의 요소를 필수적으로 지니고 있다."[25] 이러한 송사소설은 사건 해결을 위해 일련의 '사건 해결 과정'을 거친다는 점에서 탐정소설과 일정한 유사성을 보인다고 볼 수 있다. 근대적 탐정소설의 정착에는 송

---

23 조성면, 「김내성과 장르문학」, 『전환기, 근대문학의 모험』, 2009 탄생 100주년 문학인 기념 문학제 자료집, 2009, 95쪽.
24 조성면, 「한국 근대 탐정소설 연구」, 인하대 박사논문, 1999, 78쪽 참조.
25 이헌홍, 「송사소설의 갈래적 근거」, 『국어국문학』 33, 문창어문학회, 1996, 17~18쪽.

사소설의 대중적 인기가 중요한 토대가 되었음이 분명하다.

그러나 1930년대 탐정소설들은 송사소설의 연장선 속에서 부흥했다기보다는 '탐정' 혹은 '탐정형 인물'을 중심으로 어떠한 범죄나 미스터리를 과학적인 추리에 의해 실증적으로 풀어나가는 근대적인 대중소설의 한 양식으로 조선 문단에 받아들여졌다. 기본적으로 공권력의 테두리 안에서 사건을 해결하는 송사소설과 달리, 탐정소설의 묘미는 그 공권력 밖에서 이루어지는 탐정의 추리 행위로부터 야기되기 때문이다.

> 탐정소설은 탐정을 주제로 하여 쓴 소설이다. 즉 어떠한 사건이 발생되었을 때에 이 사건을 과학적 추리와 논리적·기계적으로 해부하여 결말을 얻는 것을 주제로 하여 쓴 소설이다. 그리고 논리적이고 과학적인 동시에 심리적이어야 한다. (…중략…) 탐정소설의 클라이막스는 앞에 있는 것이 보통인 동시에 사건을 과학적·논리적으로 추리하여 해부·종합하는 것이 주제로 되어 있는 것이다.[26]

> 탐정소설! 영어의 소위 '디텍티브 노벨'이란 어떠한 비밀 또는 의문—이 비밀 또는 의문은 인간사회에 생기는 범죄로 말미암아 일어나는 것이 주체(主體)이지만, 기타 인간사회의 자연적 현상이나 자연계에 생기는 것까지도 탐정소설의 대상이 될 수 있다—을 풀기 위하여 쓰는 인간의 노력의 자취를 소설의 형식을 빌려서 기술하여 독자의 흥미를 끄는 것이 탐정소설인 것이다.[27]

---

26 김영석의 「포오와 탐정문학」은 1931년 12월 『연희』에 발표되었다. 본고의 인용은 조성면 편, 『한국 근대대중소설 비평론』(태학사, 1997, 120쪽)의 수록본을 참조했다.

27 송인정의 「탐정소설 소고」는 1933년 4월 『신동아』에 발표되었다. 본고의 인용은 조성면 편, 『한국 근대대중소설 비평론』(태학사, 1997, 127쪽)의 수록본을 참조했다.

근대적 장르로서 탐정소설이 보이는 특징은 추리인데, 이것이 가능하기 위해서는 다양한 서술적 트릭이 필요하다. 추리가 성립하기 위해서는 완벽한 미스터리가 구축되어야 하기 때문이다. 그렇다면 당대 최고의 모더니스트이면서 기교적 실험에 가장 능동적이었던 박태원이 탐정소설의 양식에 관심을 가졌던 것은 어쩌면 필연적인 것이 아니었던가 싶다. 더구나 대상에 대한 관찰을 통해 그 진실을 밝혀내고자 하는 박태원의 고현학적 관찰자란 그대로 '탐정'의 또 다른 모습이 아닌가?

박태원은 서술기법의 실험을 통해 리얼리즘과는 다른 차원으로 현실의 진정성을 소설에 반영할 수 있을 것이라고 생각했다. 그에게 있어서 문장, 즉 표현은 단순히 내용을 전달하는 그릇에 불과한 것이 아니었기 때문이다. 오히려 그것은 내용과 함께 소설을 이루는 중요한 속성으로 받아들여졌다. 그의 작품에 드러나는 일상성과 세계에 대한 세밀한 묘사는 이러한 생각에서 기인된 것이다. 이런 차원에서 탐정소설로서 『우맹』이 가진 문학적 위상은 다시금 고민되어야 할 필요가 있다.

> 탐정소설을 쓸려면 심리학, 법의학(法醫學), 범죄학 등은 물론 철학, 과학, 사학, 천문학, 정치, 예술에 이르기까지 모든 방면에 어느 정도의 수련이 있어야 하는 것이다.[28]

탐정소설의 추리는 단지 인과관계를 뒤틀어 놓는 데서 생겨나는 것이 아니라 과학적인 탐구와 실험에 대한 다각도의 노력이 기반 되어야만 가능한 것이다. 따라서 그것은 단순히 그곳에 수수께끼가 있다는 것만으로 가능한 것이 아니다.

---

28 안회남, 「탐정소설」, 『조선일보』, 1937.7.13~16. 본고에서는 조성면 편, 『한국 근대대중소설 비평론』(태학사, 1997, 162쪽)의 수록본을 텍스트로 한다.

탐정이라는 명사는 탐정가의 가치를 가리키는 것이 아니고 비범함에 대한 탐구탐이(探求探異)이라는 말로 바꾸어야 이해해야만 하는 것이다.

거듭 지적해 둔다. 탐정소설의 본질은 '엉?'하고 놀라는 마음이고, '헉!'하고 놀라는 마음이며, '으음!'하고 고개를 끄덕이는 마음의 심리적 작용이다. 그렇다면 이들 '엉?', '헉!', '으음!'이라는 심리작용에 따라 생기는 것은 무엇인가? 그것은 현실적 분위기로부터 낭만적 분위기에로의 비약적 순간인 것이다.[29]

탐구탐이(探求探異)를 통해 막연한 의문을 놀람으로, 그 놀람을 다시 논리적으로 풀어 이해시키는 탐정소설의 추리라는 요소는 대상에 대한 관찰과 연구를 중시하는 박태원의 창작태도에 잘 부합된다. 그는 끊임없이 여러 가지 현대 학문을 공부하면서 그 결과물들을 다양한 실험적 장치를 통해 자신의 작품 속에 형상화하고자 노력해 온 작가였다. 이러한 박태원의 실험정신을 본다면 그가 탐정소설에 관심을 갖게 되는 것은 당연한 수순이었음을 알 수 있다. 탐정소설이야말로 그가 추구하는 모든 실험을 가장 효과적으로 실행하고 형상화할 수 있는 장르양식이었기 때문이다. 『우맹』은 바로 그러한 박태원의 실험적 창작 과정에서 나온 결과물이라 할 수 있다.

그런데 『우맹』은 백백교를 둘러싼 엽기적인 살인이라는 희대의 사건을 그 중심 소재로 채택하고 있지만, 실제로 이 소설의 서술에서 가장 많은 비중을 차지하고 있는 것은 학수의 내면 풍경과 일상의 문제이다. 이로 인해 오히려 백백교 사건은 그 자체로 핵심적인 사건이라기보다는 주인공 학수의 일상적 고뇌와 우울의 근원을 파악하기 위해 제시된 부수적 사건처럼 여겨지기도 한다. 이러한 점에서 학수라는 주인공

---

29 김내성, 「탐정소설의 본질적 요건」, 『月刊探偵』, 1936.4. 본고에서는 조성면 편, 『한국 근대 대중소설 비평론』(태학사, 1997, 151쪽)의 수록본을 텍스트로 한다.

은 박태원 소설에서 반복적으로 나타나는 '구보형 인물'이라고 평가될 수 있다. 왜 박태원은 다분히 통속적 성향을 드러낸『우맹』에서 예술지향적인 지식인 소설에서나 나올 법한 구보형 주인공을 등장시켰을까?

이를 이해하기 위해서는 그 무엇보다도 탐정이라는 존재를 규명할 필요가 있다. 탐정은 언제나 미궁에 빠진 사건 앞에 나타난다. 사건이 미궁에 빠진다는 것은 일차적으로 그 사건을 해결해야 할 임무를 지닌 공권력, 즉 경찰이 범죄자와의 두뇌게임에서 패배했음을 의미한다. 탐정은 그러한 경찰의 패배를 비웃으며 두뇌게임을 승리로 이끄는 지적 영웅으로 등장한다. 따라서 탐정은 공적인 방식을 통해 사건에 개입하는 인물이 아니며, 공권력을 행사하는 인물은 더욱 아니다.

탐정은 '의뢰와 개인적 호기심'이라는 두 가지 방식에 따라 사건에 개입된다. 의뢰는 일정한 비용을 지불하고 탐정의 지적 능력을 통해 사건을 해결해 줄 것을 요청하는 행위이다. 의뢰를 하는 주체가 누구이든 거기에 일단 '돈'이라는 교환가치가 개입되는 이상, 결코 공적이라 할 수 없다. 의뢰자가 공적 인물이라 해도 그가 탐정에게 의뢰한 일은 사적인 방식이 될 수밖에 없다. 탐정 개인의 호기심이나 사정에 의해 개입되는 경우에도 마찬가지이다. 이 경우에는 탐정의 주변 인물이 사건에 말려들어 있다든지, 아니면 사건의 범인으로 오인 받는 당사자가 탐정의 역할을 하게 되는 경우 등이 포함될 수 있다.

이렇게 본다면 탐정은 기본적으로 '사적 영역'에 속한 인물이라는 사실을 확인할 수 있다. 그런데 문제는 이러한 탐정이 해결하고자 하는 어떤 사건이란 그것이 하나의 '범죄(대부분의 경우 그러하지만)'인 이상 공적일 수밖에 없다는 사실이다. 범죄는 개인적인 차원에서 이루어지지만, 불특정 다수에게 공포와 불안을 야기하면서 그 여파가 공공의 영역에 미치기 때문이다. 그럼에도 불구하고 탐정은 이러한 공적 사건에 지극히 사적으로 개입되기를 요구받는다. 탐정의 추리는 경찰이라는 공권력이 행했던 모든 수사(搜査)를 무위의 것으로 만들면서, 그들이 사소하거나 하찮다고 여기며 간과했던 모든 증거와 상황을 유의미한 것으로 역전시킨다. 결국 탐정의 존재는 그대로 공권력에 대한 불신을 반영하고 있다는 점에서 사회학적인 의미까지 확보한다.

이 점에서 본다면 『우맹』이 탐정소설이라는 장르문학의 외피를 입고 나타나게 된 원인을 파악할 수 있다. 1930년대는 일제의 식민지 지배가 정착되면서 식민지 자본주의가 일정하게 성장한 시기였으므로, 외형적으로는 전체 사회가 대단히 안정된 것처럼 보였다. 다양한 갈등이 첨예하게 대립했던 조선 후기의 상황과 비교한다면 이 시기 가시적인 공권력은 훨씬 강화된 상태였다고 할 수 있을 것이다. 그러나 이것은 표면적인 것일 뿐이다. 실제로 이 시기 조선사회를 장악한 공권력은 조선인들에게는 진정한 의미의 '공(公)'일 수 없었기 때문이다. 일제의 공권력 강화는 식민지 지배를 공고히 하기 위한 것이었지, 조선인의 삶을 위해 치안을 유지하고자 함이 아니었다. 따라서 외형적으로 보이는 강화된 공권력과 달리 당시 조선사회는 내면적으로는 치안의 부재에 가까운 현실에 직면하고 있었다고 보는 편이 더 타당하다. 백백교 사건은 이러한 조선사회의 총체적 위기가 표면으로 드러난 상징적 사건이었다고 할 수 있다.

그런데 『우맹』에서 일차적으로 탐정의 역할을 담당하는 것은, 혹은 독자에게 탐정일 것이라고 예상되는 인물은 바로 주인공인 학수이다. 『우맹』의 서사는 이러한 학수의 내면을 객관화시키면서 진행되는데, 여기서 박태원 특유의 '객관화된 주관'[30]이 탐정소설의 본질적 성격과

30　「소설가 구보씨의 일일」이나 「애욕」 등 구보(혹은 구보형 인물)가 등장하는 작품에서 박태원은 주로 3인칭 선택적 전지 시점을 사용하였다. 서술자(혹은 전지적 작가)는 오직 주인공

다른 『우맹』만의 독특한 변주를 야기한다는 점에서 주목할 필요가 있다. 이 작품의 주인공인 김학수는 내면적 사색과 탐구를 바탕으로 객관적 현실을 관찰하는 구보형 인물에 가깝다. 이 점 때문에 독자는 『우맹』의 도입에서 학수가 이 작품의 미스터리를 풀어나가는 탐정의 역할을 할 것이라고 예측하게 된다. 그러나 실제로 『우맹』의 서사는 이러한 독자의 기대를 철저하게 배신해 나가면서 진행된다. 학수는 탐정인 아닌 백백교 교주의 아들이며, 그 자체로 미스터리에 근접하는 열쇠가 되기 때문이다.

「소설가 구보씨의 일일」에서 주인공이어야 할 구보를 카메라로 만들었던 박태원의 서술적 트릭은, 『우맹』에서 탐정이어야 할 학수를 탐정이 아닌 단서로 만듦으로써 또다시 반복되고 있다. 이는 또다시 독자에게 주인공에 대한 감정이입과 거리 두기라는 이중의 과제를 부여한다. 그런데 그 순서가 조금 바뀌어 있다. 이전까지의 서사 —「소설가 구보씨의 일일」이나 「애욕」 등 —에서는 주로 초반부에서 주인공에 대한 감정이입이 차단되었다가 후반부에서 그것이 가능해지는 것이 보통이었다. 하지만 『우맹』의 서사는 초반에는 학수에 대한 감정이입을 허용한다. 서사가 진행되면서 학수를 둘러싼 가정사의 진실을 밝혀지는데, 이것은 학수가 탐정일 것이라는 독자의 기대를 배신하면서 지금까지 그에게 감정이입해왔던 독자를 당혹스럽게 만든다.

그런데 바로 이 지점에서 『우맹』의 새로움이 발견된다. 이전까지 박태원이 서사는 그 무엇보다도 '객관적 관찰'에 그 무게 중심을 두었다.

의 내면만을 그대로 서술하기 때문에 독자는 주인공이 실제로 '그'라는 3인칭으로 호명되고 있다는 사실을 잊게 된다. 이는 이렇게 서술되는 주인공의 내면이 서술자에 의해 객관화된 관찰의 결과물임을 은폐시킨다. 이러한 박태원의 독특한 시점을 통해 드러난 서술적 특성을 '객관화된 주관'이라고 지칭할 수 있다.

그런데『우맹』은 오히려 주인공 학수의 죄의식과 고뇌라는 내면의식을 바탕으로 사건의 개요를 파악할 것을 요구하고 있다. 이것은 주관적 관찰 역시 대상의 진실을 파악할 수 있는 하나의 방법임을 드러낸다. 이로 인해 소설의 도입부터 학수에게 감정이입한 독자는 교주의 아들이라는 그의 모순적 상황으로부터 야기되는 내면적 고뇌에 공감하면서 백백교 교단의 범죄를 추적해 들어가게 되는 것이다.

그러나 여전히『우맹』의 주인공인 학수가 사실 관찰을 통해 진실을 파악하는 탐정도 아닌, 사건을 직접 수행하는 범죄자도 아닌 어정쩡한 위치에 놓여 있다는 것은 문제적이다. 더구나 그는 최건영과 강신호 등 사건의 본질을 추적해 들어가는 다른 탐정형 인물들에게 어떤 결정적인 단서를 제공하는 역할을 해주지도 못한다. 학수는 백백교 교주의 아들이자 이 작품에 나오는 모든 인물들 사이의 관계망에서 중점에 놓여 있다는 사실을 제외하면, 소설 속에서 벌어지는 사건의 발생이나 해결에 아무런 역할도 담당하지 않고 있는 것이다. 이는 소설의 주인공이 소설의 핵심적인 사건 전개 과정에서 소외되고 있음을 말해준다. 즉, 주인공이 소설의 장르적 성격을 해치는 가장 큰 한계로 작용하고 있는 것이다.

그런데『우맹』의 진정한 매력은 아이러니컬하게도 바로 이 작품의 장르적 취약성을 결정적으로 노출시킨 이 학수라는 인물로부터 야기된다. 일반적으로 탐정소설은 독자에게 두 가지 쾌락을 제공한다. 그 하나가 범죄자의 범죄가 완전범죄로 끝나기를 바라는 것이라면, 또 다른 하나는 그러한 범죄의 진실을 찾아내고자 하는 탐정(혹은 탐정형 인물)의 행위(추리)가 범죄자와 경찰 어느 누구의 방해도 받지 않고 지속될 수 있기를 바라는 것이다. 범죄를 은폐하려는 노력과 장치가 완벽하면 완벽할수록 그것을 파헤치는 탐정의 추리도 더욱 매력적인 것으로 자리하게 된다. 『우맹』은 소설 속에 존재하지 않는 이러한 탐정과 범죄자(보다 명확히 말하자면 공범의 위치)의 역할을 독자에게 부여하고 있다. 이로써 독자는 소설의 전반부에서 학수라는 인물을 둘러싼 미스터리를 풀어나가는 탐정의 역할을 담당하고, 학수의 정체를 알게 된 이후에는 다른 인물들이 그의 비밀을 눈치챌까봐 노심초사하는 공범의 위치로 변모하게 되는 것이다.

이처럼 소설 밖의 독자를 서사의 중요한 요소로 끌어들이면서 『우맹』의 서사는 외장으로서의 장르소설과는 다른 차원에서 서사적 성취를 이루어내게 된다. 장르소설은 사건의 미스터리를 파헤치는 것이 서사의 목표가 되기 때문에 인물의 내면이나 갈등의 섬세한 양상을 충분히 담아내지 못하지만, 『우맹』은 김학수라는 구보형 주인공을 내세움으로써 독자로 하여금 그의 내면에 충분히 공감할 수 있는 여지를 만들어준다. 그로 인해 독자는 사건의 진실을 향한 숨 막히는 추격경로를 무작정 따라가는 것이 아니라, 사건과 인물 모두로부터 소금은 '거리'를 두고 살펴볼 수 있는 위치에 자리할 수 있게 된다. 학수로 인해 『우맹』은 장르소설로서의 한계를 드러내기도 했지만, 바로 그 때문에 '심경소설'의 깊이를 탐정소설이라는 장르 형식에 담아낼 수 있었던 것이다.

2) '우맹(愚氓)'으로부터 '금은탑(金銀塔)'으로

근대적 소설 양식으로서 탐정소설은 다양한 소설적 기교를 필요로 한다. 탐정소설을 구성하는 미스터리에는 인위적으로 조작된 트릭들이 마치 우연인 것처럼 숨겨져 있다. 탐정은 그 트릭들을 풀어내고 은폐된 범죄의 증거를 찾아내어 진실을 재구성한다. 이러한 탐정소설의

성취 여부는 범죄를 둘러싼 진실이 얼마나 완벽하게 감추어졌는가, 그
것을 파헤치는 탐정(혹은 탐정형 인물)의 추리가 얼마나 위험하고 논리적
인가에 달려 있다. 모든 진실이 드러나는 마지막 결말까지, 작가는 등
장인물과 독자 모두 지속적으로 긴장하도록 만들어야 한다. 독자의 긴
장이 늦춰지는 순간, 더 이상 그것은 매력적인 텍스트로 남을 수 없기
때문이다. 따라서 탐정소설은 그 어떤 소설 양식보다도 기교적일 수밖
에 없는 것이다.

탐정소설로서 『우맹』은 도입에서부터 독자로 하여금 학수라는 인
물에 대해 흥미를 가질 수 있도록 서술적 트릭을 사용하고 있는데, 그
것은 학수의 존재에 의도된 미스터리를 부여하는 방식이다.

> 백은 처음에 게집이 그편이라도 보고잇는 줄만 알고 잇엇다 그러든 것이
> 옥화의 눈주는 방향이 좀 달은 모양이요 또 똑똑한 게집으로서 얽음뱅이 잔
> 소리쯤을 그러케 얼이 빠저듯고 잇다는 것도 웃우어 그의 시선을 더듬어서
> 자기도 무심히 등 뒤를 발아보다가 그곳에 젊은 사나이를 발견하자 그는 거
> 의 질겁을 하여 고개를 돌리고 말엇다.
> (학수다, 학수야. 허지만 학수가 해주는 왜왓스며 해주서 이제 또 어듸를
> 가는겐구?)[31]

박태원은 소설의 도입에서 주인공인 학수를 전면에 내세우지 않고,
주변 인물인 백주사와 옥화, 맹서방과 신곰보의 내면과 그들 사이의
대화를 자세하게 서술한다. 이러한 과정을 통해 자연스럽게 백주사는
학수를 발견하게 되고, 학수와 마주치는 것을 두려워하는 백주사를 통

---

31 『우맹』, 1938.4.9.

해 서사는 새롭게 등장한 이 학수라는 인물에 관심을 집중하게 한다. 처음부터 주인공을 서술의 핵심적인 위치에 두지 않고, 주변 인물들을 통해 주인공에 대한 관심을 환기함으로써 독자의 호기심은 극대화된다. 여기서 우리는 『우맹』이 탐정소설이라는 문학적 장르와 더불어 영화라는 매체가 가진 장르적 속성에도 한 발을 들여놓고 있음을 짐작할 수 있다. 롱샷으로 전체적인 외부를 지켜보던 카메라의 시선이 주인공을 향해 점점 클로즈업해 들어가는 영화의 일반적인 오프닝을 연상시키기 때문이다.

그런데 『우맹』에서 나타난 이러한 서사태도는 이미 그의 전작인 『천변풍경』을 통해 독자에게 익숙해진 것임에 주목할 필요가 있다. '수다'를 고현학적 관찰의 한 방식으로 사용하는 것이다. 박태원은 『천변풍경』에서 빨래터라는 공간에서 이루어지는 수다를 단순히 근거 없는 소문의 집합으로만 파악하지 않는다. 오히려 그것은 진실에 대한 정보를 다양한 사람들의 시각에서 수집하고, 그것을 공유할 수 있는 의사소통으로 파악된다. 개개인의 관찰 결과물인 수다는 독자의 흥미를 유발하여 재미를 배가시키는 독특한 역할을 담당하는 것이다. 『우맹』은 이와 유사하면서도 수다를 좀 더 발전된 정보 제공 방식으로 사용하고 있다. 여기서 수다는 학수라는 인물을 둘러싼 미스터리 속에 독자를 끌어들이고, 그 진실에 대해 관심을 갖도록 유도하는 적극적인 역할을 담당하게 된다.

수다의 역할은 서사의 후반부에 가면 좀 더 구체화된다. 그중에서도 주목해야 하는 것은 도입에 나왔던 네 인물의 수다이다. 주인공 학수의 등장을 좀 더 드라마틱하게 만드는 배경에 불과한 것처럼 보였던 이 수다 내용은 이후 사건 전개에 있어서 결정적인 역할을 할 중요한 정보들을 노출시키고 있다. 이 인물들은 모두 직·간접적으로 백백교와 밀접한 연관을 지닌 인물들이며, 결말에 가서는 백백교의 붕괴와 교주이자 학주의 아버지인 전영호의 죽음과 밀접한 관련을 지니기 때문이다. 특히 도입에서 별로 중요성이 없어 보였던 맹서방과 신곰보는 소설 중반 이후부터 다시 등장해서 사건 전개에 중요한 역할을 담당하게 된다. 이는 독자로 하여금 독서의 과정을 되짚어 가면서 조각난 진실의 퍼즐을 맞추어 가도록 하는 즐거움을 제공한다. 탐정소설에서 탐정이 늘 최종적인 추리를 내리기에 앞서 독자들이 간과했던 이전의 정보들을 종합시킨다는 사실을 환기한다면, 독서 도중에 마주치는 무의미하게 보이는 정보들이 결말에 가서는 사건 해결의 중요한 단서로 탈바꿈되는 이러한 정보의 분산된 노출이 탐정소설의 전형적인 특성임을 짐작할 수 있다.

이처럼 수다는 『우맹』이 탐정소설의 면모를 갖추는 데 가장 중요한 역할을 담당한다. 탐정의 역할이란 사람들이 무의식적으로 남긴 정보들을 추적해 은폐된 진실을 찾아내는 것이다. 이 작품에서 수다는 그 진실의 조각들을 제공하는 정보원과 같은 역할을 담당하고 있다. 그런데 『우맹』의 필연적인 한계는 아이러니컬하게도 바로 이러한 수다로부터 기인한다. 왜냐하면 이러한 수다가 오히려 허술한 소설의 인과관계를 봉합하고 우연성을 확대하는데 일조하기 때문이다.

"참 그 김학수라나 하는 청년―그 청년이 나하고 가티 일을 하자면 하여 줄까? 잘사는 모양이니 물론 보수를원하고야 하러들지 안켓지만, 일체의 자레한 사무는 따루 사람을 두어 시킬 것이요, 그 군에게는 편집의 근본방침을 주판만 하여달랄까 하는데……."

하고, 안도호는 또 안두호대로 자기가 이제부터 착수하고 십다고 생각하는 잡지 일을 끄내여 강신호의 의견을 물엇다.

"김군 말이지? 글세 ─, 그군이 좀 별짜가 돼놔서……."

강은 그러나, 그 말을 끗까지 하지 안 헛다. 그는 김학수 석짜 이름을 듯자, 뜻하지 안코, 참말 뜻하지 안코 언젠가 정초에 앵정정 ─, 그 당시에는 몰랏섯지만 이제 알고보니, 백백교 본부인 그 앵정정 일정목 사십구번지의 집에서 분명히 학수가 나오던 거을 본 일이 기억에 떠올랏다.[32]

백백교 사건이 터지고 나서, 거기에 관련된 특종을 애타게 찾던 강신호는 안두호와의 대화 중 우연히 김학수가 백백교 교주 전영호의 집에서 나왔다는 기억을 떠올리게 된다. 이 우연한 정보로부터 강신호가 김학수를 전영호의 아들이라고 단정하는 그 모든 과정은 논리보다는 강신호의 육감에 의존한다. 이러한 우연성은 비단 수다를 통한 정보수집에서만 나타나는 것은 아니다. 작품 안에서 모든 인물들의 만남 역시 철저하게 우연에만 의존하는 면모를 보이고 있다. 학수가 여행에서 우연히 만난 최건영이 하필이면 그의 아버지 전영호에게 가산을 탕진한 백백교의 열성신자였던 최주사의 손자였다는 점이나, 시골에서 올라온 장동오가 우연히 거리에서 신곰보를 만나 위기에 직면하는 것 등도 모두 개연성보다는 우연성에 의존한 전개이다. 이는 탐정소설로서 『우맹』이 갖는 묘미를 반감시키고 만다.

이러한 문제점들은 『우맹』의 서사가 실제 백백교라는 사건의 현실적 무게에 압도되는 중반 이후부터 집중적으로 나타난다. 『우맹』의 서사는 크게 두 가지 층위로 나누어진다. 전반부가 김학수와 최건영이라는 인물을 쫓아가며 백백교 교단의 비밀을 추적해 들어가는 탐정소설의 면모를 보인다면, 그 미스터리와 범죄 사실이 드러나는 후반부는

---

32 『우맹』, 1939.1.19.

사건의 진행을 그대로 따라가는 고전적 범죄소설의 면모를 보인다. 여기서 교단에 대한 내용들은 학수라는 인물을 제외하고는 거의 사실에 가까운 것이다. 특히 교단의 중심세력에 대한 것이나 최건영과 그의 집안에 대한 내용들은 실제 백백교 사건을 그대로 소설에 반영한 것이다.[33]

이미 현실로 드러나 버린 실제 사건, 수많은 사람들을 죽음과 파탄으로 내몰았던 백백교라는 엽기적인 종교사건의 무게는 너무나도 압도적이었다. 바로 이 점으로 인해 『우맹』은 탐정소설이라는 장르를 추구했음에도 불구하고, 그 장르적 미학을 성취하는 단계까지 나아가지 못한 채 실제 사건에 대한 기록에 함몰되고 만 것이다. 이 때문에 백백교 사건에 대한 서사 비중이 높아지는 후반부로 갈수록 주인공 김학수는 서사의 중심에서 사라지고 만다. 탐정이어야 할 학수가 탐정의 역할을 수행하지 못하면서 『우맹』의 서사는 백백교를 둘러싼 사회적 의미망을 총체적인 시야에서 파악하지 못한다. 미스터리는 풀렸지만 추리는 성취되지 못한 것이다.

그럼에도 불구하고 소설의 서사가 현실의 사건을 그 중심 제재로 차용한다는 것은 그 사건이 가진 사회적 함의에 주목하고 있음을 의미한다는 사실을 주지할 필요가 있다. 박태원이 백백교 사건에 주목한 것은 단지 그 엽기성 때문이 아니라 그 뒤에 숨겨진 사회성 때문이었을 것이다. 범죄를 다루는 장르소설은 기본적으로 기존 사회에 대한 모든 공격을 범죄시함으로써 기존 사회의 질서를 회복하는 데 궁극적인 목

---

33 전봉관의 「살인마 백백교 교단」(『경성기담』, 살림, 2006)이나 「백백교의 정체!!」(『조선일보』, 1937.4.13), 「교주 전용해 회견편」(1937.4.18), 「백백교사건취조여문」(『조선일보』, 1937.5.7)의 내용과 비교하면 『우맹』에 등장한 인물들이 실제 백백교 사건에 관련된 인물들을 차용했으며, 서사 진행도 실제 사건 진행에서 그대로 모티프를 가지고 왔음을 알 수 있다. 주인공 학수의 아버지인 전영호는 백백교 교주였던 전용해이고, 최건영은 실제 당시 조선사회에 은밀하게 퍼져 있던 백백교 교단의 실상을 만천하에 드러낸 인물인 유곤용을 차용한 인물이다. 최건영 집안의 몰락도 실제 유곤용 집안의 몰락 과정과 일치된다.

적을 두고 있다. 그런데 식민지 지배하의 범죄사건은 단지 일상적 범죄 이상의 의미를 지니게 될 수밖에 없다. 그 기존 사회의 질서라는 것이 식민지 제국주의라면, 그것에 대한 저항으로서의 범죄는 "제국주의 지배체제를 위협"[34]하는 것이었기 때문이다.

따라서 『우맹』이 단지 범죄사건의 미스터리를 풀어내면서 느끼는 스릴과 서스펜스만을 목표로 했다면, 이 작품의 주인공은 오히려 백백교 교단의 비밀을 실질적으로 풀어나가고자 하는 강신호나 백백교로 인해 가정의 비극을 겪은 최건영이 되었어야 한다. 그런데 『우맹』의 주인공은 깊은 우울과 고독에 빠진 구보형 인물 학수였다. 백백교를 둘러싼 모든 사건의 핵심적 단서임에는 틀림없지만 실제로 백백교가 자행한 범죄와는 아무런 관련도 없는 인물인 그의 존재는, 『우맹』의 진정한 서사적 목적이 다른 지점에 있음을 예감할 수 있게 한다.

문제는 『우맹』의 서사가 이러한 처음의 목표를 끝까지 밀고 나가지 못했다는 데 있다. 백백교 범죄가 본격적으로 드러나기 시작한 중반 이후부터, 『우맹』은 서사의 지나칠 정도로 많은 부분을 말초신경을 자극하는 폭력과 강간에 할애한다. 그 대부분의 사건은 교주 전영호와 그의 오른팔이라 할 수 있는 근동위를 중심으로 일어난다. 특히 교주 전영호의 여성편력은 가십의 수준을 넘어서 거의 영웅담처럼 느껴질 정도로 소설 전체에 걸쳐 장황하고 거창하게 그려진다. 그럼에도 불구하고 그는 아들인 학수 앞에서 만큼은 그 누구보다도 자상하고 인자한 아버지의 모습을 보여준다. 이러한 서사는 민중을 현혹하고 수탈하고 살인까지 저지르는 그의 진정한 악행을 오히려 희석시키는 역할을 하고 만다.

물론 교주 전영호 및 간부들의 문란한 여성편력이 백백교 교단의 와

---

34 윤해동, 「식민지 인식의 회색지대」, 『식민지의 회색지대』, 역사비평사, 2003, 29쪽.

해에 결정적인 영향을 끼쳤다는 맥락을 이해할 수 없는 것은 아니다.
그러나 『우맹』은 그들이 수많은 애첩을 들이게 되는 과정을 지나치게
자세히 서술함으로써 오히려 백백교 교단이 가지고 있는 본질적인 문
제들로부터 독자의 시선을 떼어내고 만다. 이 때문에 백백교가 환기할
수 있는 사회성은 오히려 소외되고, 오직 독자의 통속적 흥미를 자극
하기 위한 애정행각과 말초신경을 자극하는 강간 등의 범죄만이 두드
러지게 되는 것이다. 전영호의 첩인 금순의 가족을 죽인 사건을 다룬
「山속의 妖姿」, 「새우재의 그믐밤」, 「세가지일」 부분은 오직 통속적 흥
미만으로 구성된 장면이라 할 수 있다. 여기서 전영호는 금순이라는
여자아이를 첩으로 취하기 위해 교주로서 그가 가진 모든 권력을 총동
원한다. 이러한 요소들은 오히려 백백교 교단이 환기하는 모든 사회성
을 외경화한 채, 독자의 통속적 흥미만을 자극하게 된다. 훗날 '우맹'을
'금은탑'이라는 제목으로 개작하면서 이 부분이 빠지게 되는 것도 이러
한 맥락 때문이 아닌가, 하고 추측해 볼 수 있다.

　이 지점에서 『우맹』과 개작으로서 『금은탑(金銀塔)』[35]의 주제가 어
떤 변화를 겪었는지 비교해 볼 필요가 있다. 두 작품은 시간적 차이에
따른 표기법의 변화와 『금은탑』에서는 금순의 가족과 관련된 위의 세
장과 학수에 대한 명옥과 문달의 일방적인 애정을 다룬 「그들의 孤獨」
이 빠져 있다는 것을 제외하면, 전체적인 스토리는 거의 동일하다 할
수 있다. 그럼에도 불구하고 '우맹'에서 '금은탑'으로 제목이 변화된 부
분에 대해서는 작가의식의 일정한 변화가 보인다고 판단된다. 제목을
바꿈으로써 백백교에 대한 그의 비판적 초점이 '민중의 어리석음'을 탓
하는 것으로부터 '물질만능사회에 대한 비판'으로 변모되기 때문이다.

35　박태원, 『금은탑』, 한성도서주식회사, 1949. 본고에서는 권영민·이주형·정호웅, 『한국근
　　대장편소설대계』 5(태학사, 1988)를 텍스트로 하였다.

문득 길가 조고만 언덕우에 칠층석비(七層石碑)가 서잇슴을 본다.

"이게 금은탑(金銀塔)."

주지는 그 아페 걸음을 멈추고 뒤따라 이른 학수와 음전을 도라보앗다.

"옛적에 딸을 데리고 어느 내외가 여기를 왓섯더라는군 예서 금은등속이
난다고 흙을 파고 돌을 깨트리고 그랫더라나? 그래 이산의 신령님이자연의
경치를 손상해 노핫다고 신벌(神罰)을 나리여 내외가함께 죽엇다는군. 그래
어미 아비 다일흔 딸이 신령님 벌역이 하무서워 이석탑을 지어노코는 그대로
어데론지 가버렷다고―. 그냥 전하여 나려오는 이야기지."

이한토막 전설을 듣고 잇는 동안 학수는 난데업시 그 가엽슨 딸에게다 자
기의 신세를 비겨본다. 아버지는 금은을 채굴하기위하여 자연의 경치를 손
상한 일은 업다. 그러나 남들에게 의로웁지 안흔 일을 하는 죄는 그런 것에 비
길수 업게 클께다. 학수는 신벌을 바더 애닯게 도라간 아버지의죄를 빌기 위
하여 자기가 이와 가튼 석탑이라도싸울리는 광경을 저모르게 눈아페 그려보
고 마음이 어두엇다.[36]

『금은탑』이라는 새로운 제목의 출처는 바로 이 부분이다. 이 부분은
백백교를 둘러싼 사회적 문제의식이 노골적으로 드러난 부분이라 할
수 있다. 박태원은 백백교 교단이 사기에 가까운 교리에도 불구하고
민중을 현혹시킬 수 있었던 결정적인 위력을 '황금만능주의'로 파악하
고 있다. 『우맹』과『금은탑』에서 표면적으로 백백교가 내세우는 중심
사상은 두 가지로 요약될 수 있다. 하나는 조만간 대홍수가 일어나 조
선 전역이 잠길 것이라는 것, 둘은 백백교 교도만이 그 홍수로부터 살
아남도록 선택받았다는 것이다. 이러한 예언에는 노골적으로 기독교

---

36 『우맹』, 1938.6.17.

적인 요소들이 반영되어 있다. 노아의 대방주와 기독교 특유의 선민의
식이 바로 그것이다. 그러나 대홍수라는 후천개벽 후 교도들이 얻게
될 '현세의 부'에 대한 약속이야말로 백백교가 그 교세를 확장할 수 있
었던 결정적인 힘이었다. 학수가 음전(『금은탑』에서는 정순)과 함께 들은
이 짤막한 이야기는 『우맹』과 『금은탑』 전체를 가로지르는 진정한 주
제가 무엇인지를 분명하게 보여줌과 동시에, 학수의 비극적 운명을 예
감할 수 있게 하는 중요한 복선으로 작용하고 있다.

　부모의 죄악을 갚기 위해 금은탑을 세우고 사라질 수밖에 없었던 그
딸의 운명은 그대로 학수 자신의 운명이었기 때문이다. 『금은탑』은
'금은탑'이라는 제목을 내세움으로써 전영호와 백백교 간부들의 여성
편력과 성적 방종이라는 통속적 코드에 묻혀 있던 작품 전체의 주제를
좀 더 강력하게 환기하고 있는 것이다. 그것은 백백교 교단에 대한 민
중의 어리석음이 근대사회가 가진 물질만능주의라는 구조적 모순으
로부터 야기된 것임을 분명하게 보여준다. 가장 약삭빠르게 속물적 근
대에서 부를 쟁취하고자 했던 민중의 욕망이야말로 그 어리석음의 본
질이라고 말하고 있는 것이다.

　그러나 여전히 『우맹』과 『금은탑』의 실질적 거리는 그리 크지 않다.
비록 『금은탑』이, 『우맹』의 성적 욕망에 의한 통속적 코드로부터 벗어나
물질만능주의라는 새로운 주제의식을 전면에 내세우고는 있지만 여전
히 백백교 사건이 가진 진정한 사회적 의미는 감추어져 있기 때문이다.
이 지점에서 백백교에 대해 좀 더 구체적으로 파악할 필요가 있다.

　사실 백백교의 전신인 백도교의 교주 전정운은 본래 동학교도였다.
일제 강점기 당시 동학이 그 어떤 종교보다 수많은 민중의 마음을 움
직일 수 있었던 이유는, 지식인 주도의 계몽주의 운동이 포괄해내지
못했던 민중의 저항의식을 충족시켜 주었기 때문이다. 백백교 교단을

부흥시킨 원동력 역시 "일제는 가고 새 세상이 온다는 백백교의 슬로건"[37]에 있었다. 홍수로 조선 땅이 잠긴다는 것, 그 안에서 백백교 교도로 선택된 사람들은 모두 조선인이라는 것은 백백교가 일제에 대한 민중의 저항의식을 교묘하게 이용하고 있음을 알 수 있게 한다. 따라서 백백교에 대한 민중의 매혹은 단지 그들의 어리석음이나 물질주의만으로 설명될 수 없는 것이다. 이 점은 백백교와 함께 백도교로부터 갈라져 나온 또 다른 종파인 신인천교(新人天敎)를 통해 확인할 수 있다.

> 루보한 바와 갓치 인천교라는 것은 교수전정운(全庭芸)의 둘재아들 전룡해(全龍海)가아비의 유산을 독점하야 백백교(百百敎)라는 종교의 가면을 쓴 살인결사를 조직한데대하야 그의 맛아들인 전룡해의 형 전룡수(全龍洙)가그아비의 측근자 리히룡(李禧龍)을 표면인 물로 대정 십이년 오월에 경성에다 본부를 두어 창설한 것으로 얼마 안 되여 그사이에 또 추한 알륵이 생겨 전룡수는 강원도 횡성군 갑천면(橫城郡甲川面)으로 가서 백백교와는물론 리히룡 일파의 인천교와도 전연 별개로 이래 포교에 힘써오든 것이다. (…중략…)
> 전룡수는 리히룡 일파의 인천교와는 전연 별개로 신인천교(新人天敎)를창립하야 살인교 백백교등과는달리정감록(鄭鑑錄)을 근거로 순전히 조선○○을 포교선전하여 왓스며 황해도 지방교인드은각금들에모혀 조선○○ 선언까지 부르지즈며 교세확장에 전력을 다한결과전기명부에 의하면등록된교인만 일천칠십구명의 한흔수에달한것이 판명되엿다.[38]

여기에 따르면 신인천교가 중점적으로 포교해 왔던 내용은 '조선○○'으로, 일제에 대한 조선 민중의 저항의식을 직접적으로 이용해 왔음

---

37 전봉관, 「살인마 백백교 교단」, 『경성기담』, 살림, 2006 참조.
38 「조선○○을 표방한 신인천교 일당 대검거」, 『조선일보』, 1937.10.6.

을 알 수 있다. 또 한 가지 여기서 주목되는 것은 이 신인천교가 『정감록』[39]을 근거로 포교를 진행해 왔다는 사실이다. 이에 대한 내용이 『우맹』의 서사 안에도 있는데, 그것은 『금은탑』으로 개작되면서 삭제된 「山속의 妖姿」, 「새우재의 그믐밤」, 「세가지일」 부분에서 나타난다. 여기서 백백교 간부들이 금순의 부모에게 포교하면서 가장 적극적으로 활용한 것이 다름 아닌 '정감록'이다. 이 예언서는 기본적으로 반권력적인 성격을 지니고 있다는 점에서 주목할 필요가 있다. 백백교이건 신인천교이건 이 책을 포교의 중요한 요소로 활용했다는 것은, 그만큼 동시대 민중들이 지배권력인 일제에 대해 강렬한 저항의식을 가지고 있었음을 반증하는 것이기도 하다. 따라서 『우맹』의 서사 중에 정감록이 언급된 것은, 이 살인결사에 가까운 유사종교에 현혹된 민중들의 진실한 열망이 단지 물질주의에 국한되지만은 않았음을 은연중에 내포하고 있는 것이라고 볼 수 있다.

그러나 『우맹』은 백백교의 엽기적인 만행을 학수라는 한 개인의 고뇌와 비극을 야기한 소재로만 활용했을 뿐, 사기에 불과한 교리에 속아 불로장생과 후천개벽을 꿈꿀 만큼 고단했던 당대 민중의 갈망을 반

---

[39] 저자와 저술연대는 알 수 없으나 조선 이래 민간에 널리 유포되어온 우리나라의 대표적인 예언서. 내용은 정감(鄭鑑)과 이심(李沁)이라는 인물의 대화로 전개되고 있다. 궁극적으로 정 씨(鄭氏)의 성을 지닌 진인(眞人)이 출현하여 이씨왕조가 멸망하고 새로운 세계가 도래할 것을 중심으로 하는 예언으로서 역성혁명(易姓革命) 사상과 미래에 다가올 멸망에 대비한 피난처로서의 이상경(理想境)에 대한 동경이 전반적으로 흐르고 있다. 반왕조적 · 현실부정적인 내용으로, 혹세무민의 참설을 통하여 정상적인 백성의 의사를 반영시키고 있다. 이것은 관민의 의사소통이 통제된 봉건사회에서 억압된 민심을 보상하는 작용을 하여 강한 설득력을 가지고 민간에 전파될 수 있었다. 이 때문에 조선에서는 『정감록』을 금서로 취급했으며 민간에서는 새로운 사회변혁을 갈망하는 사회심리가 반영되어 은밀히 전승되어갔다. 19세기에 일어난 대부분의 농민봉기는 정감록과 관련되어 있으며, 동학을 비롯한 신흥종교의 성립에도 그 기반을 제공하여 조선 후기 사상계와 민중의식의 변화에 강한 영향을 미쳤다. 이 책은 신비적인 요소가 강한 예언서이지만 조선 후기 민중의식과 민중운동의 사상적 특징을 이해하는 데 중요한 자료이기도 하다. 『브리태니커』(http://www.britannica.co.kr) 참조.

영하는 차원까지는 나아가지 못한다. 『우맹』의 서사 안에서 이러한 민중의 저항의식은 교주 전영호의 여성편력이라는 통속적 일화에 묻혀 버리고 만다. 이는 『금은탑』으로 개작된 이후에도 크게 다르지 않다. 오히려 『우맹』과 개작으로서의 『금은탑』 모두는 "일제 강점기 시대에 살고 있는 피식민지인이 가난하게 된 이유를 백백교 때문이라는 피상적인 역사 인식"[40]을 보이고 만다. 이로 인해 『우맹』은 백백교라는 파격적인 진실을 다루면서도, 이 희대의 사기극에 수많은 민중들이 속아 넘어갈 수밖에 없었던 절망적인 시대현실을 담아내지 못한 것이다.

사회적 맥락이 사라져 버린 빈 공간을 메운 것은 학수와 그의 아버지인 전영호, 그리고 최건영의 누이동생인 음전과의 삼각관계라는 연애구도와 전영호를 비롯한 백백교 간부들의 여성편력이었다. 학수라는 구보형 인물이 소설의 서사에서 사라지면서 『우맹』의 후반부는 소설의 시작에서 보였던 탁발한 장르적 기법이 주는 매력마저 잃은 채, 순수소설의 입장에서 보면 너무 많이 퇴화했고 장르소설의 입장에서 보면 지나치게 설명적인 결말로 나아가게 되는 것이다. 결국 시대적 한계를 뛰어넘지 못한 채, 『우맹』의 서사는 백백교라는 잔인한 종교집단이 자행한 폭력과 살인에 대한 기록과 학수라는 비극적 인물의 자살이라는 결말로 서둘러 매듭지어지고 만다.

그럼에도 불구하고 여전히 『우맹』은 매력적인 서사로 다가온다. 그것은 무엇 때문일까? 물론 1938년이라는 시대현실을 고려한다면, 박태원의 이러한 선택은 그 자체만으로도 충분한 의의를 확보할 수 있을 것이다. 그러나 그것만으로는 이 작품의 매력은 충분히 설명되지 못한다. 오히려 이 작품의 진정한 매력은 거기에 『천변풍경』의 천변과는

---

40 이상갑, 「전통과 근대의 이율배반성」, 강진호·류보선·이선미·정현숙 외, 앞의 책, 379쪽.

또 다른 모습의 근대가 담겨 있다는 데서 출발된다. 이 지점에서 학수
와 함께 서사의 중심에 놓인 '기차'라는 새로운 문명의 이기(利器)를 탐
색할 필요가 있다.

3) '기차'에 반영된 근대적 양가성

근대의 핵심은 '속도'이다. 속도란 시간을 통해 공간을 재편하는 것
이다. 이러한 근대의 속도에 대한 가장 상징적인 표상 중 하나는 다름
아닌 '기차'이다. 철도의 부설은 근대의 시공간을 새롭게 재편하는 것
이었고, 그것은 삶의 지형도를 완전히 다른 것으로 변화시키는 것이기
도 했다. 이러한 "기차는 개인에게는 시공간을 정복하는 새로운 경험
을, 국가적으로는 경제력을 신장시키는 새로운 시장영역을 안겨 주었
다."[41] 『우맹』은 바로 이러한 기차가 정차한 공간, 기차역에서 그 서사
를 시작하고 있다. 그것은 「소설가 구보씨의 일일」부터 『천변풍경』에
이르기까지 경성이라는 도시 안에서 사유하던 박태원의 시야가 그 도
시의 경계 밖으로 확장되어가고 있음을 반영한다.

「소설가 구보씨의 일일」에서 구보는 전차를 타고 이동하며 도심의
곳곳을 배회하고 관찰한다. 그의 눈앞에 펼쳐진 경성의 풍경은 분명
매혹적이었지만, 그곳에서 그는 고독한 자기 자신을 발견했다. 『천변
풍경』의 천변이라는 공간은 이러한 구보의 고독이 일시적으로 해소된
공간이었다고 볼 수 있다. 그래서 구보를 고독하게 했던 소외의 공간

---

41 김미영, 「근대소설에 나타난 '기차' 모티프 연구」, 『한국언어문학』 54, 한국언어문학회,
2005, 235쪽.

인 경성 안에서 '천변'은 근대와 전근대의 속성이 혼재된 이상화된 공간으로 제시되었다. 그러나 시시각각 근대로 편입되는 식민지 조선의 현실 속에서 그 이상은 너무나도 한시적이었고 그래서 위태로울 수밖에 없었다. 구보의 발걸음은 청계천을 축으로 남촌과 북촌을 가로지르고 있지만, 그 배회는 동대문과 경성역이라는 경계 밖으로 나아가지 못했다.[42] 더 나아가 『천변풍경』에서는 천변이라는 공간에 카메라를 고정시켜버렸다.

『우맹』의 서사는 이 경성과 천변 밖으로 시야를 확장해서 식민지 근대의 실질적인 풍경을 담아내고 있다는 점에서 주목된다. 이 작품은 표면적으로는 탐정소설의 형태를 취하고 있지만, 그것을 진정 매혹적인 서사로 만드는 것은 확장된 산책으로서의 '기차여행'이다. 여기서 기차는 「소설가 구보씨의 일일」의 카페를 대신하는 사색과 관찰의 공간이 되고 있다는 점에서 주목된다.

『우맹』에서 주인공 학수는 끊임없이 여행을 다닌다. 그것은 구보의 산책처럼 배회에 가깝다. 그의 여행엔 뚜렷한 목적이 없다. 단지 아버지로부터 벗어나기 위한 것이다. 그곳에는 어머니의 잔소리로부터 벗어나 경성을 헤매는 구보의 모습이 자연스럽게 겹쳐진다. 그러나 학수의 여행에는 구보보다 더 절망적인 고독이 깊게 자리하고 있다. 유약한 학수는 백백교 교주로서 아버지가 수많은 민중을 속이고 있다는 사실을 알면서도, 근본적으로 아버지를 미워하지 못한다. 자신에 대해서는 절대적인 아버지의 사랑을 잘 알고 있기 때문이다. 그로 인해 학수의 일상은 현실로부터 부유한 채, 짙은 우울로 채워져 있다. 여행은 그가 아버지의 '죄악'으로부터 가장 능동적으로 벗어나고자 하는 행위이

---

42 방민호, 「1930년대 경성 공간과 「소설가 구보씨의 일일」」, 『문학수첩』 16, 문학수첩, 2006, 114~116쪽 참조.

며, 동시에 그것은 아버지와 거리를 두고 자기 자신을 사유할 수 있는 시간을 제공하는 것이기도 하다.

그러나 실제로 『우맹』의 서사에서 기차여행은 학수에게 그리 관대하지 못하다. 아버지로부터 벗어나기 위해 선택한 그의 여행은 사실 아버지의 범죄를 낱낱이 확인하는 과정으로 이어지기 때문이다. 해주에서 신천온천으로 가는 기차 안에서 학수는 그의 아버지가 저지른 모든 죄악의 단서들을 마주한다. 백주사와 옥화, 맹서방과 신곰보가 바로 그들이다. 그럼에도 불구하고 학수는 그 단서들을 모두 놓치고 만다. 그들은 학수의 자살이라는 비극적 운명을 결정적으로 좌우할 인물들임에도 불구하고, 학수에게 그들은 풍경으로조차도 인식되지 않고 있는 것이다. 반면 학수는 매우 흥미로운 관찰 대상으로 제시된다.

원악이 색갈이 흰사람이다. 동양인으로서는 좀 기픈편이라 할 그 눈에 총끼가 잇다. 잘생긴 것은 물론 눈뿐이 아니다. 보기조케 뒤로 넘긴 곱고 또슷한 머리하며 윤이 자르르 흐르는 붉은 입술하며 복성스러운 양볼하며 또 기품잇는 코하며 보면 볼 수록에 참말 탐스런 사나이다 나이는 얼른 보기에 스물 한 둘은 되엿슴 즉도 하지만, 자세자세 살피면 정말은 열하읍이나 고작 갓스물 박게는 더 안 되 사람이 원체 숙성하여서 그러케 나이들어 보인다는 것이 올흔 관찰일 께다.

그는 곤사—지 학생양복을 입고 잇섯다. 그러나 양복저고리에 달린 것이 다섯 개 깜정 단추인 것을 보면, 그는 지금 학생은 아닌 모양이다.

옥화는 정신업시 그의 엽얼굴을 바라보며, 서울 어느 재상댁 귀한 도령님이 옛날얘기 책속에서라도 빠저나온 것이나 아닌가 십게 혼자 생각이다.[43]

---

[43] 『우맹』, 1938.4.9.

『우맹』에서 구보형 인물인 학수는 관찰하기보다는 오히려 타인으로부터 관찰의 대상이 되는 사람이다. 이 작품에서 그는 구보와 달리 능동적인 관찰자의 역할을 수행하지 못한다. 대신 그는 그를 둘러싼 모든 사람들이 욕망하는 대상이며, 관찰당하는 객체이며, 그들이 찾고자 하는 백백교의 진실로 다가갈 수 있는 하나의 단서이다. 기차는 분명 관찰의 공간이지만, 그는 그 관찰의 주체가 되지 못하는 것이다. 그런데 이러한 그는 바로 기차라는 공간에 반영된 『우맹』의 주제를 총체적으로 표상하고 있는 인물이라는 점에서 주목할 필요가 있다.

『우맹』에서 기차는 단지 교통수단으로서만 작용하지 않는다. "기차여행은 일정한 시간동안 동일한 공간에서 다수의 타자와 공존하면서, 자유로운 '관찰'의 시간을 갖게 된다."[44] 여기서 기차는 『천변풍경』의 '천변'과 마찬가지로, 핵심적인 서사가 일어나는 공간적 배경이면서, 한정된 공간으로서의 기차 내부는 그 자체로 『우맹』의 전체 서사를 장악하고 있다. 좁은 공간에 갇혀서 장시간을 여행해야 하는 기차 공간의 특수성으로부터 『우맹』의 서사는 이후 사건 전개에 필요한 모든 복선들을 도출시킨다. 따라서 『우맹』에서의 기차여행은 텍스트이자 사건의 단서인 '학수' 스스로 그를 둘러싼 타자들로부터 관찰과 사유의 대상으로서 자신을 제공하도록 하는 일종의 서사적 장치라 할 수 있다.

학수는 몸을 고처안즈며 게집을 보앗다. 보자 그에게도 역시 기억이 잇섯다. 아까 역에서 백가를 만낫슬 때 한번 어데서 본 일이 잇는 듯 싶다 생각하엿던 것은, 그야 정말 앵정정 집에서도 만난 일이 잇섯던 지는 모르지만 그보다도 작년겨울에 신천온천을 바라고 해주를 떠날 때, 바루 자기 압좌석에 안

---

44 김미영, 「근대소설에 나타난 '기차' 모티프 연구」, 『한국언어문학』 54, 한국언어문학회, 2005, 237쪽.

저 잇던 그의 모양이 그저 머리속에 남어 잇섯던 까닭인 모양이다.

(그때 그 남자가 바루 이남자요 따라가던 그 여자가 바루 저 여자엿던가?)[45]

본고는 앞에서 수다라는 요소가 사건 해결에 필요한 많은 단서를 확인하고 종합하는 역할을 담당하면서 우연적 요소가 증대되었다고 언급한 바 있다. 그럼에도 불구하고 『우맹』의 서사에는 백백교를 둘러싼 긴장감을 마지막까지 유지하도록 하는 필연성 역시 내재되어 있다. 그것을 확보시키는 것은 다름 아닌 이 기차여행이다. 학수가 우연히 스친 백주사와 옥화를 기억할 수 있는 이유는, 기차여행이 동시대인에게 특별한 기억의 흔적을 남기는 행위이기 때문이다. 고립된 공간으로서 기차는, 학수처럼 자기 내면 사색에 빠져 타인에게 무심한 사람에게조차 타인을 기억할 수 있는 단서를 얻어갈 수 있게 하는 장소인 것이다.

그렇다면 이러한 기차여행을 통해 드러난 학수의 본질은 무엇인가? 그는 바로 식민지 근대가 가진 모든 매혹과 그 불구성으로부터 야기되는 환멸과 죄의식의 원천을 표상하고 있다. 학수를 만난 모든 사람들은 그에게 매혹된다. 여행지에서 그와 만난 유명옥이나 최건영, 그저 스쳐 지났을 뿐인 옥화마저도 어떤 방식으로든 그를 욕망하고 있다. 그의 하얀 피부와 서구적인 이목구비, 남루하지 않은 세련됨이 '근대인'의 모습을 형상화하고 있기 때문이다. 그러나 동시에 그는 최건영을 비롯하여 맹서방, 신곰보 등이 그토록 찾아 헤매는 죄악으로 다가갈 수 있는 결정적인 단서이기도 하다. 따라서 사실상 학수의 매력은 그가 은폐한 아버지의 죄악으로부터 시작된 것이다. 결코 쉽게 포착될 수 없는 그의 모호한 정체야말로 매혹의 본질이며, 근대의 얼굴인 것이다.

---

45 『우맹』, 1938.6.5.

그런데 학수의 기차여행이 보여주는 것은 이뿐만이 아니다. 그의 이동경로는 근대의 양가성을 그대로 보여준다. 그에게 있어서 기차는 아버지를 벗어나 새로운 세계를 만날 수 있는 통로이지만, 그것은 동시에 그의 아버지가 가장 유용하게 범죄를 은폐시킬 수 있었던 최상의 무기이기도 했기 때문이다. 백백교의 교세는 기차를 타고 이동하며, 그들의 죄악은 기차의 빠른 속도 뒤로 묻혀 버린다. 경성에서 산골로 순식간에 수많은 사람을 이동시키는 기차가 아니었다면, 빠르게 공간을 이동하는 그 속도가 아니었다면, 백백교의 살인은 결코 성립될 수 없는 것이었기 때문이다.

이러한 백백교의 살인행위에는 기차라는 근대적 이기가 가지고 있는 폭력성이 투영되어 있다. "일제는 청일전쟁 이후 철도부설권에 대해 집착하였다."[46] 그것은 기차야말로 식민지 경영을 확고하게 할 수 있는 최상의 교통수단이었기 때문이다. 따라서 식민지 조선에 놓인 철도의 풍경은 그 시작부터 양가적일 수밖에 없다. 경성을 가로지르는 전차가 경성의 풍경을 삽시간에 바꾸어 놓았다면, 기차를 달리게 하는 철도는 전통적인 삶의 방식을 모두 파괴하면서 수탈의 기반을 만들어 놓았다. 그리고 그 수탈의 중심에는 바로 욕망의 공간으로서의 도시가 놓여 있다. 『우맹』에서 그것을 표상하는 것이 바로 앵앵정의 백백교 본부이다.

실제 백백교 교단이 와해된 1937년으로부터 불과 1년 남짓 뒤에 발표되기 시작한 『우맹』은 사건과의 시간적 거리가 짧은 만큼 상당히 시의(時宜)적인 성격을 지니고 있다. 박태원이 이 작품을 창작한 1930년대 후반기는 일제의 전쟁야욕이 본격화되면서 식민지 수탈이 점차 강화된 시기였으며, 동시에 그 식민지배체제가 확고하게 자리 잡으면서

---

46 노용무, 「한국 근대시와 기차」, 『현대문학이론연구』 30집, 현대문학이론학회, 2007, 91쪽.

일상생활의 영역까지 완전히 장악해가는 시기이기도 했다. 백백교의 흥망성세는 이러한 일제의 식민지배와 일정하게 맞물려 진행된 바, 백백교의 범죄는 사실 일제의 식민지배가 가진 이중성을 낱낱이 폭로하고 있는 것이기도 하다. 백백교 교단의 선민사상은 일제의 황국신민화 정책과 크게 다르지 않다. 그 특별하게 포장된 '선택'은 사실 수탈과 폭력을 감추는 도구였을 뿐이다. 1930년대 동시대를 뜨겁게 달구었던 두 개의 폭력이 기차라는 교통수단을 통해 확산되고 강화되었다는 것은 단순한 우연만은 아닌 것이다.

『우맹』은 내면적 사색을 추구하는 구보형 인물이 등장한다는 점에서는 「소설가 구보씨의 일일」과, 서사의 진행에 있어서 '수다'를 중요한 동력으로 삼았다는 점에서는 『천변풍경』과 연장선상에서 파악될 수 있다. 「소설가 구보씨의 일일」과 『천변풍경』이 '천변 안'을 탐색하고 있다면, 『우맹』은 그 '천변 밖'에 존재하는 속물적 근대를 낱낱이 보여준다. 그곳에는 종교가 가진 철학적 가치마저 물질주의로 타락시키는 속악한 근대의 풍경이 담겨져 있다. '천변 안'에서 엿보였던 이상화된 근대(전근대적 기억이 근대의 속물성과 공존하는)의 모습은 더 이상 존재하지 않는다. 오히려 이상화된 공간으로서의 '천변 안'이 가진 위태로움의 정체가 『우맹』의 서사를 구성하는 핵심이라 할 수 있다. 타락한 근대 안에서 꿈꾸는 행복이란, 언제든지 물질주의의 함정에 노출될 수 있는 유약한 것에 불과함을 박태원은 『우맹』의 서사를 통해 보여주고 있는 것이다.

그러나 『우맹』은 미스터리를 풀어나가는 탐정소설 장르에 내재된 본질적인 통속성을 완전히 벗어나지는 못했다. 이 때문에 이 작품은 백백교 교단의 모든 범죄를 본질적으로 교주와 간부들의 문란한 여색 탐닉으로 돌리고 있다. 비록 이후 『금은탑』으로 제목을 바꿈으로써 그 안에 담긴 물질적 욕망과 민중에 대한 수탈이라는 주제를 좀 더 분명히 하기는 했지만, 여전히 일제의 식민정책과 백백교에 대한 총체적 이해는 괄호 안에 남겨져 있다.

그럼에도 불구하고 여전히 『우맹』이 흥미로운 서사일 수밖에 없는 이유는 무섭게 질주하는 철로 위의 '기차' 안에서 새로운 사색과 관찰의 가능성을 추적해 들어가면서, 그로부터 독자가 근대의 두 얼굴을 마주할 수 있도록 하고 있기 때문이다. '기차'로 표상되는 근대의 양면성은 '백백교'를 중심소재로 선택한 작가 박태원의 진정성을 미루어 짐작할 수 있게 한다. 그것은 '공공적 글쓰기'로서의 소설이 갖는 사명을 가장 성실하게 수행하기 위한 하나의 모색이었던 것이다. 그것이야말로 『우맹』이 장르적 양식을 차용한 통속소설이되, 통속소설의 그것을 뛰어넘는 고현학적 서사로 재조명되어야 할 이유가 아닐까 싶다.

제5장 '구보'의 소실과 '생활'의 고현학

1. 타락한 관찰자와 '통속'

1) '소유', 조작된 전망 : 『명랑한 전망』

『명랑한 전망(明朗한 展望)』[1]의 배경은 이전과는 확연히 달라진 카페의 풍경을 통해 형상화된다. 「애욕」에서 고현학적 관찰자인 구보는 삶을 관찰하기 위해 경성 곳곳을 떠돌았다. 그는 1930년대 경성을 비추는 카메라였고 그의 노트는 그것을 기록하는 필름이었다. 그러나 이러한 「애욕」의 시대는 아직 고현학적 관찰자가 관찰하고 탐구할 수 있는 시대였다. 그것은 아직 전망에 대한 기대가 남겨져 있었던 시대임을 의미한다. 탐구한다는 것은 대상이 가진 진실을 드러나고자 함이고,

---

1 『명랑한 전망』은 1939년 4월 9일부터 5월 16일까지 『매일신보』에 연재되었다. 본고에서는 권영민·이주형·정호웅, 『한국근대단편소설대계』 9(태학사, 1988)의 수록본을 인용하며, 이하 텍스트는 인용 쪽수만 표기.

그것은 아직 거기에 진실이 있음을 그가 믿고 있다는 것이다.

하지만 『명랑한 전망』에 드러난 카페의 풍경은 '관찰자'가 더 이상 관찰할 수 없는 시대가 도래됐음을 보여준다. 이제 카페는 연인들이 달콤한 밀어를 나누거나 몇몇 룸펜들이 유언비어나 음담패설을 나누는 장소로 기능한다. 그곳에서 고현학적 관찰은 거의 포기되어 있다. "공공적 공간이란 자신의 '행위'와 '의견'에 대하여 응답을 받는 공간이다."[2] 고현학적 관찰 행위는, 소통이 사라진 시대에서 상호응답가능성을 찾고자 하는 의지의 표명이었다. 그러나 『명랑한 전망』에는 더 이상 노트와 단장을 들고 거리를 배회하는 관찰자가 없다. 구보형 인물이어야만 할 주인공들은 더 이상 '구보'가 아닌 것이다. 이는 관찰을 통해 전망을 발견하려는 시도 자체가 총체적 위기에 봉착했음을 의미한다.

그럼에도 불구하고 박태원은 이러한 시대의 서사를 '명랑한 전망'이라고 명명한다. 전망이 상실된 시대의 서사가 어떻게 '명랑'할 수 있는가? 『명랑한 전망』은 제목이 주는 이러한 아이러니로부터 주제를 형상화한다. 따라서 『명랑한 전망』에 대한 분석은 제목과 시대 사이의 모순으로부터 출발되어야 한다. 전망이란 미래에 대한 가능성을 앞서 살피는 것이다. 그 전망을 '명랑'하다고 수식하는 것은 그렇게 예측된 미래가 긍정적인 가능성으로 가득 차 있음을 의미한다고 할 수 있다. 그러나 작가 박태원 앞에 놓인 현실은 그렇지 않았다. 이 제목이 역설일 수밖에 없는 이유는 『명랑한 전망』의 서사가 독자에게 제공하는 전망이라는 것의 정체가 결코 진정한 의미에서 '명랑'할 수 없기 때문이다.

1930년대 후반기, 왜곡된 공공성의 시대를 반영하듯 『명랑한 전망』에서는 작가를 둘러싼 시대적 현실이 철저하게 지워져 있다. 작중

---

2 사이토 준이치, 윤대석 · 류수연 · 윤미란 역, 『민주적 공공성』, 이음, 2009, 16~17쪽.

인물들이 지향하는 소위 '전망'이라는 것은 의도적이라 할 만큼 모든 사회적 관계로부터 분리된 상태에서 추구되고 있다. 그것은 그들이 말하는 전망이라는 것이 모든 공공적인 조건으로부터 떨어져 나온 채 '사적 영역'만을 지향하고 있음을 의미한다. 한 인간에게 있어서 사적 영역이 확보된다는 것은 그가 하나의 '생활'을 가지고 있다는 것을 의미한다. 이 생활이 영위되는 공간이 바로 '가정'이다. 주인공 히재의 고군분투는 바로 이 가정을 획득하기 위함이다.

> 혜경이에게는 반지가 한둘이 아니다 석달전에 자기가 보낸 약혼반지도 잇다 그러나 혜경이와 가티 아름다운 여인에게는 그 여여분 손을 장식하기 의하여 갑나가는 반지가 암만이라도 필요한 것이다.[3]

『명랑한 전망』의 도입은 '소유'로 전락한 사랑의 현실을 보여준다. 연인인 혜경에게 줄 반지를 사기 위해 백화점으로 향하는 주인공 히재는 사랑에 들뜬 청년의 모습을 보여준다. 그러나 실제로 그것은 한 개 반지만큼의 가치로 사랑을 저울질 하는 삶의 한 풍경일 뿐이다. 아름다운 여인에겐 손을 장식할 값비싼 반지가 필수라는 그의 생각에는, 애정의 크기까지도 물질로 저울질 될 수밖에 없는 자본제 근대의 한 단면이 반영되어 있다. 이 첫 장면부터 『명랑한 전망』의 서사는 '사랑'이라는 것이 사실상 물질 혹은 소유의 문제에 깊이 결부되어 있음을 분명히 보여준다.

그렇다 하더라도 만약 주인공 히재의 곁에 구보가 있었더라면 그에게 '한 개의 부러움'을 가졌을지도 모른다. 안정된 직업과 사랑하는 여

---

3 『명랑한 전망』, 202쪽.

인을 모두 가진 히재야말로 구보가 그토록 바라던 '한 개의 생활'을 가진 존재처럼 여겨지기 때문이다. 히재 스스로도 생활인으로서 자신의 안정된 위치에 만족하고 있는 것처럼 보인다. 그것은 그가 카페에서 해경을 기다리는 장면에서 분명하게 드러난다. 만약 구보라면 끊임없이 노트에 무언가를 적었을 동안, 히재는 오직 혜경과 자신에 대한 생각에만 골몰해 있다. 따라서 그는 그 누구도 관찰하지 않으며, 그 누구에게도 관찰당하지 않는다. 그것은 그가 무엇인가를 '소유(사적 영역을 소유)'하고 있는 자이기 때문이다.

여기서 박태원 소설의 주인공이 더 이상 관찰하지 않는다는 것은 중요한 의미를 갖는다. 사실상 구보가 관찰자라는 것은 그가 일상의 영역에서 소외된 자임을 의미한다. 타인을 관찰하는 자는 타인과 애초에 관계 맺기를 스스로 거부한 자이며, 또 거부당하는 자이다. 관찰이라는 것은 객관적인 시선을 필수적으로 요구하는 것이기 때문에 타인과 진정한 의미의 관계를 맺을 수 없다. 그렇게 되면 객관적인 관찰 자체가 불가능해지기 때문이다. 동시에 관찰자는 타인에게 거부당하는 자이기도 하다. 그 누구도 자신의 일거수일투족을 관찰하는 사람과의 소통을 유쾌하게 받아들일 수 없을 것이기 때문이다.

그런데 그러한 관찰자를 사적 영역(소유)으로 추락하지 않게 만드는 것은 역설적으로 그가 관찰하고 있기 때문이다. 관찰한다는 것은 여전히 타인에게 관심을 가지고 있다는 것이다. 그것은 아직 그곳에 타자의 자리가 마련되어 있음을 의미한다. "공공적 공간은 모든 사람들의 '자리' = '장소'가 마련되어 있는 공간이다."[4] 구보의 관찰은 공공적 공간을 확인하는 것이며, 동시에 타자에 대한 관심을 바탕으로 공공적

---

4 사이토 준이치, 윤대석·류수연·윤미란 역, 『민주적 공공성』, 이음, 2009, 14쪽.

공간을 확대하는 행위이기도 했다. 이러한 구보가 등장하지 않는다는 것은 단순히 관찰의 포기를 의미하는 것만은 아니다. 그것은 이 작품의 서사가 공공적 공간의 부재가 현실화 되어가는 시대현실 속에 위치하고 있음을 의미하는 것이기도 하다. 이는 '사적(private)'이라는 말로 표현될 수 있다.

> 완전히 사적인 생활을 한다는 것은 우선 진정한 인간에게 필수적인 것이 박탈되었음을 의미한다. (…중략…) 타인에게 관심을 갖는 한 사적 인간은 나타나지 않으며, 따라서 마치 그는 존재하지 않았던 것처럼 된다. 사적인 인간이 행하는 것은 무엇이나 타인에겐 아무런 의미도 중요성도 없으며, 그에게 문제가 되는 것도 다른 사람에게는 아무런 관심거리가 되지 못한다.[5]

사적인 삶에서 박탈된 것은 다름 아닌 '타인'이다. "'사적'으로 사는 것은 사람들로 하여금 자기 자신의 '현실성'에 의심을 품게 한다."[6] 이러한 사람들은 근원적으로 '고독'하다. "자신은 없어져도 상관없지 않나 하는 존재의 현실성에 대한 의심은, 타인과 다른 나의 삶의 방식이 동등한 가치를 가진 것으로서 존중과 승인을 받지 못하는 것에 대한 분노나 슬픔보다도 더욱 통절한 것"[7]이기 때문에 고독은 더욱 문제적이다.

그러나 '고독'을 문제 삼는다는 것은 아직 타인의 존재에 대한 희망이 남겨져 있다는 것이다. 「소설가 구보씨의 일일」에서 구보가 자조적으로 자신을 도시의 소외자라고 인식하고 인정할 수 있었던 것은 그가 완전히 소외된 상태가 아니었기 때문이다. 그의 관찰 행위는 여전히

---

5 한나 아렌트, 이진우·태정호 역, 『인간의 조건』, 한길사, 1996, 112쪽.
6 사이토 준이치, 앞의 책, 15쪽.
7 위의 책, 40쪽.

그가 타인에게 관심을 가지고 있음을 의미하고, 그것은 그가 공공적 공간을 되찾을 수 있는 하나의 가능성을 가지고 있었음을 의미한다.

그런데 그러한 구보가 노트를 덮고 꿈꾸었던 '한 개의 생활'로부터 시작된 『명랑한 전망』은 소외를 기록하는 서사가 아닌 그 자체로 소외된 삶을 반영하고 있다. 『명랑한 전망』에서 히재는 분명 관찰자가 아니며, 따라서 도시를 배회하던 구보와는 다른 삶의 조건을 가진 인물이다. 그는 누구도 관찰하고자 하지 않았고, 따라서 누구에게도 관찰당하지 않는다. 그러나 스스로 소외를 인정하지 않는다고 해서 소외되지 않은 것은 아니다. 오히려 그는 자신의 소외를 인정할 수 없을 만큼 완벽하게 소외되어 있을 뿐이다. 다만 사랑과 직업(경제력)이라는 사적 영역을 확실히 확보하고 있었기 때문에 자각하지 못했을 뿐이다.

그의 시련은 사랑을 잃는 것으로부터 시작된다. 약혼녀인 혜경이 그의 신뢰를 깨고 다른 남자와 만났기 때문이다. 혜경의 배신은 성실하고 소박하게 가정을 꾸리고 행복을 얻고자 했던 히재를 좌절시킨다. 그렇다고 해서 히재가 소외의 본질을 깨닫는 것은 아니다. 애초에 히재가 혜경과 결혼하고자 했던 것이 사랑 때문이었다면, 그러한 혜경을 잃고 나서 그가 선택한 대안은 사랑이 아니라 '가정'이었다. 술집 여급인 애자와의 동거는 히재가 새롭게 획득한 사적 영역이라고 볼 수 있다.

데리고 산다는 여급의 뱃속에 히재의 아이가 이미 들어 잇나 보다는 말애도 별 감정을 가저보지 못한 혜경으로서 그가 회사애서 나오는 길에 저녁반 찬거리라도 사가지고 가는듯시푼 모양에 그처럼 볼쾌한 감을 느낀 것은 어인 연고나?[8]

여기서 혜경이 느끼는 불쾌감의 정체는 무엇일까? 그것은 히재의 모습이 현재 혜경의 삶에 부재한 것들을 떠올리게 하기 때문이다. 퇴근하면서 저녁 반찬거리를 사오는 남편의 모습, 그것은 안락한 가정과 일상의 행복을 연상시킨다. 그것은 한때 혜경의 것이 될 수 있었지만 이미 놓쳐버린 것이다. 히재가 자신의 소유였을 때는 느끼지 못했던 욕망이 혜경을 질투에 휩싸이게 한다. 그러나 혜경의 질투를 살 만큼 히재가 안정된 그 순간, 히재는 더 큰 절망에 봉착하게 된다. 가정이라는 생활을 영위할 수 있는 기반이 되는 경제력을 상실하게 되는 것이다.

히재의 실직으로 인해 히재 / 애자의 가정은 그 공간이 가진 본질적인 한계를 드러내고 만다. 애정을 바탕으로 유지된다고 생각했던 가정은 히재가 경제력을 상실한 순간부터 걷잡을 수 없이 붕괴되기 시작한다. 실직은 히재가 능동적인 소비자로서의 위치를 상실했다는 것을 의미한다. 소비는 타인으로부터 자신의 존재를 가장 손쉽게 확인받을 수 있는 방법이다. 실직과 함께 히재는 자신과 가정의 '현재성'마저 의심해야만 하는 잉여자(혹은 난민)가 되어버린 것이다.

공공성은 "사람들 사이에 존재하는 세계가 사람들을 결집시키고 관계를 맺어주며 서로 분리시키는 힘"[9]이다. 따라서 그것이 상실되었다는 것은 익숙했던 사람들 사이의 적절한 관계 맺기가 불가능해졌음을 의미한다. '소유(혹은 물질)'는 소비를 통해 마치 그곳에 진정한 애정이 있는 것 같은, 그래서 상실된 관계의 끈이 마치 존재하는 것과 같은 환상을 일으킬 뿐이다. 그러나 『명랑한 전망』에서 히재의 고난은 그것이 얼마나 허구적인 것에 불과한지를 여실히 보여준다. 나름대로 성실하고 정직한 한 명의 생활인이었던 히재는 박태원 소설의 다른 주인공들

---

9   한나 아렌트, 앞의 책, 106쪽.

과 마찬가지로 "생활에 뛰어들어 가족을 갖고 돈을 벌어야 했을 때 걷잡을 수 없이 훼손"[10]되고 마는 것이다.

그 이유는 그들의 지향이 처음부터 왜곡되어 있었기 때문이다. 사적 영역은 공공적 영역을 대체하는 공간이 아니라 각기 다른 성격으로 공존해야 하는 공간이다. "공론의 영역은 가족 구성원 사이에는 결코 존재한 적이 없었"[11]기 때문에 가정을 통해 소외로부터 벗어나고자 했던 히재의 지향은 처음부터 불구적일 수밖에 없다. 따라서 가정을 되찾기 위해 소유(혹은 직업)를 다시 획득하고자 했던 히재의 고군분투는, 그 소유를 위해 가정을 버리는 주객전도의 결말로 끝나버리고 만다.

> 그로서 사흘 뒤 애자는 경자를 데리고 시골로 나려가고 히재는 지금 잇는 본점××아파-트로 갓다 그리하여 취직과 함께 다시히재는 혜경이와 교섭을 가지게된 것이다.[12]

결국 히재의 고난은 전망으로서 가정의 존재 기반은 소유에 있음을 확인하는 것으로 끝이 난다. 애자는 딸 경자와 살아갈 수 있는 기반을 얻었고, 히재는 본래 연인이었던 혜경과의 재결합을 목도하고 있다. 소설은 애정의 삼각관계를 이루는 애자-히재-혜경이 모두 각자의 소유(사적 영역)를 확보하면서 '행복'해졌다고 이야기한다. 그럼에도 불구하고 『명랑한 전망』의 결말은 결코 명랑하지도 행복하지도 않다. 어쩌면 이 불행한 시대의 서사가 '명랑한 전망'이라고 지칭된 그 순간부터 진정성은 부재하고 있었는지도 모른다.

---

10 최혜실, 「'산책자'의 타락과 통속성」, 강진호·류보선·이선미·정현숙 외, 앞의 책, 195쪽.
11 한나 아렌트, 앞의 책, 107쪽.
12 『명랑한 전망』, 235쪽.

제목이 갖는 의미가 완전히 추락하는 이 지점에서, 제목의 역설은 비로소 그 의미를 되찾는다. 『명랑한 전망』은 사랑과 돈이라는 통속적 코드를 전면에 내세워 결코 공존할 수 없었을 것 같았던 둘 사이의 갈등을 종식시킨다. 그러나 그것은 엄밀히 말해 사랑의 자리를 지우고, 소유 안에 포섭시키는 것에 불과했다. 그럼에도 불구하고 소설 속 인물들은 그 둘을 모두 획득할 수 있는 전망을 찾기 위해 노력한다. 이러한 히재와 등장인물들의 왜곡된 전망 찾기는 공공적 공간을 상실한 근대인의 삶을 반영한다. 소설의 결말은 사적 영역에서 존재의 의미를 찾는다는 것이 얼마나 허구적인 것인가를 분명히 보여준다.

그렇다면 진정한 의미에서의 '명랑한 전망'은 어디에서 찾을 수 있는 가?『명랑한 전망』의 서사는 거기에 대해 충분히 답했다고 보기 어렵다. 소설의 서사는 히재의 전망 찾기가 사랑에서 가정으로 다시 소유로 변모되는 과정을 통해 그것이 가진 모순점을 드러내는 데는 성공했지만, 그 모순이 갖는 사회적 의미를 파악하는 데까지는 나아가지 못했기 때문이다. 그것은 더 이상 관찰하지 않는 주인공 히재를 통해『명랑한 전망』의 도입에서부터 이미 예견되어 있다. 관찰이 포기된 순간, 박태원의 '전망 찾기'도 실패할 수밖에 없었던 것이다. 그리고 관찰자가 사라져 버린 빈자리는 타락한 욕망들로 채워진다. 구보가 사라진 박태원 소설의 서사적 추락은 「애경」과『여인성장』을 통해 좀 더 분명하게 드러난다.

2) 교환가치가 된 애정 :「애경」

『명랑한 전망』을 통해 박태원은 타락한 욕망의 도시에서 더 이상 전망을 꿈꾸는 것이 불가능해졌음이 명확하게 보여주었다. 그런데 「애경(愛經)」[13]은 그렇게 상실된 전망 위에서 또다시 '사랑'을 유일한 대안으로 찾아다니는 인물들을 보여준다. 신호와 정숙, 수진과 숙자 부부는 잃어버리는 사랑을 또 다른 사랑으로 충족하기를 바란다. 각각 옥화, 태석과 준길이 이들 사랑에 개입되면서 「애경」은 복잡한 애정관계를 보여준다. 이러한 작중인물들은 모두 행복하기를 꿈꾸며 그 행복을 이룰 수 있는 유일한 가치를 사랑에서 찾고자 한다. 그러나 이미 사랑이라는 감정조차 물질로 평가되는 현실 속에서 그들 각각이 추구하는 '사랑의 여로'는 예정된 실패를 향해 나아간다.

> 한때는 젊은 예술가의 무리들이 밤으로 낮으로 찾아 들어, 그 흥성한 품이 제법 볼만도 하든 다방 '門'이었다. 그러나 그것도 겨우 개업 당초 몇 달 동안의 일이고, 이제는 호옥 이 골목을 지나는 이가 새삼스러이 고개를 한번 끄덕하고,
> "참, 여기 이런 찻집이 있었지."
> 한번은 중얼거려도 보지만 다음 순간에는 또 다시 썻은듯키 잊고마는 다방 '門'이다.
> 서울안의 긱다점은 거개 명치정 속에 모여 있다 하지만, 같은 명치정 속에서도, 이곳은 행인이 지극히 드믄 뒷골목이다. 쓸쓸한 뒷골목이길래, 이곳으로는 자동차의 통행도 자유이었다.[14]

그의 다른 작품들과 마찬가지로 「애경」에서도 카페는 작품 전체의

---

13 「애경」은 1940년 1월부터 1940년 11월까지 『문장』에 연재되었다. 본고에서는 권영민·이주형·정호웅, 『한국근대단편소설대계』 9(태학사, 1988)의 수록본을 인용하며, 이하 텍스트는 인용 쪽수만 표기.

14 「애경」, 335쪽.

서사를 출발하는 중요한 장소로 제시된다. "카페는 산책자가 거리 산책을 할 때 느끼는 방심 상태를 거의 똑같이 보여 준다는 점"[15]에서 고현학적 관찰을 수행하기엔 매우 적절한 장소였다. 박태원의 고현학은 카페에서 출발했고 카페에 모인 사람들을 통해 동시대 경성의 삶을 포착하고자 했다. 그러나 「애경」에서 다방 '門'은 달라진 카페의 풍경을 보여준다. 사람들은 더 이상 토론하기 위해 카페를 찾지 않았다. 카페는 잠시 휴식하거나 누군가를 기다리기 위해 거쳐 가는 공간으로 변모되었다. 사람들은 각각의 사무를 위해 그곳을 찾았다. 바야흐로 카페는 차한 잔만큼의 '무관심'을 파는 장소로 변화하였고, 사람들은 그만큼의 돈을 지불하고 '고독'을 소비하였다. 「애경」은 이처럼 타락한 카페와 함께 타락해 버린 관찰자의 모습이 비춰진다는 점에서 보다 주목된다.

> 남자는 저편, 그중 구석진 탁자 앞에가 자리를 잡고 앉아, 담배를 태고 있었다. 여자가 들어오는 것을 보자, 그의 입가에 뜻 모를 웃음이 잠깐 떠올랐다.
> 그것이, 마치,
> "네가 별수 있니? 들어 왔지!"
> 그러는 듯싶어, 여자는 일종 모욕을 느꼈으나, 난로 앞에 자리를 잡고 앉았는 다른 객들이 유심히 자기를 우아래로 훑어보고 있는 것을 깨닫자, 그는 역시 남자의 탁자 앞으로 가지 않을 수 없었다.[16]

김태석은 고현학적 관찰자와는 완전히 상반된 지점에 놓여 있는 인물이다. 그는 경성이라는 공간의 욕망 안에서 행동하고 그것을 스스로 만끽하는 인물 유형이다. 권투선수인 그는 자신을 향한 사람들의 시선

---

15 최혜실, 「산책자(flâneur)의 타락과 통속성」, 강진호·류보선·이선미·정현숙 외, 앞의 책.
16 「애경」, 339쪽.

을 즐겼고 그것을 당연시하는 인물이었다. 그는 만나는 모든 여자들을, 자신의 매력을 발산함으로써 유혹해야 하는 게임의 대상으로 보았고, 숙자를 만나기 전까지 늘 그 게임에서 승리를 거머쥐었다. 그에게 사랑은 오직 육체에 국한된 것이었고 유희의 대상이었지만 그는 그것을 향한 욕망의 끈을 늦추지 않았다. 그는 경성이라는 도시가 가진 욕망을 또 다른 방식으로 육화시킨 인물이었던 것이다.

여자가 그곳에서 사라진 뒤, 남자는 쓰디쓴 침을 한덩어리 거북하게 삼키고, 얼마동안 그곳에가 그렇게 머엉하니 앉아 있었다.

그것은 도무지 이제까지에 없든 일이었다. 항상 여자를 농락하는 것이, 이를테면 자기의 직업이었다. 그러던 것이 이번 경우에는 도리어 여자에게 자기가 완전히 농락을 당하고 말았다 할 밖에 없었다.

"흥!"

하고 저모르게 코웃음이 나왔다. 그러나 그것은 무론 제 자신만을 비웃은 것이 아니다.

'어디 좀 두구 보자!'

하고, 그는 마음 속에 은근히 별르는 것이 있었던 까닭이다.[17]

이제 경성이라는 도시에서 애정은 더 이상 순수한 호감에서 야기되지 않는다. 애정은 개인이 가지고 있는 사회적·물질적 배경에서 결코 자유롭지 않으며, 그것은 새로운 대상을 만날 때마다 끊임없이 재평가되고 저울질된다. 꽤 유명한 권투선수인 태석이 노골적으로 욕망을 드러냄에도 불구하고 그 앞에서 숙자가 당당하게 그 욕망을 조롱할 수

---

17 「애경」, 345쪽.

있었던 이유는, 그녀가 대중적 열광을 받았던 왕년의 유명 여배우였기 때문이다. 이 연애 게임에서는 대상을 더 욕망하는 쪽이 언제나 패배하기 마련이다. 욕망의 대상은 결코 욕망의 주체가 될 수 없지만, 자신의 욕망을 드러내지 않음으로써 욕망의 둘러싼 게임에서 더 우위에 놓일 수 있는 것이다.

그러나 이것은 결코 권투선수와 여배우라는 특수한 상황에 놓여 있는 사람들만의 이야기가 아니다. 애정의 타락은 이제 경성에서는 보편적인 것이 되어버렸다. 그것은 「애경」에 반영된 식민지 근대도시 경성이 얼마나 타락한 공간인지를 분명하게 보여준다. 「애경」에서 각각의 인물들이 표방한 '사랑의 여로'는 이러한 속물적인 사회 속에서 너무나 무력하기만 하다. 특히 집안의 반대를 무릅쓰고 결혼했던 신호와 정숙 부부의 갈등은, 사랑이 생활과 가난이라는 문제 앞에 직접 던져질 때 얼마나 힘없이 무너지는가를 보여준다. 그것은 돈이라는 교환가치 앞에서 너무나도 취약한 사랑의 모습을 반영하는 것이었다.

가난한 속에서도, 이집의 주인되는 소학교 교원과 이집의 주부되는 유치원 보모는 구태어 비범한 것, 구태어 신기한 것을 구하려 들지 않고, 그저 평범한 생활 속에 그들의 평생을 마치고자 한다. ……전에는 그처럼 무의미한 인생은 다시 없는드키 생각되던 이러한 종류의 생활방도가, 어인 까닭인지 오늘의 정숙에게 적지 않은 감동을 주었다.

낚싯대를 어깨에 메고, 어린것들의 손목을 이끌어 교외로 나간 남편은, 반드시 저녁 안에는 이 집으로 다시 찾아 들 것이오, 젖먹이와 더부러 하루 종일 집을 지킨 안해는, 그들이 틀림 없이 돌아올 것을 믿고, 저녁 식탁을 이제 죽비할[18] 것이 아니겠느냐? 물론, 그것은 이 집, 이 가정 하나에만 있는 '약속'이 아닐 것이다. 모든 가정이 모두가 이 '약속'을 가지고 있고, 이를테면 이 '약속'이 있기 때문에 비로소 그것은 한 개의 '가정'이라 불리워지는 것이 아니겠느냐? 그러나 자기들―, 내외의 생활에는 이 '약속'이 없었다. 이 '약속'을 지켜보려는 노력도 없었다. ······ 정숙은 저도 무르게, 끝끝내 한숨을 토하고야 말았다.[19]

동창생인 유실의 집을 방문한 신호의 아내 정숙은 그곳에서 '생활'을 발견한다. 그는 가정이란 생활이 있을 때 비로소 완성될 수 있는 것임을 깨닫는다. 그 생활을 만드는 것은 바로 가족 상호 간의 약속이다. 여기서 정숙은 그 약속이란 각자의 사무로 나갔던 모든 가족 구성원이 정해진 시간에 한 집으로 모여들고 그곳에서 하루의 일과를 정리할 것으로 기대하는 것이라고 생각하고 있다. 그러나 그 약속의 이면은 실제로 그리 단순하지 않다. 그 약속의 중요한 전제는 사실 경제력, 즉 '소유'이기 때문이다. 타락한 도시에서 꿈꾸는 가정 혹은 생활이란 돈이라는 교환가치를 통해서만 구현될 수 있다. 이 도시에서 살아가는 모든 사람들은 이 속물적인 약속으로부터 결코 자유로울 수 없다.

정숙의 오빠인 수길과 그의 처 영자는 이렇게 타락한 사회에서 진정한 애정을 영위하는 것처럼 보인다. 신호와 정숙이 경제적인 문제로 인해 애정조차 잃어버리고 있는 반면, 수길과 영자는 가난 속에서도 여전히 사랑을 키워가고 있기 때문이다. 이 점에서 본다면 수길과 영자 부부는 「애경」이라는 제목과 가장 근접한 애정관계를 바탕으로 가정을 꾸려나가고 있다고 볼 수 있다. 그러나 「애경」의 서사는 그 사랑마저도 타락한 물질 위에서만 존재할 수 있음을 보여준다.

어머니는 아들 내외를 따라 방에서 나오며, 지금 마음 속에 조그마한 감격

---

18 준비의 오기인 듯.
19 「애경」, 447~448쪽.

을 느낀다. 이것들이 가난살이 속에서도 그래도 나를 어머니라고, 어머니를 기쁘게 하여 주겠다고, 없는 돈에서 '동물원'이니 '화신상회'니 하고…… 그러한 것을 생각할 때, 늙은 어머니의 눈에는 거의 눈물조차 글성거렸다.

그는 오늘도 이 가엾은 며누리에게 찬 용이라도 보태어 쓰라고, 돈 오원을 싸가지고 온 길이다. 그는 지금 내어 놓을까 말까 하고 망살거리다가,

'이따가 가는 길에 내주지…….'

하고, 그렇게 마음에 작정을 하였다.[20]

이 부분은 「애경」이라는 작품 전체를 관통하는 주제의식을 선명하게 보여준다. 아들 내외에게 감격한 어머니의 행복은 다름 아닌 '소비'에 의한 것이다. 가난 속에서도 어머니에게 무엇인가를 해 줄 수 있는 이유는 비록 카페의 여급일망정 영자에게 경제력이 있기 때문이다. 결국 이 도시에서 살아가는 모든 사람들은 궁극적으로 이러한 소비가 주는 행복으로부터 벗어나지 못한다. 태석처럼 거창하게 무엇인가를 욕망하지 않더라도 모든 등장인물들은 각각이 처한 상황에서 그 나름대로의 방식으로 소비라는 도시의 욕망을 추구하고 있는 것이다. 그것은 구보형 인물이면서도 결코 고현학적 관찰자라는 고유의 임무를 수행하지 못하는 최신호라는 인물을 통해 보다 분명히 드러난다.

다시 한 번 지나치게 공손한 예를 하고 문으로 향하려다 그는 깨닫지 못하고 주춤하니 그곳에가 섰다. 난로에 앉아 있는 패들 중의 한 사나이와 시선이 마주친 까닭이다. 물론 아는 사람은 아니었다. 그러나 그는 그 샛별 같은 눈과 단정한 코가 분명히 어디서 본 일이 있는 듯싶게 느꼈다. 여자는 눈을 아래

---

20 「애경」, 398쪽.

로 깔고 분주히 밖으로 나갔다.[21]

숙자가 다방 '門'에서 우연히 마주친 주인공 신호는 김태석과는 전혀 다른 모습으로 묘사된다. '샛별 같은 눈과 단정한 코'는 신호라는 인물이 가진 지적인 면을 부각시킨다. 이러한 신호는 박태원의 페르소나인 구보를 다분히 연상시킨다. 그러나 그의 처남인 준길은 그를 '룸펜'이라고 냉소적으로 평가한다. 그곳에는 신호에 대한 일종의 질투와 신호의 경제적 무능에 대한 경멸이 동시에 담겨져 있다.

그런데 「애경」의 서사를 이끌어가는 것은 바로 이러한 신호의 타락이다. 사랑을 한낱 게임으로 보는 태석과 달리 신호는 사랑에 많은 가치를 부여했던 인물이다. 이 점에서 그는 수길과 마찬가지로 「애경」이라는 사랑의 서사에서 가장 긍정적인 인물로 형상화되어 있다. 그는 결혼 후 달라진 아내의 태도에 괴로워한다. 그러나 그 괴로움은 오직 그의 생각에만 머무를 뿐이다. 정숙의 말대로 그들 부부는 끊임없이 서로의 무능과 변심을 탓했을 뿐이다. 부부라는 가장 친밀한 관계 속에서도 소통이 단절되고 있는 것이다. 하지만 신호는 아내의 애정을 회복하기 위해 그 어떤 노력도 하지 않는다. 오히려 그는 태석의 방식을 선택함으로써 걷잡을 수 없이 타락하게 된다.

> 그는, 어쩌면, 막연히 한 '경우'를 생각하고 있는 것인지도 모른다. 여자와 그렇게 몇 번이고 만나는 동안에, 저 모르게 자기의 욕정이 강렬하게 여자의 육체를 요구하게 되고, 그 강렬한 욕구는 자기의 건전한 리성을 가지고도 억제하지 못하는 '경우'―, 그러한 때가 이르기를 막연하게 고대하고 있는 것인

---

21 「애경」, 344~345쪽.

지도 모른다.

'비겁하고, 또 불결한 사상…….'

다시 쓴웃음이 입가에 떠오른다. 그러나, 미친 옆을 지나던 중년부인이 의아
스러이 자기의 얼굴을 치어다보는 것을 깨닫자, 그는 순간에 웃음을 걷우고, 그
곳에 잠깐 걸음을 멈추었다가, 늘 하는 버릇으로 좌우를 둘러보고, 다음에 샛골
목으로 얼른 들어섰다. 옥화의 집은 바로 그 골목안 막달은 집이었다.[22]

자신에게 지대한 호감을 보이는 기생 옥화를 만나면서 신호는 욕망
에 빠져든다. 사실 그는 여자에게 대단히 육체적인 욕망을 느끼면서도
그것을 추구함에 있어서는 상당히 미온적이다. 그것은 그 스스로 그러
한 자신의 욕망이 대단히 불결하고 속악한 것이라고 생각하기 때문이
다. 그럼에도 불구하고 그는 그 욕망을 포기하기보다는 오히려 여자가
자신의 욕망을 이루어주기를 기대하고 있다. 욕망이 성취되기를 바라
면서도 그 욕망을 직접 선택하지 않음으로써 스스로에게 면죄부를 주
고 있는 것이다.

이 점에서 본다면 신호는 바람둥이인 태석보다도 더 타락한 인물이
라 할 수 있다. 그는 자기 자신을 위선적으로 포장하고 있을 뿐이다.
태석은 수많은 여자들을 육적으로 탐닉했지만, 적어도 그것을 '행복'으
로 포장하지는 않았다. 또한 그러한 자신을 바라보는 타인의 시선 앞
에서도 당당하게 자신의 욕망을 인정했다. 그는 분명 타락한 인물이지
만 그 타락을 인정할 만큼 용감한 인물이기도 했다. 그러나 신호는 자
신의 타락을 스스로 경멸하면서도, 그 타락의 여정에 몸을 던진다. 더
구나 그는 그러한 자신을 인정할 만큼 용감하지도 않았다. 그는 오히

---

[22] 「애경」, 457쪽.

려 그러한 자신의 행위에 정당성을 부여하기 위해 그것을 '행복'으로
포장하기까지 한다. 미완으로 끝난 소설의 마지막은 그러한 신호의 타
락과 위선을 매우 구체적으로 보여주고 있다.

그리고 다시 상긋 웃으며 그를 돌아보는 여자의, 양장한 맵씨가 오늘 더욱
아리따웁다고, 신호는 생각하며, 이 여자가 만약 자기를 향하여 손만 잠깐 내
어 민다 하면, 자기는 전후 생각 없이 그 손에 매어달린 채, 어떠한 곳으로든
이끌리어 가기를 사양 안할 것만 같았고, 그곳이 비록 치욕과 타락의 구덩이
라 하더라도, 자기는 오히려 행복일수 있을 것 같이 느끼고 싶은 것을 아무렇
게도 하는 수가 없었다…….[23]

결국 「애경」 역시 『명랑한 전망』과 마찬가지로 진실한 의미에서의 전
망을 찾아내는 데는 실패하고 만다. 박태원은 「애경」에서 욕망을 줄다
리기 하는 남녀의 복잡한 삼각관계라는 통속적 제재를 통해 타락한 경
성의 한 풍경을 반영하고 있다. 그곳에서는 애정 또한 하나의 교환가치
로 전락해 있다. 그러나 「애경」의 서사는 그러한 모순을 드러내는 지점
에서 멈춘 채 미완으로 끝나고 만다. 타락한 삶의 풍경은 짚어냈지만 그
너머에 존재하는 전망은 여전히 묘연하기 때문이다. 오히려 「애경」에는
그 관찰자마저 타락시키는 위협적인 도시의 욕망이 꿈틀거릴 뿐이다.

23　「애경」, 460쪽.

3) 사적(私的) 애정과 공적(公的) 결혼 : 『여인성장』

'소유'가 결코 '명랑한 전망'이 될 수 없음은 이미 명백해졌다. 그렇다면 무엇이 전망을 가능하게 하는가? 『여인성장(女人盛裝)』[24]이 내세우는 것은 '사랑'이라는 지고지순한 가치이다. 그러나 그 사랑의 지향점 역시 '가정의 완성'이라는 점에서 『명랑한 전망』이나 「애경」과 연장선상에 있다고 볼 수 있다. 『명랑한 전망』과 「애경」은 표면적으로는 남녀의 애정과 욕망이라는 문제를 다루고 있지만, 실제로 그 안에 반영된 것은 소유를 통해서만 존재를 확인받을 수 있는 소외의 공간인 도시였다. 그러나 『여인성장』에 오면 그러한 도시에 대한 탐색마저도 찾아보기 어려워진다. 화려하게 채색된 도시 앞에서 등장인물들의 사랑도 왜곡되고 만다.

그런데 여기서 말하는 사랑이란 본질적인 의미에서는 결혼을 통해서만 완성될 수 있는 것이다. 그 결혼은 종종 신분상승의 욕망을 미화하는 것으로 이용된다는 점에서 주목할 필요가 있다. 사랑과 희생이라는 이상화된 가치 아래 신분상승이라는 원초적인 욕망을 포장하는 이러한 전형은 김말봉(金末峰, 1901~1962)의 『찔레꽃』[25]에서 먼저 찾아볼 수 있다. 작가 김말봉은 스스로 '대중소설가'를 자처할 만큼 대중의 취향에 영합하는 소설을 창작했으며, 실제로도 대중적인 인기를 얻은 작가이기도 했다. 특히 『찔레꽃』은 애정소설의 가장 기본적인 구조라고 할 수 있는 '삼각관계'의 한 전형을 완성했다는 점에서 흥미로운 텍스

---

24 『여인성장』은 1941년 8월 1일부터 1942년 2월 9일까지 『매일신보』에 연재되었다. 본고에서는 『한국근대장편소설대계』 4(태학사, 1988)에 실린 1949년 영창서관의 단행본을 텍스트로 삼는다.
25 『찔레꽃』은 1937년 3월 31일부터 10월 3일까지 『조선일보』에 연재되었다. 본고에서는 1970년 발간된 省音社본을 그 텍스트로 하며 이하 텍스트는 인용 쪽수만 표기.

트라 할 수 있다.[26]

『찔레꽃』의 배경은 자본주의 사회가 일정하게 성장한 1930년대 후반이다. 이 작품에서도 '돈'은 매우 중요한 혼사장애 요소로 사용되고 있다. 그런데 여기서 주목되는 것은 돈을 표상하는 부르주아지 계급이 두 가지 인물유형으로 나온다는 점이다. 이 소설의 표면적인 주제는 '사랑과 돈'의 갈등이지만, 실제로는 부르주아지 구세대와 신세대의 가치관에 따른 대립이라고 할 수 있다. 이는 방탕한 재산가와 건강한 상속자라는 구도를 지니고 있다. 『찔레꽃』의 주인공은 정순과 민수이지만, 실제로 이 작품이 지향하는 사랑을 성취한 것은 경애와 경구 남매이다. 타락한 화폐에 의해 구성된 부르주아지 가정에서 건강한 상속자가 나올 수 있도록 만드는 힘은 다름 아닌 사랑이다.

이러한 『찔레꽃』의 서사는 근대에 대한 겸허한 반성에 근간하고 있는 것은 아니지만, 돈으로 인한 혼사장애를 오히려 신분상승의 새로운 기회로 본다는 점에서는 이전의 애정소설과 근본적인 차이를 보인다. 여기서 결혼은 사랑의 결실이 아니라 서로 다른 두 계층의 결합을 합법적으로 가능하게 하는 장치로 활용되는 것이다. 이를 위해서는 정혼

---

26 애정을 둘러싼 삼각관계가 등장한 것은 『찔레꽃』이 최초는 아니다. 조일제(趙一齊, 1863~1944)의 『장한몽』(1913년 『매일신보』에 상편이 연재되고, 1915년 다시 중·하편이 연재되었다. 본고는 전광용 외편, 『한국신소설전집』 9권(을유문화사, 1968)을 텍스트로 삼는다. 이하 텍스트는 인용쪽만 표기)에서부터 나도향(羅稻香, 1902~1926)의 『환희』에 이르기까지 삼각관계는 근대적 애정소설에서 중요한 혼사장애의 요소로 사용되었다. 그러나 그것은 실제로 세 남녀 사이의 진정한 감정교류에 의한 삼각관계라고 하기에 허술한 점이 많다. 특히 여주인공을 둘러싼 삼각관계는 '사랑과 돈'이라는 가치에 의한 것이었지 실질적인 연애감정에 의한 것은 아니었다. 그것은 삼각관계의 가장 중요한 축을 이루는 주인공 남녀의 사랑이 근대적 의미의 '사랑'이 아니라 '정혼이라는 관계로 맺어진 봉건적 의리'에 가까웠기 때문이다. 따라서 여주인공은 의리라는 도덕과 현실적인 물욕 사이에서 갈등하는 것이다. 한 사람을 사랑하면서도 다른 사람에 대한 호감으로 인해 갈등하는 진정한 삼각관계는 『찔레꽃』에서 본격적으로 제시되었다고 볼 수 있다. 이는 기본적으로 물욕에 대한 긍정을 기반으로 한다는 점에서 이전 작품들과 확연한 차이를 보인다.

이라는 의리를 토대로 했던 사랑은 희생되어야 한다. '사랑의 희생'을
통해 '사랑을 완성'한다는 새로운 도식이 만들어진 것이다.『찔레꽃』의
서사는 이러한 일방적인 사랑의 희생을 '찔레꽃'의 고결함으로 포장하
며 마감된다.

> 어디서 레코오드 소리가 들려온다. 대청에 있는 라디오인 모양이다.
> "찔레꽃 같이 괴론 그대 맘같이
> 내가슴 내가슴에 품어 주게나
> 시내 언덕 풀숲에 찔레꽃 피네
> 희고도 고운 찔레꽃 피었다지."
> 하는 모 성악가의 독창이다.[27]

박태원의『여인성장』은 이러한『찔레꽃』으로부터 촉발된 애정소설
에 대한 익숙한 기대를 충실히 따라가고 있다.『여인성장』역시 사랑
과 배신이라는 익숙한 장면으로부터 시작된다. 여주인공인 숙자는 애
인인 철수에게 일방적으로 이별을 고하고 상호와 결혼한다. 그러나 숙
자는 결혼을 해서도 철수에 대한 간절한 사랑을 간직하고 있다. 따라
서 맨 처음 독자의 흥미를 끄는 것은 철수와 숙자 두 사람의 연애스토
리가 아니라 그 뒤에 은폐된 진실이다. 왜 숙자는 그토록 사랑하는 철
수가 아닌 은행 두취의 아들 상호와 결혼했는가?

『여인성장』의 서사는 바로 이 비밀의 열쇠를 찾아나가는 과정이다.
숙자는 끊임없이 철수에 대한 사랑을 고백하지만, 실제로는 그에게 매
몰찬 편지를 보내는 이해할 수 없는 행동을 하고 있다. 이러한 숙자의

---

27 『찔레꽃』, 399쪽.

알 수 없는 태도는 독자의 호기심을 자극하며 소설의 결말까지 긴장을 유지하는 원동력이 된다. 숙자-철수-숙경의 삼각관계가 형성되면서 비밀은 또 다른 비밀을 야기한다. 철수와 숙자의 이별이 문제가 아니라, 철수와 숙자가 연인이었다는 사실 자체가 또 다른 비밀이 되는 것이다. 숙자의 시누이인 숙경이 철수를 짝사랑하면서 이 두 번째 비밀은 삼각관계를 형성하는 기반이 된다.

> 그 뒷모양을 잠깐 얼빠진 사람처럼 바라보다가, 상호는 기쁨을 참지 못하고 중얼거렷다.
> "숙자허구 철수하곤 아무관계가 업섯다! 숙자는 순결허다!"
> 그는 철수를 좃차 나려가서 몃 번이고 절이라도 하고십게 그가 고마윗다.[28]

숙자를 강제로 범하여 결혼에 성공한 상호는, 이미 자신의 아내가 된 숙자의 순결에 집착한다. 따라서 그의 모든 내적 고민과 갈등은 숙자의 순결을 확인한 후 단숨에 해결된다. 숙자의 순결이 증명되면서 『여인성장』을 둘러싼 모든 갈등은 순식간에 사라져 버리는 것이다. 더구나 숙자를 강간한 상호의 범죄는 그들이 결혼했다는 이유만으로 어떤 반성도 없이 용서되고 만다. "애정갈등에서 파생되는 연쇄적인 삽화들 사이의 착종 관계가 미로와도 같이 복잡하면서도 쉽게 풀리는 구조"[29]로 되어 있어서, 인물 관계는 복잡하게 얽혀 있지만 그에 비해 문제의 해결은 의외로 너무나 쉽게 끝나버리는 것이다. 비밀을 지키려고 했던 인물들의 노력이 너무나 컸던 것과 상관없이, 『여인성장』의 결말은 특별한 반전 없이 충분히 예상 가능한 결말을 향해 진행되어 나간

---

28 『여인성장』, 502쪽.
29 공종구, 「통속적인 연애담의 의미」, 강진호·류보선·이선미·정현숙 외, 앞의 책, 395쪽.

다. 이는 이 작품을 유지했던 '두 개의 비밀'이라는 미스터리 구조가 통속적 흥미를 자극하는 것 이상으로 나아가지 못했음을 알게 해준다.

그러나 『여인성장』의 본질적인 문제는 다른 곳에 있다. 이 작품의 결말은 숙자와 철수가 자신의 진실한 사랑을 희생함으로써 숙자와 상호, 숙경과 철수가 행복한 가정을 이루는 것으로 끝이 난다. 그러나 '현재 삶의 인정'과 '또 다른 짝 찾기'로 귀결된 이러한 소설의 결말은 그들의 사랑이 가진 진정성을 의심하게 한다. 누군가를 사랑한다는 것은 단지 겉모습을 치장하는 것이 아니라, 그 내면까지도 가꾸고 변화되는 것이다. 따라서 '성장(盛裝)'의 이유가 사랑이라면 그곳에는 반드시 그 사랑으로 인한 내면적 '성장(成長)'이 동반되어야 한다. 물론 상호와 숙경은 완전한 악인은 아니지만 숙자와 철수에 대한 그들의 사랑은 치기어린 질투와 소유욕을 뛰어넘지는 못한다. 결국 여인의 '성장(盛裝)'으로부터 '성장(成長)'을 이끌어내지 못한 바로 그 지점에서 『여인성장』의 한계는 보다 뚜렷해지는 것이다.

따라서 『여인성장』의 서사는 이미 『찔레꽃』에서 익숙해진 신분상승의 통로로서 결혼의 의미를 다시 반복한 것 이상으로 나아가지 못한다. 그러나 처음부터 그 가능성이 봉쇄되었던 것은 아니다. 이 작품의 본래 주인공이었으나, 어느 순간 소설의 서사로부터 사라진 강순영은 『여인성장』의 서사적 추락을 그대로 보여주고 있다는 점에서 주목할 필요가 있다. 소설 초반, 순영에 대한 서사는 철수에 대한 것만큼이나 비중 있게 다루어졌다. 그것은 애초에 작가가 이 작품의 여주인공으로 순영을 염두하고 있었음을 짐작할 수 있게 한다. 그러나 소설의 중반 이후 순영은 거의 언급되지 않는다. 오히려 『여인성장』의 서사는 순영에게 지나칠 만큼 가혹하다. 순영은 숙자와 상호 / 숙경과 철수의 애정 관계 속에서 철저한 타자로 자리한다. 이러한 순영의 진실한 사랑이

다른 네 사람의 유약한 사랑을 빛내주기 위해 의도적으로 무시되고 소외됨으로써 『여인성장』의 서사는 '성장(成長)'으로 나아갈 가능성을 상실하고 만다.

이러한 순영의 모습엔 『명랑한 전망』의 애자의 모습이 겹쳐져 있다. 두 여인은 모두 가난한 집안 사정으로 인해 기생이 되었다. 그녀들의 육체는 순결을 잃었지만, 그 정신은 누구보다도 순결한 여인들이었다. 그럼에도 불구하고 그녀들의 사랑은 소설의 서사 속에서 철저하게 외면당한다. 애자에게는 어린 경자를 혼자 키워야 하는 삶이, 순영에게는 고백도 해보지 못한 아픈 사랑의 상처만이 남겨진다. 사치스럽고 철이 없는 혜경(『명랑한 전망』)과 숙경이라는 두 여학생의 치기는 용서되지만, 가난을 위해 몸을 팔아야 했던 애자(『명랑한 전망』)와 순영에게 운명은 가혹하기만 하다.

> 그러나 순영은 슬펏다. 이미 저는 처녀가 아니오 처녀가 아닐뿐 아니라 이미 한어린 것의 어머니이엇던 것이다. 저는 아무리 가슴을 태워 철수를 그리워하여도 도저히 철수의 사랑을 구할 수는 업는 것만 갓흔 것이 그에게는 슬펏다. 그러면서도 막연한 히망과 갓흔 것을 가슴 한구석에 지니고 잇섯던 그는 철수가 숙경이와 약혼 하여 버렷다는 한마디 소식에 그 막연한 히망마저 영구히 버리지 안흐면 안 되엇던 것이다.[30]

혜경과 순영의 결정적인 차이는 '물질'의 소유 여부이다. 순영은 혜경과 달리 상실된 육체적 순결을 보상할 수 있는 물질을 소유하고 있지 못하다. 부유한 이혼녀인 혜경은 그 물질의 힘으로 히재의 사랑(?)

---

30 『여인성장』, 572쪽.

을 되찾을 수 있었지만, 가난한 순영에게는 그런 기회조차 제공되지 않았다. 순결도 물질도 소유하지 못한 순영은, 철수에게 연민의 대상은 될 수 있어도 사랑의 대상은 될 수 없는 존재였던 것이다. 더구나 순영의 아이는 그녀의 삶에 찍힌 낙인과도 같았다. 『여인성장』이 여인들의 내면적 성장으로까지 나아갈 수 없었던 이유는 바로 이러한 순영을 서사의 중심으로부터 배제했기 때문이다. 오히려 『여인성장』의 서사는 상처 받은 여인들에게 현실에 안주할 것을 강요한다. 숙자가 강간으로 인해 맺어진 상호와의 결혼생활을 임신으로 인해 그대로 인정하고 안주하는 것처럼, 순영에게도 사랑을 포기하고 생활에 안주할 것을 은연중에 강요하고 있다. 더구나 소설의 결말은 그것이 여인들의 진정한 행복이라고 우기기까지 한다.

> 비록 처녀는 아니라하더라도 그처럼 젊고 어엽부고 또 마음씨 고흔 여인이다. 압호로 어데서 뜻하지 안흔 인연이 행복을 담북 지니고 그를 차즐지 모르는 일이 아니겠느냐?[31]

소설의 결말은 '모두가 행복하면 그만'이라는 근거 없는 낙관으로 채워진다. "김철수의 애인을 빼앗은 최상호의 누이동생에게 사랑을 느낀다는 상황 설정은 일종의 안이한 짝바꾸기, 제자리찾기에 불과할 뿐이다."[32] 따라서 등장인물들은 모두 누군가를 '사랑'했지만, 그 사랑 중 어느 것도 진정한 의미의 '사랑'에 도달하지 못했다.

『여인성장』은 통속적 애정 코드를 차용한 박태원의 작품 중에서 가장 뚜렷한 해피엔딩을 보여주고 있다. 그러나 그것은 오히려 박태원

---

31 『여인성장』, 574쪽.
32 최혜실, 「산책자의 타락과 통속성」, 강진호·류보선·이선미·정현숙 외, 앞의 책, 201쪽.

작품에서 지속적으로 추구되었던 그 전망에 대한 가능성을 닫아버린 것이기도 하다. 『여인성장』의 철수에게서는 구보의 고뇌와 강박증적인 관찰의 흔적을 더 이상 찾을 수 없다. 『명랑한 전망』과 「애경」의 서사 속에서 타락되어 가던 구보는 『여인성장』에 이르러 마침내 소실되어 버린 것이다.

박태원 소설에서 구보는 등장인물 이상의 의미를 지닌다. 그는 분명 허구적 인물이지만, 작가인 박태원 자신의 세계인식을 그대로 표상하는 인물이기 때문이다. 끊임없이 대상을 관찰하는 구보의 모습에는 이 세계를 향한 문제의식을 포기하지 않으려고 하는 작가의 치열한 고뇌가 담겨져 있다. 그러한 구보를 통해서 박태원은 '공공적 글쓰기'로서의 소설을 꿈꿀 수 있었던 것이다. 구보의 소실은 변질된 공공성의 시대를 향한 박태원의 '공공적 글쓰기'가 마침내 시대의 무거운 벽 앞에 부딪쳤음을 의미한다. 따라서 통속적 코드로 구보의 빈자리를 메우고자 했던 『여인성장』의 서사적 실패는 어쩌면 필연적이다. 구보의 고현학적 관찰이 끝난 곳에서, 박태원의 서사 역시 그 본래의 건강함을 잃어가고 있는 것이다.

이처럼 이중 관찰과 객관화된 주관이라는 서사적 목표를 위해 차용되었던 통속적 코드들은, 구보가 사라진 그의 서사 안에서는 긍정적인 동력으로 작용하지 못한다. 따라서 박태원의 고현학은 새로운 과제에 직면하게 된다. 흔히 자화상 3부작으로 불리는 「음우」, 「투도」, 「채가」와 이와 유사한 특성을 보이는 「재운」은 식민지 근대가 그 마지막 절정을 이루었던 1940년대라는 시대 현실에 부딪친 박태원의 고현학적 서사 대응을 보여준다는 점에서 주목할 필요가 있다. 그것은 고현학 본래의 '관찰', 그 자체로 돌아가는 것이었다.

2. '궁항매문(窮巷賣文)'의 서사 : 자화상 3부작, 「재운」

1) 사소설과 자화상 3부작

흔히 자화상 3부작으로 불리는 「음우(淫雨)」,[33] 「투도(偸盜)」,[34] 「채가(債家)」[35]는 소시민으로서 작가 박태원의 모습이 가장 잘 투영된 작품으로 평가받는다. 이들 작품은 1인칭 지식인 주인공을 중심으로 이야기를 전개하고 있다는 점에서 초기작인 「적멸」이나 여타 지식인 주인공 소설과 유사점을 보인다. 그러나 허구적 자아와 작가 사이의 거리가 거의 느껴지지 않는다는 점에서는 일정한 차이를 보이는 데, 사소설적인 면을 다분히 드러낸다는 점에서 주목할 필요가 있다.

사소설(私小說)은 주로 일본에서 많이 창작된 소설 유형인데, 일본에서 가장 널리 통용되고 있는 사전인 『廣辭苑』에서는 그 의미를 다음과 같이 정의하고 있다. 사소설이란 "작가 자신의 경험이나 심경·감회 등을 소재로 한 사회성이 부족한 소설"을 말하며, "자전적 형식의 일인칭 소설"을 지칭한다. 일본에서 사소설이라는 용어가 본격적인 문단용어로 등장하기 시작한 시기는 대략 1920년 무렵으로 치카마츠 슈오코오[近松秋江]에 의해서였다.[36] 이토오 세이[伊藤整]는 「도망 노예와 가면 신사」[37]에서 일본의 문사를 '가면 노예'에 비유한다. 서양 문인들과 달

---

33 「음우」는 1940년 10월 『조광』 6권 10호에 발표된 작품이다.

34 「투도」는 1941년 2월 『조광』 7권 1호에 발표된 작품이다. 본고는 권영민·이주형·정호웅, 『한국근대단편소설대계』 9(태학사, 1988)의 수록본을 인용하며, 이하 텍스트는 인용 쪽수만 표기.

35 「채가」는 1941년 4월 『문장』 3권 4호에 발표된 작품이다. 본고는 권영민·이주형·정호웅, 『한국근대단편소설대계』 9(태학사, 1988)의 수록본을 인용하며, 이하 텍스트는 인용 쪽수만 표기.

36 오상현, 「일본의 사소설의 이론과 형성」, 『비교문학』 19, 한국비교문학회, 1994, 188쪽 참조.

리 일본 문인들은 현실적인 지위가 상당히 낮았다. 그것은 사회 전체에 대해 조망할 수 있는 가능성을 약화시켰고, 그 결과 일본 근대소설은 수필적이고 자전적인 성격이 두드러지게 되었다는 것이다. 사회적 기반이 부재한 작가가 가장 능동적으로 반응할 수 있는 공간은 그 자신의 생활이었기 때문이다. 히라노 겐[平野謙][38]에 따르면 이러한 사소설은 '생의 위기의식'으로부터 시작된다. 작가 자신을 둘러싼 일상의 위기의식이 곧 그의 예술적 모티프가 되면서 작품과 작가의 현실이 일원적인 세계를 구성하게 된다는 것이다.

이처럼 사소설은 일본에서 '자신의 생활 기록에 가탁하여 인생관, 생활태도를 표현하는 소설형식으로 본격소설에 대립하는 개념으로 인식된'[39] 측면이 강하다. 한국 근대문학에서의 사소설은 좀 더 복잡한 층위를 가지게 되는데, 박태원에게 있어서 그것은 좀 더 구체성을 띤다. 백철[40]은 사소설에 대해 서구의 사회소설로 발전하지 못하고 작가 개인의 심경적인 세계로 귀착되고만 일본적 근대소설이라고 비판적으로 규정하고 있는데, 특히 박태원 소설에서 그러한 패턴이 두드러진다고 이야기했다. 이러한 백철의 논의는 '사소설 = 신변잡기소설'이라는 등식을 바탕으로 한 것으로, 작가의 생활을 소설의 핵심적 모티프로 삼아서는 객관적인 현실이 담겨질 수 없다는 사고에 기반하고 있다. 사소설로서 박태원의 자화상 3부작에 담긴 의의를 조망하기 위해서는 백철보다는 김윤식의 논의가 더 필요할 듯하다. 김윤식[41]은 사소설의 중요한 특징을 개인적인 것을 공적인 것으로 바꾸어 버리는 사고

---

37 이토 세이, 유은경 역, 「도망 노예와 가면 신사」, 『일본 사소설의 이해』, 소화, 1997.
38 히라노 겐, 「사소설의 이율배반」, 위의 책.
39 오상현, 앞의 글, 186쪽 참조.
40 백철 편, 『비평의 이해』, 현음사, 1968.
41 김윤식, 『이상문학전집』 3, 문학사상사, 1993.

방식에 있다고 보았다. 이는 1940년대 초반 연속으로 발표된 자화상 3부작을 분석할 수 있는 중요한 방향키를 제공한다. 자화상 3부작인 「음우」, 「투도」, 「채가」, 이 세 편의 사소설은 박태원 자신에게 있어서 '공공적 글쓰기'의 한 실천일 수 있었음을 시사하기 때문이다.

사실 이 자화상 3부작 이전에도 박태원의 대부분의 작품은 사소설적인 요소를 많이 지니고 있었다. 박태원은 자기 소설의 주인공 이름인 '구보'를 자신의 호로 사용하기도 했는데, 이는 독자로 하여금 소설 속의 구보와 작가 박태원을 일치시키며 독서하도록 유도하는 장치로 기능하였다. 그러나 그것은 '주관의 객관화'라는 고현학적 목표를 위해 의도된 혼동이었음을 기억할 필요가 있다. 실제로 박태원 소설의 다양한 기법 실험은 바로 '구보'라는 명칭이 주는 혼동을 바탕으로 성취될 수 있었기 때문이다. 「소설가 구보씨의 일일」이나 「애욕」 같은 작품이 3인칭 시점과 구보라는 명칭을 적절히 혼용해서 3인칭으로 객관화된 1인칭 시점의 효과를 톡톡히 보았던 것을 환기해 보자. 박태원에게 있어서 구보라는 명칭은 소설이라는 허구적 세계와 현실적 세계를 혼동시키는 가장 확실한 서술적 트릭이었던 것이다.

그런데 자화상 3부작에서는 그러한 의도적인 혼동을 야기하는 모든 장치들이 사라져 있다. 여기에는 수필을 연상하게 할 만큼 작가 박태원 자신의 삶이 노골적으로 반영되어 있다. 주인공 구보는 이제 노골적으로 '소설 쓰는 박군'으로 호명되고 있으며, 구보의 아이들은 그대로 현실 속 박태원의 자녀들이다. 이것이 소설인지 수필인지 혼동될 만큼 소설의 서사는 작가 박태원의 일상에 너무나도 가깝게 위치한다. 더구나 소설의 공간적 배경인 돈암동 집은, '그가 1940년부터 1948년까지 살았던 돈암동 487-22번지 집'[42]이다. 작가의 생애사가 그대로 작품에 겹쳐지는 것이다.

한 작가가 소재에 궁한 나머지 자기의 사소설에서 취재하여 제작한 중에 극히 저열한 작품이 간혹 발견되는 것은 사실이다. 그러나 그것을 가져, 곧, 심경소설, 사소설이 값어치 없는 것같이 생각하려 하는 것은 일종의 맹단일 뿐이다.

그것은 오직 그것이 저열한 작품인 까닭에 저열할 뿐이지, 결코 작가의 사생활을 취급한 까닭에 저열한 것이 아님으로써이다.[43]

여기서 박태원은 사소설과 심경소설을 거의 동격의 용어로 사용하고 있다. 그는 사소설에 대한 일반적인 비판을 일면 인정하면서도, 사소설 역시 소설의 중요한 유형임을 강조하고 있다. 그는 저열한 작품은 그저 작품 자체가 저열한 것이지 사소설이라는 형식이나 작가의 사생활 자체가 문제가 되는 것이 아니라고 말한다. '소설 쓰기의 소설화'인 「소설가 구보씨의 일일」 이후 그 사소설적 경향을 지적받았던 박태원으로서는 단지 사소설적이기 때문에 수준이 낮은 작품으로 평가되는 풍조를 납득할 수 없었던 것이다.

어떠한 걸출한 작가에게 있어서라도 그가 참말 자신을 가져 쓸 수 있는 것은 구경, 평소에 자기가 익히 보고, 익히 듣고, 또 익히 느끼고 한, 그러한 세계에 한할 것이다.

---

42 "박태원은 분가한 후 兄으로부터 거의 경제적인 도움을 받지 못한 채 원고료로 생활을 유지해 나간다. 그는 분가 후 자주 이사하게 되는데, 경제적으로 어려워지기 시작하였던 것으로 보인다. 1935년 종로 6가로 분가하여 2년 뒤 1937년에는 관철동 12-4로, 1939년에는 예지동 121번지로 이사하였다가, 1940년에 돈암동 487-22로 집을 짓고 정착한다. 그리고 1948년에는 성북동 39번지로 다시 옮긴 것으로 나타나 있다. 이 때 슬하의 자녀는 2남 3녀였다. 이 시기의 가난과 잦은 이사는 自畵像 一, 二, 三이라는 부제가 달린 「淫雨」 「偸盜」 「債家」라는 일련의 작품에 잘 반영되어 있다." 정현숙, 『박태원문학연구』, 국학자료원, 1993, 53쪽.

43 박태원, 「표현·묘사·기교」, 류보선 편, 『구보가 아즉 박태원일 때』, 깊은샘, 2005, 269쪽.

특히, 한 작가가, 창작에 있어서의 '심리해부'의 수련을 위하여서는, 가히 심경소설 제작을 꾀함보다 더 나은 자 없을 것이다.

혹 어떠한 이들은, 사소설이란 그렇게도 용이히 제작되는 거나같이 생각하려 드는 경향이 있으나, 그것은 얼핏 그러한 듯하면서도, 크게 옳지 않다. 자기의 일을, 자기가 관여한 일을 쓰기란, 결코 그렇게 용이한 것이 아니다. (…중략…)

사실, 한 작가가 진리를 굽히지 않기 위하야, 자기 자신의 그리 아름답지 않은 '발가숭이'를 그대로 내놀 수 있다면, 그는 그 태도에 있어서만이라도, 이 한 개의 훌륭한 작가인 것이다. 사소설 제작은 그러한 의미에 있어서도, 작가에게 유의의(有意義)하다.[44]

박태원은 사소설이라는 것이 사실 쓰기 쉽지 않은 양식임을 강조한다. 작가의 사생활 자체가 소재가 된다는 것은 자신의 가장 은밀한 이야기들을 낱낱이 드러내야 한다는 것을 의미한다. 사소설 양식을 취한 작품은 무엇보다도 자기 자신에 대한 끊임없는 반성과 성찰이 밑바탕을 이루어야 한다. 따라서 사소설은 분명 작가 개인의 경험이나 심경·감회 등 지극히 개인적인 체험을 중요 모티프로 하고 있지만, 그곳에는 분명 개인의 삶에 개입되는 사회적 모순에 대한 일정한 시각이 담겨 있다. "그 세계가 좁은 것임은 틀림없으나, 그 대신에 그곳에는 '깊이'가 있기"[45] 때문이다.

소소한 일상이라 해도 일단 그것은 소설이라는 공공적 글쓰기가 된 이상, 그곳에는 일기와 같은 사적인 텍스트와는 다른 차원이 개입될 수밖에 없는 것이다. 실제로 이 자화상 3부작에는 식민지 말기 일제 통치 권력에 대한 작가의 일정한 비판의식이 담겨져 있다. 『아세아의 여

---

44 위의 글, 270~271쪽.
45 위의 글, 270쪽.

명』(『조광』, 1941.2)이나 『군국의 어머니』(조광사, 1942) 등이 대동아주의 선전물에서 크게 멀지 않아 보인다면, 이 자화상 3부작은 대일 협력적 태도와는 현격한 거리가 있어 보이기 때문이다.'[46] 따라서 사소설을 사회성의 부재와 그대로 일치시키는 태도는 정당하지 못하다. 오히려 사소설은 어떤 객관적인 특성에 의해 정의될 수 있는 장르가 아니라, 독자의 '읽기 모드'로 정의되는 장르이다.[47] "독자가 해당 텍스트의 작중인물과 화자 그리고 작자의 동일성을 기대하고 믿는 것이 궁극적으로 그 텍스트를 사소설로"[48] 만드는 것이다.

'소설을 쓰는' 혹은 '소설을 쓰지 못 하는' 작가 박태원의 일상은 이제 예술가의 이상을 때로 버리면서까지 '궁항매문(窮巷賣文)'해야 하는 작가 박태원의 현실적 삶에 대한 기록으로 변모되었다. '궁항'에 처할 수밖에 없는 것이 식민지인의 공통적 현실이라면, '매문'은 식민지 지식인으로서 박태원의 현실적 고뇌를 표방한다. 소설가로 하여금 예술가로서의 이상을 추구하지 못하게 만들고 '매문'을 강요하는 사회 현실은 두 가지 층위로 파악될 수 있다. 그것은 먼저 그의 여러 편의 수필에서 언급된 바대로, 소설가가 다른 직업 없이 전업 작가로 살아가기엔 조선 문단의 현실적 조건이 너무 척박하기 때문이다.

그러나 보다 큰 모순은 그 뒤에 있다. 붓을 들어도 도무지 쓸 것이 없다는 '나'의 고백은 단지 소재의 궁핍만을 지적하는 것이 아니다. 그곳에는 끊임없이 문학을 검열하는 식민지 지배체제의 모순이 소설가의 일상을 억압하고 있다는 사실 또한 반영되어 있다. 이러한 사회 속에

---

46 방민호, 「박태원의 1940년대 연작형 '사소설'의 의미」, 『인문논총』 58집, 서울대 인문학연구원, 2007.12, 302~303쪽 참조.

47 스즈키 토미, 한일문학연구회 역, 『이야기된 자기』, 생각의나무, 2004, 31쪽 참조.

48 위의 책.

서 살아가기 위해서는 소설가는 이상을 버리고 '매문'을 강요받게 되는 것이다.

따라서 자화상 3부작은 단순한 자기 고백이 아닌, "파시즘 체제를 견뎌나가는 작가의 자기 보존을 위한 가장적 장치로 기능"[49]했을 가능성이 높다. 관찰자로 하여금 관찰할 수 없게 만드는 시대의 벽 앞에서 '생활'은 또 다른 관찰의 공간으로 제시되고 있다. 이 생활을 텍스트로 새로운 관찰의 독법을 제시하고 있는 자화상 3부작은 이제 박태원의 고현학이 또 다른 지향으로 나아가고 있음을 보여준다. 단지 삶을 살아가는 것이 아니라 관찰함으로써, 작가 박태원은 생활 속에 은폐된 식민지 체제의 모순과 폭력을 발견하고자 하는 것이다. 따라서 박태원의 고현학은 포기된 것이 아니라 '생활'을 무대로 새롭게 실천되고 있는 것이다. 그것은 총체성이 사라진 1930년대 후반기를 마감하는 작가의 또 다른 시야를 보여준다는 점에서 심도 있게 고찰되어야 할 필요가 있다.

2) '생활'의 고현학

자화상 3부작은 작가의 '생활' 그 자체를 문제로 하여 생활의 고현학을 추구하고 있다. 하지만 실제로 이는 작가 앞에 놓인 현실적 벽을 그대로 인정한 것이기도 하다. 앞에서 살펴보았던 세 편의 애정소설은 구보가 사라진 박태원 소설의 서사적 추락을 보여주었다. 1930년대 후반기의 거리는 더 이상 관찰자가 능동적으로 관찰할 수 있는 공간이 아니었다. 도시적 삶을 구획하는 식민지 근대의 모든 폭력이 도시의

---

49 방민호, 앞의 글, 315쪽.

모든 공간을 장악해 버렸기 때문이다. 거리의 공공성은 파시즘적인 공개성과 자본적 소비 행위로 대체되어 버린 지 이미 오래이다. 따라서 그의 애정소설에서 구보가 사라진 것은 어쩌면 필연적이다. 구보는 고현학적 관찰 그 자체이며 작가 박태원의 생활로부터 야기된 모든 모티프의 총체라 할 수 있기 때문이다. 관찰이 허용되지 않는 공간에서, 더구나 작가 박태원 자신이 더 이상 생활을 영위할 수 없는 그곳에서 구보만이 활보한다는 것은 불가능한 것이다.

사소설을 표방한 자화상 3부작에 와서야 비로소 박태원은 구보를 다시 확보할 수 있었다. 그러나 이들 작품에 나타난 구보의 모습은 이전보다 훨씬 박태원 자신에게 근접해 있다. 구보와 박태원의 경계가 무너져 버린 것이다. 이 때문에 이 자화상 3부작은 전업 작가로서 구보 혹은 박태원이 겪는 현실적인 생활의 문제들을 자세하게 짚어 나간다. 그런데 우리가 간과할 수 없는 것은 이 생활에 대한 기록이 단지 거기에 머무르지 않는다는 사실이다. 그곳에는 분명 사소설이면서도 사소설을 넘어 '넓은 의미의 리얼리즘을 성취'[50]할 수 있는 가능성들이 내재되어 있다. 식민지 사회의 모순은 주인공 '나'의 생활을 장악할 만큼 폭력적으로 개입되고 있기 때문이다. 식민지 근대라는 체제가 가진 모순들이 가장 사적인 공간인 '집'에서조차 공공연하게 작동되고 있는 것이다.

「음우(淫雨)」, 「투도(偸盜)」, 「채가(債家)」는 이제 막 돈암동으로 이사와서 첫 번째 장마를 치르고 있는 작가의 일상을 담아낸다. 그런데 이러한 일상을 대하는 작가 박태원의 태도가 이전과는 상당히 다르다는 점에 주목할 필요가 있다. 이전까지 박태원 소설은 다양한 기법들을 통해 복잡한 시선의 교차를 만들어냈다. 그것은 객관화된 주관이라는

---

50 천정환, 「1941년 박태원과 '자화상 3부작'」, 『전환기, 근대문학의 모험』, 2009 탄생 100주년 문학인 기념문학제 자료집, 2009, 76쪽.

그의 고현학적 목표를 완성하고 독자로 하여금 그것을 이해시키는 데 상당한 역할을 했다. 그러나 이 자화상 3부작에 오면 이러한 실험적 요소들이 상당부분 사라져 있다. 소설 속의 주인공은 더 이상 '구보'의 외피를 두르고 있지 않으며, 그대로 작가 박태원에 일치된다. 독자의 감정이입을 차단함으로써 독자에게 이중적인 관찰을 요구했던 서술적 트릭과 기교들도 찾아보기 힘들다. 대신 일상에 대한 담담하지만 솔직한 생각들이 소설의 전체 서사를 이끌어나가고 있다. 독자는 이중 관찰의 부담 없이 소설 속에 반영된 일상의 여러 문제들을 직접적으로 만날 수 있게 된 것이다.

객관과 주관, 풍경과 내면, 고독과 생활 사이에서 수없이 교차되었던 작가의 시선은 '생활' 그 하나로 고정된다. 그러나 그것은 동시대를 바라보는 작가 박태원의 시각적 스펙트럼이 협소해졌음을 의미하지는 않는다. 분명 그 시야의 폭은 좁아졌지만, 그 안에 담긴 사회상은 오히려 더 확장되었다고 볼 수 있다. 이미 식민지 근대의 모순들이 '생활'이라는 가장 사적인 차원까지도 완전히 장악해 버렸기 때문이다. 이제 박태원의 고현학은 타인에 대한 관찰이 아닌, 자신의 일상에 대한 관찰로 바뀌게 된 것이다.

우리가 그처럼 지난해에 장마 치르던 이야기는 「淫雨」라는 소설로, 또 도적 맞은 이야기는 「偸盜」라는 작품으로, 각각 한번씩 발표한 터이라, 이곳에서는 다시 잔사설 늘어놓지 않겠지만, 하여튼, 그 모든 災殃이 쫓아 일어난 바는, 결국, 내가 八字에 없는 집을 짓기 때문인 거이 분명한 노릇으로,[51]

---

51 「채가」, 615쪽.

　이들 세 편의 작품은 공간적 배경과 시간적 배경이 연속적이다. 시간적 순서도 발표순서와 동일해서 「음우」→「투도」→「채가」의 순서로 진행된다. 대략의 줄거리는 다음과 같다. 주인공 '나'의 가족은 큰 맘 먹고 장만한 새 집에서 첫 번째 장마를 맞이하는데, 비가 내리기 시작하자마자 건넌방 용마루 전체가 무너져버린다. 이는 장마 내내 '나'의 가족들을 깊은 우울과 상처로 몰아넣는다.(「음우」) 그런데 문제는 이 뿐만이 아니었다. 건넌방에 비가 줄줄 새서 어쩔 수 없이 열어놓은 유리창 분합으로 도둑이 들어 방안 있던 양복들을 모두 도둑맞은 것이다. 도둑맞았다는 억울함보다 그들을 더 불행하게 만든 것은 또다시 도둑이 들지도 모른다는 '불안'이었다.(「투도」) 그런데 이 장마가 끝나기도 전에 또 다른 문제가 다가온다. 집을 짓기 위해 빌린 돈의 이자가 채권자인 와타나베[度邊]에게 전달되지 않은 것이다. 돈을 빌리는데 개입했던 브로커 애꾸인 최가 중간에서 가로챘기 때문이다. 이러한 억울한 사정에도 불구하고 채권자 와타나베는 이 모든 일의 책임을 주인공에게 돌린다. 이에 주인공은 와타나베를 찾아가 사정을 하소연하고 일정한 말미를 얻어낸다.(「채가」)

　이처럼 세 편의 작품 전체를 관통하는 갈등은 사실 그가 새로 마련한 집으로부터 야기된 것이다. '집'이란 무엇인가? 의식주는 인간이 살아가기 위한 가장 기본적인 욕구를 충족시키는 것과 동시에 인간이 이룬 모든 문화의 총체라 할 수 있다. 그중에서 '주(住)'에는 좀 더 특별한 의미가 부여될 수 있다. 그것은 인간이 동물과 달리 사회라는 집합체를 이루고 산다는 것을 표상하는 것이며, 사회적 인간으로서의 필요(必要)이기도 하기 때문이다. 인간에게 집은 단순히 잠을 자는 공간이 아니다. '집'은 그대로 '가정'을 의미하며, 집과 집의 모임은 마을 공동체를 이룬다. 그것은 타인으로부터 나와 내 가족을 차단하고 보호하는 공간이며, 동시에 타인에게 나와 내 가족의 행복을 과시하도록 만들어 주는 공간이기도 하다. 집은 가정이며 휴식이며 타인의 시선으로부터 완전히 차단된 사적 공간인 것이다.

그런데 자화상 3부작에서는 이러한 집이 그 본래의 기능을 다하지 못하게 되는 상황을 보여준다. 여기서 주인공 '나'의 집에 현실적인 위협을 가하는 것은 부실공사와 도둑, 빚이다. 한 달의 장마 동안 '나'의 집은 그의 가족에게 편안한 휴식을 제공하는 공간이 아니라, 끝없는 우울과 번민을 제공하는 공간으로 변모되어 있다.

> 그로서는 사흘 뒤, 나는 오래간만에 거리로 나갔다. 기와장이를 만나는 것이 이날의 용무이었으나, 그 용무 아니라도, 장마 치르는 동안, 한때 인연이 끊지었던 거리가 그리웠던 까닭이다.
>
> 그러나 거리는 너무 더웠다. 더운 거리를 나는 싫여 한다. 그래 용무만 마치고 나는 곧 집으로 돌아왔다. 시내에 있어서도, 대개의 경우에, 자기의 집이 그중 시원한 법이거니와, 허무러저 가는 성 밑에 송림을 등지고서, 앞으로 골자구니를 나리다 보는 위치에가 있는 나의 집은, 참말 뉘집보다도 시원하였다.[52]

처음 마련한 자기 집에 대한 주인공의 애정은 대단해서 그가 그토록 사랑하는 '거리'에서조차 집을 떠올릴 정도였다. 이는 그 어느 곳보다 시원할 수밖에 없는 '내 집'에 대한 일반적인 감흥을 환기하는 것이지만, 동시에 작가 박태원의 관찰 장소가 거리로 대표되는 공공적 공간으로부터 집으로 대표되는 사적인 공간으로 변화되었음을 알 수 있게 한다. 그런데 이로부터 흥미로운 지점들이 드러난다.

---

[52] 「투도」, 477~478쪽.

그야, 나도, 그처럼 빗을 얻어 집을 짓는다는 것이 애초부터 無謀한 짓인 것
쯤, 짐작 못한 바는 아니지만 몇 해 동안 妻家살이를 하여 온 몸은, 남 유달리
제所有의 집에 한채 貪이 났었고, 우연히 어떠한 친구의 권으로, 이곳 敦岩町
에다 하나 잡아 놓은 집터가, 산지 서너달이 못가서 산값의 거의 값절로 오른
것을보자, 가난한 안해는 그만만 하여도 적지 않은 橫財니 어서 팔아 버리자
고 주장하여 마지 않았던 것이나, 나는 그러면 또 그런대로, 그처럼 잠시동안
에 時勢가 갑적이 된 터전을 그대로 남을 내어 주기가 새삼스러히 아까워져
서, 이것은 그럴 것이 아니라, 기어히 내손으로 집을 한 채 지어 놓고야 말리
라고, 물론, 아무 믿는 구석이 있을 턱도 없는 일이었지만, 그러한 非常手段이
라도 취하기 전에는 언제 바루 내집이라고 하나 지녀 보고 살겠느냐고, 매월
치러야 할 이자의 이삼원쯤은, 셋집을 얻어 든다 하더라도 우리가 마땅히 다
달이 내어 놓아야 할 액수의 돈이 아니겠느냐고, 한번 말을 끄낸 이상에는 좀
처럼 남에게 양보를 하러 들지 않는 나의 지나친 固執은, 어느 누구보다도 내
안해가 잘 알고 있는 터이라, 그래, 그 턱 없는 計算에, 그는, 좀더 반대의사를
표시할 것을 단렴하여 버리기는 하였던 것이나.[53]

애초에 '나'가 집을 샀던 목적은 재산 증식이었다. 따라서 돈암동의
그 집은 가족의 휴식처로 선택된 것이 아니라 투자를 위한 '소유'의 공
간으로 선택되었다.[54] 일단 이렇게 소유가 되어버린 집은, '사적 공간'
으로서 집이 가져야 할 본래적 가치를 상실하게 된다. 집을 소유하기
위해 투자된 모든 것들이 그 집의 소유 자체를 위협하는 거대한 폭력

---

53 「채가」, 612쪽.
54 "1940년의 부동산 가격은 1936년에 비해 무려 두 배 이상이었다. 특히 구보가 집을 짓기로 한
돈암동은 1930년대 말, 일제가 수립한 소위 '대경성건설계획'의 '토지구획정리사업'의 한 지
구로서 선정되어 '개발 혜택'을 본 지역이었다." 천정환, 앞의 글, 78쪽.

으로 작용하게 된다. 집이 소유가 되는 순간, 집은 그 소유의 자격을 빼앗기지 않기 위해 고군분투해야 하는 '불안'의 공간이 되어버린 것이다. 이제 자본을 소유한 것도 아니고 생산에 뛰어들지도 않는 전업 작가인 '나'는, 집을 소유하기 위해 끊임없이 그의 유일한 생계수단인 글을 씀으로써 이 난관을 극복해야 하는 상황에 직면하게 된다. 말 그대로 '매문(賣文)'을 하게 되는 것이다.

따라서 자화상 3부작은 집이 더 이상 사적인 공간이 될 수 없는 시대, 그것 자체로 하나의 교환가치가 되어버린 시대를 살아가는 작가의 현주소에 대한 반영물이 된다. 작가도 사람인 이상, 생명을 유지하기 위해서는 일정한 돈이 필요하다. 글을 쓰고 생계를 꾸려나가는 것은 그가 작가인 이상 어쩔 수 없는 일이다. 그럼에도 불구하고 그러한 그의 행위를 '매문'이라고 규정하는 것은 상당히 자조적이다. 그것은 이 '매문'이 단지 생계와 예술적 자존감을 위한 것이 아니라 '소유'를 위한 도구로 전락해 있기 때문이다. 다달이 다가오는 이자 날짜에 맞추기 위해, 집을 빼앗기지 않기 위해, 박태원은 글을 써야 한다. 이러한 생계에 대한 고민은 박태원의 소설뿐만 아니라 수필에서도 종종 드러난다.

가령 –
한 사람의 1개월간의 생활비를 최소한도 ××원이라 하자.
(그야 우리는 현실에서 그 이하의 가령 ××원으로 혹은 ×원으로 최악의 경우에는 ×, ×원으로 근근히 노명(露命)을 이어가는 허다한 예를 보고 있다. 그러나 그것을 결코 가르쳐 생활이라 이를 수 없다. ……)
그러면 조선 작가는? 그의 생활비는?
그는, 외국 작가 모양으로, 가령 독서를 할 수 없드라도 좋다. 여행을 할 수 없드라도 좋다. 사교를 못하여도 연애를 못하여도 모두 좋다고 하여 두자. 그

러나 그도 역시 사람인 이상에는 어떻게 생명만이라도 유지하여 가야 할 것
이므로 그의 1개월간의 생활비는 다른 모든 사람의 예에 의하야 역시 최소한
도 이 ×원을 계상(計上)하지 않으면 안 될 것이다.[55]

작가로서 박태원의 생활고에 대한 문제의식은 또 다른 사소설 작품
인 「재운(財運)」[56]에서도 드러난다.

> 평소에도 바깥 출입은 별로 안하는 성미지만, 날이 치우니, 만부득이한 볼
> 일이라도 있으면, 모를까? — 나는 매일을 방구석에서 보냈거니와, 이것은 문
> 필로 생계를 도모하는 나로서는 도리어 잘된 일이라, 할 것으로, 그 겨울을 나
> 는 동안에, 나는 월 평균 삼백어 원의 원고를 쓰고, 또 팔수 있었다.
> 그러나, 뜻 있는 작가라면 자기의 작품 활동을 원고로 수입의 다소로써 계
> 산하여 마땅할 것이랴? 나는 때로 그러한 것을 생각하고, 마음이 서글펐던 것
> 이나, 그래도 장작이나마 몇 구루마 더 사고, 옷가지나마 몇 벌 더 장만하여,
> 나의 처자들이 감기 한번 안 앓아 보고, 그 겨울을 날 수 있었던 것은, 그나마
> 다행하다고 할 밖에 없는 일이었다.[57]

존재하는 모든 것에 가격을 매기는 근대 자본주의 사회에서 토지는
더 이상 경작의 대상이 아니었다. 그것은 재산이며 투기의 대상이 된
것이다. ‘나’는 자본제 사회를 살아가는 근대인의 소명에 걸맞게 재산
증식을 위해 토지를 샀고 집을 지었다. 그런데 바로 이 토지, 혹은 집을

---

55 박태원, 「궁항매문기」, 류보선 편, 앞의 책, 247쪽.
56 「재운」은 1941년 8월 『춘추』 2권 7호에 발표된 작품이다. 본고는 권영민·이주형·정호웅, 『한
국근대단편소설대계』 9(태학사, 1988)의 수록본을 인용하며, 이하 텍스트는 인용 쪽수만 표기.
57 「재운」, 654쪽.

둘러싼 모든 사회관계로부터 소시민으로서 식민지 지식인이 처한 모든 모순들이 드러난다. 근대적 금융기관인 은행과 조합의 대출창구는 이러한 그를 외면한다. '나'는 분명 당대의 엘리트라 할 수 있는 지식인이지만, 자본제적 근대가 그의 지식에 매긴 교환가치는 너무도 낮게 책정되어 있었던 것이다. 그러나 '나'는 자본주의라는 체제로부터만 외면당한 것은 아니다. 소시민으로서 '나'와 그의 가족은 사회적으로도 완전히 고립되어 있다. 이것은 돈암동 집의 위치로 상징되어 있다.

> 이웃은―, 이웃도 이를테면 없었다. 새로히 닦아놓은 십여 필 대지 가운데, 팔린 것은 세 필 밖에 없었고, 그 세 필 속에서 우리집 하나이 섰을 뿐, 남어지 두 필은 언제 건축에 착수할지 까마아득하였다. 이리하여, 동과 남은 길로 면하고, 서와 북은 이웃기지와 결한 채로, 우리집은 명예의 고립상태를 보존하고 있었던 것이다.[58]

이 고립은 그대로 조선사회에서 소시민으로서 지식인이 가지는 사회적 위치를 분명하게 보여주고 있다. 그들은 스스로에게 하층민과는 구별되는 사회적 지위를 부여하지만, 실제로 체제는 그들을 하층민과 동등하게 대우한다. 지적인 수준에서는 부르주아지의 문화적 양식에 포함되어 있으면서도 생활의 수준에서는 하층민과 거의 동일한 가난과 소외를 체험하고 있는 '나'의 가족은 철저히 소외자의 위치에 놓여 있는 것이다. 고립된 '나'의 집처럼, '나'의 가족은 그 어떤 이웃과도 '이웃'이 될 수 없었다.

따라서 자화상 3부작을 이끄는 생활의 고현학은 1930년대 후반기를

---

58 「투도」, 336쪽.

살아가는 소시민의 자화상을 그대로 보여주는 서사로 진행된다. 그곳에는 근대 자본주의 사회 구조 안에서 그들이 얼마나 무력한 계층인지가 분명하게 반영되어 있다. 이처럼 근대적 금융제도로부터 외면당함으로써 그 지식이 경제적으로는 무능하다고 확인되었음에도 불구하고, 여전히 그의 유일한 무기는 '지식'일 수밖에 없었다. 이것은 「채가」에서 보다 분명하게 드러난다.

> 하루밤만 자고 나면, 우리 雪英이가 幼稚園에를 가는 날이라, 그래, 우리는 그날 아이를 데리고 백화점을 찾어 가서, 가난한 아비의 넉넉지 않은 豫算으로는 그것은, 분명히 신중한 考慮를 필요로 하는 정도의 支出이었으나, 기위, 있는집 子女들 틈에다 우리 딸을 보내는 바에는, 決코 그 행색이 너무나 초라하여서는 아니될 것이라, 양복에 구두에 '마에까께' '사루마다', '카바'는 아직도 성한 놈이 집에 있건만, 그것도 새로히 한 켜레를 사고 나니, 囊中에는 남은 돈이 그 얼마가 못되어도, 어린 딸의 두 눈이 자못 자랑스레 빛나는 것을 보고는, 가난한 아비는 가난한 까닭으로 하여, 좀 더 그 마음이 애닲게 기뻤던 것이다.[59]

어린 딸을 유치원에 보내는 아버지의 이 설렘과 기쁨은 집으로 돌아가자마자 채권자의 빚 독촉으로 인해 빛을 잃지만, 그것은 이 자화상 3부작에서 주인공 '나'를 가장 자랑스럽게 만들고 유일하게 삶의 기쁨을 제공한다는 점에서 그 의미는 결코 적지 않다. 이는 "소시민 중간계급이 도전하는 하층의 식민지인들과 자신을 확연하게 '구분 짓기'하고, 상징투쟁의 상대를 식민지 최고 상층의 존재들을 겨냥하게 하는 방법

---

59 「채가」, 600～601쪽.

론"[60]을 보여준다. 소시민으로서 그가 하층민에게 갖는 두려움과 뚜렷한 경멸을 통해 이 '구분 짓기'는 보다 분명하게 드러난다. 브로커인 애꾸 앞에서 고개를 숙이는 자기 자신을 굴욕적이라고 느꼈던 그는 바로 그 때문에 채권자인 와타나베를 만나러 가는 것을 망설였지만, 정작 채권자 앞에서의 그는 당당하게 자신의 주장을 어느 정도 내세울 수 있었다. 그것은 그가 '내지어'가 가능한 지식인이었기 때문이다. 결국 하층민과 동일하게 가난할 수밖에 없는 작가인 그가 그들과 자신을 구별 짓고 보다 상층으로의 진입을 꾀할 수 있는 유일한 무기는 지식뿐이었던 것이다.

문제는 그의 이 지식은 오직 일본 제국주의의 정책에 부합될 때만 그 힘을 발휘할 수 있다는 것이다. 조선에 살고 있는 조선인인 그가 채무자로서 자신의 정당성을 변호하기 위해서는 '내지어'를 사용해야만 한다는 것 자체가 사실상 모순적이다. 그것은 일제라는 통치 권력의 메커니즘이 작동하는 조선에서 자신의 권리를 확보할 수 있는 유일한 길은, 바로 그 메커니즘에 동참하는 것뿐이라는 현실을 분명히 보여주는 것이기 때문이다. '내지어'를 할 수 있기에 채권자인 와타나베와의 협상에서 일말의 성과를 올릴 수 있었던 '나'는, 집으로 돌아와 또 다른 식민지 체제의 모순과 맞닥뜨릴 수밖에 없게 된다.

"원장이 혼자서 맡아 가지구 물어 봤다우. 그런데, 박설영이라니까, 그 이름 말구, 웨, 새루진 이름 있지 않으냐는군요."

"당신두 옆에 있었수?"

"그럼. 으레, 보호자 허구, 아이허구, 둘씩 불러 들여다 물어 보는데……"

---

60 천정환, 앞의 글, 85쪽.

"그럼, 웨, 창씨개명은 아직 안했다구 당신이, 좀, 그러지 않구……."

"그렇게 말했지. 그래두 원장은 자꾸 입원원서를 들여다 보며, 고개를 기웃거리거든. 그래, 내가 넹겨다 봤드니, 다른 아이 원설, 우리건줄 알구 그러는 구면."[61]

'와타나베에게 진 빚 때문에 시달리는 작가의 모습에는 일본인·일본 자본·일본어·일본식 성씨 제도에 저당 잡힌 조선인의 삶이 반영되어 있으며, 그것은 바로 '채가'라는 말에 담겨진 함축적 의미'[62]가 된다. 생활의 고현학으로서 자화상 3부작이 갖는 진정한 의의는 바로 이 지점에 있다. 식민지 체제의 모순은 이처럼 작가 박태원의 생활 깊숙한 곳까지 이미 잠식해 들어가고 있었던 것이다. 바로 이 일상의 반영이 이들 작품에 단지 소재의 궁핍이나 자기 고백적 사소설로 치부할 수 없는 분명한 사회성을 부여하고 있는 것이다.

그럼에도 불구하고 자화상 3부작의 시대 반영은 여전히 불안하다. 식민지 체제에 대한 작가의 비판적 인식은 시대로부터 야기된 자기 검열을 완전히 뛰어넘지 못하고 있기 때문이다. 소설 속의 작가는 내지어와 창씨개명이 가지는 억압성에 슬퍼하기보다는, '내지어'를 할 수 있기에 위기를 모면한 자신과 유치원 면접을 잘 치르고 나온 딸 설영이에 대한 뿌듯함으로 소소한 행복을 느끼고 있기 때문이다. 실제로 소설 속의 '나'에게 보다 뚜렷하게 다가오는 타자는 일제가 아니라 '도둑'이나 '행랑어멈'으로 대표되는 하층민이다.

그 괘씸한 도적놈이 우리에게서 빼앗어 간 것은, 결코 약간의 물질에 그치

---

61 「채가」, 633쪽.
62 방민호, 앞의 글, 306쪽 참조.

는 것이 아니다. 만약, 그렇다 하면, 나는 잃은 헌 양복 대신에 새 양복을 작만
하면 그만인 것이요, 이십이원오십전쯤, 아무리 내가 가난하다 하더라도 그
리 많은 돈은 아니다.

그러나, 그 친참만륙을 내여도 시원치 않은 도적놈은 우리에게서, 동시에
마음의 평화를 훔쳐간 것이다.[63]

나는 안해를 딱하다 생각하였던 것이나 그와 동시에 안해에게 지지 않을만
치 어멈을 괘씸하게 여기지 않을 수 없었다. 우리 아이 봐주는 년이, 밤낮안
팎으로 드나들며, 여기 말, 저기로 전하고, 저기 말, 이리로 옮기고 하는 터이
니, 제 몸의 업을 받았다나 어쨋다나 하는 것으로, 나의 안해가 두통을 앓고
있다는 것쯤, 귀가 아프도록 들어서 알 것 이다. 그렇건만, 종시, 너이야 좋아
하거나 말거나, 나는 나 할것, 하고야 말겠다고, 매일 밤마다 우물로 나가서
물 한 대접씩 길어 가지고 들어오고, 들어 오고하는 그 마음은, 확실히 가증한
것임에 틀림없었다.[64]

실제로 '나'는 그의 가정을 위협하는 모든 위기로 인한 원망을 '도둑'
이나 '행랑어멈'에게 투영시킨다. 「투도」에서 그는 장마 동안 자기 집
이 도둑맞은 이유는 천장과 벽에 새는 빗물로 인해 어쩔 수 없이 유리
창 분합을 열어두었기 때문이라고 생각한다. 그러나 본질적으로 본다
면 그 일차적인 원인은 갑절로 뛴 땅값을 보고 이웃과 완전히 동떨어
진 곳에 투자를 목적으로 집을 지은 그 자신의 욕망에 있다. 그러나 그
는 투기를 재산 증식의 한 방법으로 여긴 자기 내면의 천민 자본주의
적 속성을 반성하기보다는 책임감 없는 청부업자와 기와장이의 부실

---

63 「투도」, 510쪽.
64 「재운」, 664쪽.

공사에만 모든 원망을 돌린다. 「재운」에서도 이러한 감정이 유사하게 드러난다. 자기 몸만 챙기는 행랑어멈으로 인해 아내는 두통에 시달리고, 자신은 아내의 넋두리와 잔소리에 시달려 글을 쓰지 못하고 있다고 생각하는 것이다.

이러한 인식은 「채가」에서도 마찬가지이다. 물론 그의 돈을 떼어먹은 것은 브로커인 애꾸이지만, 보다 본질적인 모순은 일반 민중(소시민을 포함)에게는 등을 돌린 제도권의 금융제도와 그것을 빌미로 높은 이자를 받는 와타나베와 같은 일본인 사채업자에게 있다. 그러나 그는 하층민을 표상하는 애꾸에게는 혐오를 비치면서도, 내지어로 소통할 수 있었던 와타나베에 대해서는 그만큼의 불쾌를 드러내지 않고 있다. "「투도」의 좀도둑이나 「재운」의 행랑아범이나 궁극적으로는 '나'와 마찬가지로 통제경제의 난국 속에서 생활을 만들어나가야 할 과제를 짊어진 동등한 존재들이다."[65] 그럼에도 불구하고 '나'는 그들 하층민을 생활의 동반자로서 이웃으로서 받아들이지 못하고 있다. 오히려 '나'에게 있어서는 그들이 일제의 식민지 지배 체제보다 '나'의 생활을 직접적으로 위협하는 보다 구체적인 타자로 인식되고 있기 때문이다.

그러나 이것이야말로 생활의 고현학으로서 자화상 3부작과 「재운」의 서사가 성취한 또 다른 성과라 할 수 있다. 박태원은 이들 작품을 통해 식민지 체제로부터 끊임없이 소외되면서도 오히려 식민지 조선 민중과의 진정한 소통에는 끊임없이 실패하고 마는, 소시민으로서 혹은 식민지 지식인으로서 그가 겪는 생활의 모순을 온몸으로 형상화하고 있는 것이다.

파시즘으로 치달아 가던 1930년대 후반기, 공공적 글쓰기로서의 소

65　방민호, 앞의 글, 323쪽.

설이 반영할 수 있는 현실의 폭은 상당히 좁았을 것이 틀림없다. 고현학을 통해 도시적 삶의 여러 모순을 반영하고자 했던 구보라는 관찰자는 이러한 폭력적 현실 속에서 그의 관찰 공간인 '거리'를 상실할 수밖에 없었다. 자화상 3부작과 「재운」은 그렇게 '구보'와 '거리'를 상실할 수밖에 없었던 박태원의 또 다른 서사적 대응을 보여준다. 그것은 일상의 영역 곳곳으로 파고든 식민지 근대의 모순과 하층민으로 추락하지 않고자 안간힘을 쓰는 소시민의 현실적 자화상을 보여주었다. 이는 1930년대 후반기의 여러 제약들 속에서도 여전히 작가 박태원이 '공공적 글쓰기'로서의 소설 쓰기를 중단하지 않기 위해 노력하고 있음을 분명히 보여주는 것이며, 그럼에도 불구하고 그의 글쓰기가 결국 총체성을 확보할 수 없었던 시대적 모순을 동시에 드러내는 것이었다.

제6장 글을 마치며

　박태원은 그 누구보다도 기법에 많은 관심을 기울인 작가였다. 그에게 있어서 기법은 단지 내용을 담는 형식이 아니라, 그 자체로 내용이고 형식이었다. 더 나아가 그것은 그가 창조하고자 하는 허구적 세계를 구성하는 근본적인 동력이었다. 따라서 박태원에게 있어서 기법은 그의 문학관이자 그의 철학이었다고 할 수 있다. 그런 그가 내세운 창작기법이 바로 고현학(考現學)이었다는 것은 그것이 그의 분명한 '선택'을 바탕으로 한다는 것이다. 따라서 고현학은 박태원 소설을 이해하는 가장 분명한 출발점이라고 할 수 있다.

　본고는 이러한 고현학을 중심으로 1930년대 박태원 소설에 나타난 다양한 기법 실험을 고찰하고자 하였다. 박태원의 고현학은 식민지 근대도시 경성을 읽는 독법으로 수용되었다. 특히 「적멸」에서 보이는 탐정소설의 기법과 광기와 고독에 대한 이중적인 사유는 에도가와 란포와의 연관성을 보여준다는 점에서 주목할 필요가 있다. 그것은 박태원의 고현학이 곧 와지로의 고현학으로부터 일정한 거리를 가지게 된 계기를 발견하게 해준다. '소설 쓰기의 소설화'를 추구했던 박태원의 서사 안에서, 고현학은 소설의 창작기법이면서 동시에 소설의 중심내용이기도 했다. 따라서 그곳에는 소설 속의 구보가 포착한 경성의 풍경과 함께, 그 풍경을 사유하는 구보의 내면이 함께 들어와 있다. 그 내면을 박태원은 '고독'으로 호명한다. 「적멸」에서부터 「소설가 구보씨의 일일」로 일어지는 일련의 서사는, 박태원의 고현학이 고독으로부터 출발해서 그 고독을 기록하기 위해 그리고 그 고독을 넘어서기 위한 기법으로 수용되었음을 잘 보여준다. 또한 사유 방법으로서의 산책과 영화적 기법은 이러한 이중적인 관찰의 목적을 수행하기 위해 차용된 것이었다.

그 과정을 통해 박태원의 서사는 중요한 깨달음에 직면한다. 그의 소설에서 형상화하고자 했던 인간 내면의 본질적인 고독은 '돈'이라는 교환가치로 매개되는 근대사회로부터 야기된 것이라는 사실이다. 따라서 고독을 매개하는 본질로서의 '돈'을 제대로 사유하지 않고서는 고현학적 관찰은 성공되기 어렵다. 이를 위해서는 그 무엇보다도 생활, 그 속으로 들어가야만 했다. 그 생활에 내포된 다양한 시선을 반영하기 위해 박태원의 소설은 좀 더 복잡한 기법 실험을 감행하게 된다.

「악마」와 「최후의 억만장자」는 소품적인 성격이 강한 작품이지만, 『천변풍경』과 『우맹』으로 이어지는 박태원의 내면적 변화를 보여준다는 점에서 상당히 흥미로운 텍스트라 할 수 있다. 「악마」는 임질에 대한 한 인간의 강박적 신경증을 객관적인 시선으로 타자화한다. 그런데 이 과정에서 한 인간의 고통스러운 내면은 더없이 어리석인 것으로 희화화된다. 타자의 삶에 대해서는 철저하게 폭력적인 근대사회의 본질적인 소외를 뒤틀린 '유-모아'로 형상화하고 있는 것이다. 「최후의 억만장자」는 이 '유-모아'의 코드를 좀 더 명랑한 것으로 탈바꿈시키지만, 근대적 물질사회에 대한 비판적 시선은 여전히 날카롭다. 탐정소설이라는 장르적 코드를 차용한 이 작품은 본격적인 탐정소설인 『우맹』의 직접적인 모태라는 점에서 분석의 대상으로 삼았다.

『천변풍경』과 『우맹』은 서사의 진행에 있어서 '수다'를 중요한 동력으로 삼았다는 점에서 공통점을 보이고 있다. 그런데 여기서 흥미로운 것은 두 작품이 각각 '천변 안'과 '천변 밖'으로 근대의 풍경을 이분화시키고 있다는 점이다. '천변 안'을 대표하는 『천변풍경』이 전근대적 기억이 근대의 속물성과 공존하는 이상화된 근대의 모습을 보여주고 있다면, '천변 밖'을 대표하는 『우맹』은 종교가 가진 철학적 가치마저 물질주의로 타락시키는 속악한 근대의 풍경을 담아내고 있다. 그것은 서로 상반된 가치를 지향하고 있는 것처럼 보이지만, 실제로는 식민지 근대라는 동일한 대상이 가진 양면의 얼굴을 보여주는 것이기도 하다. 『천변풍경』에서 이상화된 공간으로서의 '천변'이 가진 그 위태로움의 정체는 『우맹』의 서사를 통해 보다 분명해지는 것이다. 타락한 근대 안에서 행복을 꿈꾸는 것은 언제든지 물질주의 함정에 스스로를 노출시키는 것에 불과함을 두 편의 서사는 분명히 보여주고 있다.

세 편의 애정서사, 『명랑한 전망』·「애경」·『여인성장』은 박태원의 소설이 놓인 총체적인 난국을 보여준다. 그곳에는 고현학적 관찰자가 더 이상 관찰할 수 없는 시대가 반영되어 있다. 세 작품은 「애욕」과 마찬가지로 통속적 코드를 의도적으로 차용함으로써 타락한 현실의 문제를 드러내고자 했다. 이들 세 작품은 달라진 카페의 풍경을 배경으로 구보형 인물의 타락상을 보여줌으로써 사랑을 소유로 바꾸어 버리는 근대의 모순을 드러내는 데는 성공했지만, 그 모순이 갖는 사회적 의미를 파악하는 데까지는 나아가지 못한다. 오히려 구보의 관찰이 포기된 빈자리는 타락한 욕망들로 채워진다. 이들 작품에서 드러나는 구보의 소실은 박태원의 '공공적 글쓰기'로서의 소설이 마침내 시대의 무거운 벽 앞에 부딪쳤음을 의미하는 것이었다.

따라서 박태원의 고현학은 새로운 과제에 직면하게 된다. 현실의 무게가 이미 삶 전체를 장악해버린 순간, 오히려 관찰은 작가의 일상으로부터 다시 시작된다. 박태원은 세계를 관찰할 수 없는 시대 앞에 좌절해 버리기보다는 오히려 가장 작고 하찮은 일상의 문제들을 깊이 탐색함으로써 세계에 대한 또 다른 시선을 형상화하고자 한다. 그것은 고현학 본래의 '관찰', 그 자체로 돌아가는 것이었다.

사소설적 성격이 농후한 「음우」·「투도」·「채가」, 그리고 「재운」에 이르는 네 편의 작품은 '공공적 글쓰기'에 대한 그의 또 다른 시야를 보여준다는 점에서 주목할 필요가 있다. 이 세 작품은 분명 소재의 벽에 부딪친 작가 박태원의 현실적 곤란을 드러내는 것이지만, 동시에 한 개인의 일상에 개입되는 세계의 모순들을 깊이 있게 다룬 텍스트이기도 하다. 근대적 금융제도의 모순과 부동산 투기, 계층 간의 결코 화해할 수 없는 거리, 창씨개명과 교육에 대한 집착까지……. 박태원은 이것들이 한 개인의 삶을 얼마나 곤궁하게 만들 수 있는지 담담하지만 분명한 어조로 보여주고 있다. 따라서 '궁항매문'하면서 살아갈 수밖에 없는 작가 박태원의 일상은, 소재의 궁핍을 넘어 하루하루의 생존을 위해 고군분투하는 근대인의 삶에 대한 또 다른 반영으로서 충분히 유의미했다.

이처럼 본고는 1930년대 박태원의 서사를 '고현학'이라는 창작기법을 중심으로 하여, 박태원의 기법 실험과 그것이 이룬 소설적 성취를 면밀히 분석하고자 했다. 그것은 한 작가의 기법이 서사 전체를 장악함으로써 이루어낼 수 있었던 문학적 성취와 때로 그 기법으로 인해 서사의 진실성이 외면되어 버리기도 했던 어쩔 수 없는 한계를 동시에 드러내는 것이었다. 본고의 논의는 박태원의 자화상을 탐색하는 것으로 그의 1930년대를 마감했지만, 1930년대를 가로지르는 박태원의 실험은 그것만으로 마침표가 찍어졌다고 보기 어렵다. 오히려 해방 이후 박태원의 소설에 나타난 리얼리즘적 지향은, 이미 1930년대 다양한 기법 실험을 통해 도출되었던 다양한 가능성들이 본격적으로 탐색된 것이라 할 수 있다. 따라서 박태원의 창작기법인 고현학에 대한 본고의 논의는 이제 막 한 걸음을 내딛었을 뿐이다. 이는 박태원 소설사 전체를 관통할 수 있는 보다 총체적인 시야 속에서 또다시 고찰되어야만 할 것이다.

▌참고문헌

1. 1차 자료

『동아일보』, 『매일신보』, 『문장』, 『소년중앙』, 『소년』, 『신인문학』, 『여명』, 『월간 매신』, 『조광』, 『조선중앙일보』, 『춘추』.

권영민 · 이주형 · 정호웅, 『한국근대단편소설대계』 8 · 9, 태학사, 1988.
　　　　　　　　　　　　　, 『한국근대장편소설대계』 3 · 4 · 5, 태학사, 1988.
김말봉, 『찔레꽃』, 省音社, 1970.
박태원, 류보선 편, 『구보가 아즉 박태원일 때 : 박태원 수필집』, 깊은샘, 2005.
＿＿＿, 천정환 편, 『소설가 구보씨의 일일』, 문학과지성사, 2005.
＿＿＿, 「속 천변풍경」, 『조광』, 1937.1~9.
＿＿＿, 「천변풍경」, 『조광』, 1936.8~10.
에도가와 란포, 이영조 역, 『다락방의 산보자』, 농림출판사, 1978.
전광용 외편, 『한국신소설전집』 9, 을유문화사, 1968.

2. 국내 논저

강진호 · 류보선 · 이선미 · 정현숙 외, 『박태원 소설 연구』, 깊은샘, 1995.
강영주, 「1930년대 후반 대중소설 연구」, 상명대 박사논문, 1998.
공종구, 「박태원 소설의 서사 지평 연구」, 전남대 박사논문, 1992.
구보학회 편, 『박태원과 구인회』, 깊은샘, 2008.
　　　　　　, 『박태원과 모더니즘』, 깊은샘, 2007.
권보드래, 『연애의 시대』, 현실문화연구, 2003.

권영민 편,『한국의 문학비평』1, 민음사, 1995.

김명인,「근대소설과 도시성의 문제」,『민족문학사연구』16, 민족문학사연구소, 2000.

김미영,「근대소설에 나타난 '기차' 모티프 연구」,『한국언어문학』54, 한국언어문학회, 2005.

______,「박태원의 자화상 연작 연구」,『국어국문학』148, 국어국문학회, 2008.

김미지,「박태원 소설의 담론 구성방식과 수사학 연구」, 서울대 박사논문, 2008.

김봉률,『이안 와트의 소설발생론과 장르 정치학』, 동인, 2007.

김봉진,「박태원 소설 연구」, 한양대 박사논문, 1993.

김양선,『1930년대 소설과 근대성의 지형학』, 소명출판, 2003.

김영민,『한국의 근대신문과 근대소설』, 소명출판, 2006.

김윤식 · 정호웅 편,『한국문학의 리얼리즘과 모더니즘』, 민음사, 1989.

김윤식,『이상문학전집』3, 문학사상사, 1993.

______,『일제 말기 한국작가의 일본어 글쓰기론』, 서울대 출판부, 2003.

김종회,『박태원 : 그들의 문학과 생애』, 한길사, 2008.

______,「일제강점기 박태원 문학의 통속성과 친일성」,『비교한국학』15, 국제비교 한국학회, 2007.

김준오,『문학사와 장르』, 문학과지성사, 2000.

김학균,「염상섭 소설의 추리소설적 성격 연구」, 서울대 박사논문, 2008.

김혜경,『식민지하 근대가족의 형성과 젠더』, 창비, 2006.

김홍식,『박태원 연구』, 국학자료원, 2000.

나병철,『모더니즘과 포스트 모더니즘을 넘어서』, 소명출판, 1999.

노용무,「한국 근대시와 기차」,『현대문학이론연구』30, 현대문학이론학회, 2007.

대중문학회 편,『추리소설이란 무엇인가?』, 국학자료원, 1997.

류수연,「고현학과 관찰자의 시선」,『민족문학사연구』23, 민족문학사연구소, 2003.

______,「박태원의 고현학적 창작 기법 연구」, 인하대 석사논문, 2003.

______,「병인의 나르시시즘, 파리한 근대의 두 초상」,『한국문예비평연구』22, 한국현대문예비평학회, 2007.

박병완 · 이창헌,「혼자장애소설에 나타난 결혼관 연구」,『고전문학연구』11, 한국고전문학회, 1996.

방민호, 「박태원의 1940년대 연작형 '사소설'의 의미」, 『인문논총』 58, 서울대 인문
학연구원, 2007.

______ 편, 『박태원 문학 연구의 재인식』, 예옥, 2010.

백철 편, 『비평의 이해』, 현음사, 1968.

서영채, 『사랑의 문법』, 민음사, 2004.

손종업, 『극장과 숲』, 월인, 2000.

심혜련, 「도시 공간과 흔적 그리고 산책자」, 『시대와 철학』 19(3), 2008.

양민종, 「문학, 장르, 분류」, 『러시아소비에트문학』, 한국러시아문학회, 1998.

오경복, 「박태원 소설의 서술 기법 연구」, 이화여대 박사논문, 1993.

오상현, 「일본의 사소설의 이론과 형성」, 『비교문학』 19, 한국비교문학회, 1994.

오현숙, 「일제 말기 박태원 소설의 장르 전이 양상 연구」, 『한국문화』 55, 2011.

윤대석, 「1940년대 '국민문학' 연구」, 서울대 박사논문, 2006.

윤미애, 「대도시와 거리 산보자」, 『독일문학』 85, 한국독어독문학회, 2003.

윤해동, 「식민지 인식의 회색지대」, 『식민지의 회색지대』, 역사비평사, 2003.

이미향, 『근대 애정소설 연구』, 푸른사상, 2001.

이윤진, 『박태원 소설의 서술기법 연구』, 국학자료원, 2004.

이정옥, 『1930년대 한국 대중소설의 이해』, 국학자료원, 2000.

이중재, 『'九人會' 소설의 문학사적 연구』, 국학자료원, 1998.

이헌홍, 「송사소설의 갈래적 근거」, 『국어국문학』 33, 문창어문학회, 1996.

임병권, 「1930년대 한국 모더니즘 소설의 양가성 연구」, 서강대 박사논문, 2002.

임태훈, 「'음경'의 발견과 소설적 대응 : 이효석과 박태원을 중심으로」, 성균관대 석
사논문, 2007.

______, 「소리의 모더니티와 음경의 발견」, 『민족문학사연구』 38, 민족문학연구소,
2008.

전봉관, 『경성기담』, 살림, 2006.

정근식, 「식민지지배, 신체규율, '건강'」, 『생활 속의 식민지주의』, 산처럼, 2007.

정현숙, 『박태원문학연구』, 국학자료원, 1993.

조성면 편, 『한국 근대대중소설 비평론』, 태학사, 1997.

조성면, 「한국 근대 탐정소설 연구」, 인하대 박사논문, 1999.

______, 『대중문학과 정전에 대한 반역』, 소명출판, 2002.

진영복, 「한국 근대소설과 사소설 양식」, 한국문학연구학회 편, 『한국 근대문학과
　　　일본문학』, 국학자료원, 2001.
천정환, 「박태원 소설의 서사 기법에 관한 연구」, 서울대 석사논문, 1997.
＿＿＿, 「한국 근대 소설 독자와 소설 수용 양상에 대한 연구」, 서울대 박사논문,
　　　2002.
최원식, 『문학의 귀환』, 창작과비평사, 2001.
한국문학연구학회 편, 『한국 근대문학과 일본문학』, 국학자료원, 2001.
홍정선, 『역사적 삶과 비평』, 문학과지성사, 1986.

3. 국외 논저

E.M. 포스터, 이성호 역, 『소설의 이해』, 문예출판사, 1993.
S. 채트먼, 한용환 · 강덕화 역, 『영화와 소설의 수사학』, 동국대 출판부, 2001.
가라타니 고진, 박유하 역, 『일본근대문학의 기원』, 민음사, 1997.
곤 와지로, 『考現学入門』, 築摩書房, 1987.
니논 헤세, 두행숙 역, 『헤세, 내 영혼의 작은 새』, 웅진닷컴, 2006.
로버트 숄즈 · 로버트 켈로그 · 제임스 펠란, 임병권 역, 『서사문학의 본질』, 예림기
　　　획, 2007.
로버트 스탬, 오세필 · 구종상 역, 『자기 반영의 영화와 문학』, 한나래, 1998.
리어우판, 장동천 외역, 『상하이모던』, 고려대 출판부, 2007.
마루야마 마사오 · 가토 슈이치, 임성모 역, 『번역과 일본의 근대』, 이산, 2000.
마에다 아이, 유은경 · 이원희 역, 『일본 근대 독자의 성립』, 이룸, 2003.
미요시 유키오, 정선태 역, 『일본 문학의 근대와 반근대』, 소명출판, 2002.
미하일 바흐찐, 전승희 · 서경희 · 박유미 역, 『장편소설과 민중언어』, 창작과비평
　　　사, 1988.
발터 벤야민, 조형준 역, 『아케이드 프로젝트』1, 새물결, 2005.
＿＿＿＿＿＿＿＿＿, 『아케이드 프로젝트』2, 새물결, 2006.
베르너 파울슈티히, 황대현 역, 『근대초기 매체의 역사』, 지식의풍경, 2007.
볼프강 가스트, 조길예 역, 『영화』, 문학과지성사, 1999.
삐에르 아브라함, 송덕호 역, 「대중문학은 열등문학인가?」, 대중문학연구회 편, 『대

중문학이란 무엇인가?』, 평민사, 1995.
사이토 준이치, 윤대석 · 류수연 · 윤미란 역, 『민주적 공공성』, 이음, 2009.
수잔 헤이워드, 이영기 역, 『영화사전』, 한나래, 1997.
스즈키 토미, 한일문학연구회 역, 『이야기된 자기』, 생각의나무, 2004.
앙드레 고드로 · 프랑수아 조스트, 송지연 역, 『영화서술학』, 동문선, 2001.
에도가와 란포, 이영조 역, 『다락방의 散步者』, 농림출판사, 1978.
에르네스트 만델, 이동연 역, 『즐거운 살인』, 이후, 2001.
대중문학연구회, 『추리소설이란 무엇인가』, 국학자료원, 1997.
이언 와트, 전철민 역, 『소설의 발생』, 열린책들, 1988.
이토 세이 외, 유은경 역, 『일본 사소설의 이해』, 소화, 1997.
임마누엘 칸트, 이한구 편역, 『칸트의 역사철학』, 서광사, 1992.
조나단 크래리, 임동근 외역, 『관찰자의 기술 : 19세기 시각과 근대성』, 문화과학사,
        2001.
주디스 메인, 강수영 · 류제홍 역, 『사적소설 / 공적영화』, 시각과 언어, 1994.
츠베탕 토도로프, 유제호 역, 『산문의 시학』, 예림기획, 2003.
토마 나르스작, 김중현 역, 『추리소설의 논리』, 예림기획, 2003.
토미이 마사노리, 지훈상 역, 「곤와지로의 한반도 여행」, 『대한건축학회지』 338호,
        대한건축학회, 2007.
지그문트 프로이트, 김석희 역, 『문명 속의 불만』, 열린책들, 2003.
_______________, 황보석 역, 『정신병리학의 문제들』, 열린책들, 2003.
한나 아렌트, 이진우 · 태정호 역, 『인간의 조건』, 한길사, 1996.
하루어 시라네 · 스즈키 토미 편, 『창조된 고전』, 소명출판, 2002.
『新潮日本文学辞書』, 新潮社, 1988.

4. 신문, 잡지, 기타

김기진, 「대중소설론」, 『동아일보』, 1929.4.14~20.
_____, 「대중의 영합은 타락」, 『조선일보』, 1928.11.14.
_____, 「통속소설 소고」, 『조선일보』, 1928.11.
김남천, 「세태, 풍속, 묘사, 기타」, 『비판』 62, 1938.5.

방민호, 「1930년대 경성 공간과 「소설가 구보씨의 일일」」, 『문학수첩』 16, 문학수첩, 2006.

______, 「박태원의 1940년대 연작형 '사소설'의 의미」, 『인문논총』 58, 서울대 인문학연구원, 2007.12.

안회남, 「작가박태원론」, 『문장』 1(1), 1939.

이광수, 「文學이라는 何오」, 『매일신보』, 1916.11.10~23.

임　화, 「『천변풍경』 평」, 『박문』, 1939.3.

______, 「세태소설론」, 『동아일보』, 1938.4.1~6.

______, 「속문학의 대두와 예술문학의 비극」, 『동아일보』, 1938.11.17~27.

최원식, 「서울, 東京, New York : 이상의 「실화」를 통해 본 한국 근대문학의 일각」, 『문학동네』 5(4), 문학동네, 1998.

최재서, 「리아리즘의 확대와 심화 : 『천변풍경』과 「날개」에 대하여」, 『조선일보』, 1936.10.31~11.7.

탄생 100주년 문학인 기념문학제, 『전환기, 근대문학의 모험』, 2009 탄생 100주년 문학인 기념문학제자료집, 2009.

www.flisxter.com

『브리태니커』(http://www.britannica.co.kr)